討ち入り奇想天外

元禄八犬伝　五

田中啓文

集英社文庫

目次

討ち入り奇想天外

元禄八犬伝　五

◈第一話

調伏大怨霊

一

　大坂の遥《はる》か上空でふたつの「この世ならざるもの」が邂逅《かいこう》した。大坂を「わがもの」と考え、徳川《とくがわ》政権を憎むふたつの巨大な怨念である。

　白い髭《ひげ》の老人の怨霊はおどろおどろおどろしく明滅しながら、

「そこなる女、汝《なんじ》なにものなるや。この町はただ今から余のものとなる。わが領分から出ていけ」

「ひとに名を問うときは、まずおのれから名乗るがよい」

「聞いておどろくことなかれ。我こそは東照大権現家康《とうしょうだいごんげんいえやす》公の実孫にて、水戸《みと》家前当主徳川光圀《みつくに》である。日本国の政道を正し、本来の姿に引き戻すことができるのはこの世にただ一人《いちにん》我のみ。その野望実現のためにかくもあさましき怨霊の姿となったのじゃ。日本の正統な主《あるじ》は朝廷にして、紀州《きしゅう》も尾張《おわり》も将軍家もその臣にすぎぬのに、わが物顔で天下を牛耳っておる。我はこの国に新しい礎《いしずえ》を築かんがため、ここ大坂を旗揚げの地と定めたのじゃ。それを邪魔するものあらばなにものであろうと引き裂き、食いちぎり、嚙《か》み砕き、大海の魚の餌にいたさん。疾《と》く去るがよい。ああ、紀州憎し、尾張憎し、公《く》方《ぼう》憎し……憎し憎し憎し……」

長い黒髪を振り乱し、目から黄色い光を放ち、巨大な口から真っ赤な舌を長く垂らした女の怨霊は、

「徳川光圀となな？　名も聞いたことはないが、狸《たぬき》親父家康の孫だとすれば碌《ろく》なものではあるまい」

「無礼な。畏《おそ》れ多くも東照神君《しんくん》を狸呼ばわりするとは……。貴様こそなにものか！」

「ふふふふふ……わらわは茶々《ちゃちゃ》じゃ」

「なに……？」

「知らぬのか。関白秀吉《ひでよし》公の側室にて、秀頼《ひでより》の母である。長年封じ込められていたが、ようよう解き放たれた。家康の孫ごときが軽々しく話しかけられる相手ではない。下がりおろう！」

「では、おまえは……淀《よど》の方《かた》の……」

「さよう。ようやくわかったか」

「淀の方ならば、さぞかし徳川家が憎かろう」

「将軍憎し……憎し憎し……秀忠《ひでただ》憎し……！　家康と秀忠は関白殿下のご遺言に従わず、

我ら豊臣《とよとみ》家を滅ぼした大悪人じゃ」

「ならば、淀のお方さまにもの申したき儀これあり……」

光圀の怨霊は淀殿の怨霊に手を差し伸べようとしたが、

「ほほほほほ……ほほほほ……控えよ！　近寄るでない！」

淀殿の怨霊はその手をはねのけると、猛烈な勢いで旋回しながらどこかに飛び去ってしまった。あとに残された光圀の怨霊は、しばらくその場にたたずんでいたが、やがて両手を広げ、ゆっくりと大坂の町に向かって降下しはじめた。

◇

遠く離れた江戸城でも怪異が起きていた。「生類憐《しょうるいあわれ》みの令」で知られる犬公方こと五代将軍綱吉《つなよし》は、本丸中奥にあるご休息の上段寝所で眠りについていた。近頃、綱吉の眠りは浅い。少しの物音ですぐに目が覚めてしまう。毎朝脈を取る御典医は、身体《からだ》にはとくに異常はない、と言うのだが、綱吉にはわかっていた。不安なのだ。とにかく不安で不安でたまらないのだ。医者は、不安の理由をおっしゃってください、それを取り除けばご気鬱も晴れましょう、と言う。どういう不安なのかを説明できないからこそ不安なのである。なにが起きるのかわからない、という嫌な気持ちがずっと続いているのだ。

（大坂、か……）

綱吉の不安の因《もと》が大坂と京都にあることは間違いなかった。しかし、具体的になにを恐れているのかは自分でもわからないのだ。そして、その不安をあおるような出来事が起きていた。

ひー、ひひひひ……
ひょー
ひひひひひ……

どこからともなく聞こえてくる声。しかも、それが毎晩なのだ。錐《きり》のように鋭いその声は、綱吉の頭蓋に穿孔《せんこう》を開けようとしているかのごとくである。

「痛い……痛い痛い……痛い……」

綱吉はたまらず目を開け、上体を起こした。

「上《うえ》さま……お目覚めでございますか」

隣室に控えていた不寝番が声をかけた。

「うむ……また鳴いておる」

「どうやら本丸西の二重櫓《やぐら》のうえらしゅうございます」

ひょー
ひょー
ひひひひ……

あの世から聞こえてくるかのような甲高い声……それは鳥なのか、鳥だとすればどんな鳥なのか、だれにもわからなかった。毎夜、綱吉が眠りについたころに二重櫓に止まり、しきりと鳴く。その声を聴くと、綱吉の夢は破れ、頭痛が起き、ときには手足がしびれ、熱が高くなる。ほかのものはそのようなことはない、という。つまり、その怪鳥は綱吉にのみ働きかけているのだ。


「隆光《りゅうこう》大僧正を呼べ」

「すでにお呼びいたし、ご祈禱《きとう》をお願いしておりまする」

しばらくすると、神田橋護持院《かんだばしごじいん》の住職隆光がやってきた。

「隆光、あの声の主いかに」

「はは……」

隆光は身体をふたつに折り、

「恐れながら、鵺《ぬえ》と申す鳥でございます」

「鵺だと？　古《いにしえ》、清涼殿《せいりょうでん》に現れ、帝《みかど》を悩ましたという怪鳥《けちょう》か」

「鵺自体に悪意はあらねど、この世に不吉なること起きる前触れとして、時の為政者のもとに出現するものにございます」

「不吉なること、とは……？」

「そこまでは、まだ……」

　カッとなった綱吉は近習《きんじゅ》のものに、

「鵺を退治せよ！」

「弓の達者に射落とさせるのでございますか」

「たわけ！　種子島《たねがしま》じゃ。鉄砲隊で取り囲み、撃ち殺せ」

「ははーっ！」

　聞いていた隆光はかぶりを振り、

「無駄でございます。鵺はただの凶兆。麒麟《きりん》がただの瑞祥《ずいしょう》であるのと同じく、時世を感じて姿を現すだけのけだものに過ぎませぬ。たとえ殺したとて、なんの解決にも……」

「黙れ！　余の……余のつむりが痛むのだ」

　綱吉は悲痛な声を発した。

　たちまち大番の鉄砲百人組が集められ、櫓を囲んだ。二重櫓のてっぺんに止まっている生き物に数十丁の火縄銃が向けられた。遠目にしか見えぬ奇怪な鳥はもぞもぞと動きながら悲鳴のような鳴き声を上げている。その身体の周囲からは、黒い煙が噴き上がっていた。

「撃て……！」

組頭《くみがしら》の号令一下、たたたたたたん……という音とともに弾丸が鵺に集中した。しかし、当たったはずの弾《たま》は鵺の身体をすり抜けてしまった。つぎの瞬間、鵺はふわりと舞い上がったかと思うと、凄《すさ》まじい勢いで組頭目掛けて滑空してきた。その顔は猿、胴体は狸、四肢は虎、尾は蛇であったが、組頭に衝突する直前、猿の口が耳もとまで裂け、鋭い歯が剝《む》き出しになった。

「ひいっ」

組頭は、剛勇をもって知られる旗本だったが、あまりの恐怖にその場に尻餅をついた。鵺は組頭の頭上をかすめて、黒煙をまきちらしながら虚空に消えた。

ひょー
ひひひひ……
ひょー
ひひひひひひ……

そんな声だけが皆の耳にいつまでもこびりついていた。

◇

「鵺は逃げ去りました」

大番からの報《しら》せに綱吉は肩を落とした。

「源三位頼政《げんさんみよりまさ》のようにはいかなかったか。残念じゃ……」

「ですが、あれだけ脅しておけばもう参りますまい」

「それならばよいのだが……」

隆光がかぶりを振り、

「先ほども申しましたるとおり、あれは凶事の起こる前兆にございます。大気のなかにある禍々《まがまが》しき粒が凝り固まった幻のようなもの。凶事の根本を取り除かねば、ふたたび現れましょう」

綱吉はため息をついた。凶鳥出現の報を受けて駆け付けた側用人《そばようにん》の柳沢保明《やなぎさわやすあきら》（注・前年末に松平吉保《まつだいらよしやす》と改名し、出羽守《でわのかみ》から美濃守《みののかみ》になっているが、この物語ではこのまま進める）が、

「もしやその凶事とは、水戸さまの……」

綱吉は暗い顔でうなずき、

「西国の外様大名のなかには、いまだに徳川の天下を覆さん、と虎視眈々《こしたんたん》と機をうかが

っているものもおるようだ。万が一、水戸家が朝廷からお墨付きを得るようなことがあれば、それは大義となる。御三家の一、水戸家が先頭に立ったなら、少なからぬ数の大名が同調するのではなかろうか……」

保明は、

「天野屋利兵衛《あまのやりへえ》の武器調達が失敗に終わったゆえ、しばらくはおとなしくしておるかと思うておりました。ご老中を通じて、大坂や江戸の武具屋、刀剣商に触れを出し、まとまった数の武器を買おうとする客については届け出を厳重にするよう申し伝えて以来、大規模に武器を集めている様子はないかと存じまするが……」

綱吉は苦い顔で、

「大量の武器弾薬に頼ってことを起こすのではなく、べつのやり方に切り替え、水面下で動いておるのだろう」

「べつのやり方とは……？」

「わからぬが……恐ろしいことじゃ」

柳沢保明は、

「隆光殿の占いが正しいとすると……」

隆光がむっつりと、

「正しゅうござる」

　保明は隆光を横目でにらみつけながら、

「正しいとすると、伏姫《ふせひめ》さまの探索のやり方を考え直さねばなりませぬ。大坂ではないならば、いず方におられるのか……そこまでを占ってこそまことの占いでございましょう」

　隆光が、

「占いは未来において最も見込みのあることがらを示すもの。すべてを見通すことができるわけではござらぬ。大坂におられぬならば、日本国中津々浦々を占わねばなりませぬ」

「ならば、伏姫さまが大坂におられぬ、ということ自体が疑わしいのではないか。伏姫さまの手がかりは『おおさかのじいのところにいく』という言葉しかないのだ。果たしてそこもとの『大坂におられぬ』という占いは絶対正しいと言い切れるのか」

「い、いや、それは……」

「ふん、占いなど役に立たぬものよ」

「なに……！　八犬士《はちけんし》も同じではないか。今までなんの成果も挙げられておらぬ」

「まあまあ、ふたりともそういきり立つな」

　綱吉になだめられ、ふたりは御前《ごぜん》であることを思い出して平伏した。綱吉は、

「明日は久しぶりにお犬小屋を見にいくか」

そうつぶやいた。綱吉は動物全般が好きだが、戌《いぬ》年の戌の月の戌の日生まれだったこともあり、なかんずく犬が大好きで、

「犬と遊んでいるのがいちばん楽しい」

と公言し、暇さえあれば犬と戯れていた。城内のお犬小屋にも多くの犬を飼っているし、「生類憐みの令」も、犬たちが安心して暮らせるように、と考えた法なのである。

しかし、近頃は犬と遊ぶ余裕もあまりなかった。大坂における水戸家の動向が気になって仕方ないのだ。どうやら水戸家現当主綱條《つなえだ》は、先年没した徳川光圀の遺志を引き継ぎ、朝廷に働きかけを行うだけでなく、ひそかに武器弾薬を調達せんとしているらしい。武器弾薬のほうは、市井《しせい》の浪人の力を借りて未然に防ぐことができた、と、大法師《ちゅうだい》《ほうし》からの報せが入ったものの、綱條は依然として隠密裏《おんみつり》になにかことを進めているようだ。

（大坂城代と町奉行に申しつけて、大坂市中の警戒を強めるべきか……）

そう思わぬでもなかったが、水戸家がなにを企《たくら》んでいるかわからぬ以上、命令の出しようがない。

しかも、水戸家は綱吉の直属の手足である「八犬士」の存在にも気づいたようなのだ。八犬士とは、綱吉の命を受けて側用人柳沢出羽守保明が全国から選《え》りすぐった八名の若者たちである。選定に当たって犬大好きの綱吉が出した条件は、苗字《みょうじ》に「犬」の字が入

っていることだった。お犬坊主（江戸城内で綱吉の飼い犬を世話する役人）を務めていた元武士の金碗大輔《かなまりだいすけ》を連絡役《つなぎ》として、彼らはもっぱら大坂における隠密活動を行っていたが、そのことを水戸家が感づいたらしい。だが、まだ水戸家は、八犬士の目的まではわかっていないはずだった。たまたま水戸家が大坂でなにかをしようとしている時期と、綱吉のそれとが重なったのだ。

綱吉は、御台所《みだいどころ》（正室）である鷹司信子《たかつかさのぶこ》とのあいだには子がなく、側室とのあいだに授かった男子も幼くして死んだ。しかし、じつは綱吉が手を付けた奥女中珠《たま》が身ごもっていたのだ。珠は、妊娠を綱吉以外には告げなかった。正室信子はきわめて嫉妬深く、子ができたと知ったらなにをされるかわからないからだ。側室が産んだ男子の早逝も、信子の差し金だという噂《うわさ》もあったほどだ。

綱吉は珠に、大奥にいては危険ゆえ、病と称して暇《いとま》をもらえ、と命じ、花押《かおう》を記した書き付けと八つの水晶玉をつなげた数珠を渡して、折をみて公にせよ、と告げた。水晶玉にはそれぞれに、仁《じん》、義《ぎ》、礼《れい》、智《ち》、忠《ちゅう》、信《しん》、孝《こう》、悌《てい》……という文字《もんじ》が浮かんでいた。

珠は、実家でひそかに女児を産み、伏と名付けたが、伏が八歳のとき、珠の両親も珠も流行《はや》り病で相次いで世を去り、伏ひとりが生き残った。遺品を整理していた町名主が書き付けと水晶玉を見つけたのである。書き付けには、伏は将軍綱吉の胤《たね》である、と書かれており、仰天した町名主は、町年寄を通じて江戸城にそのことを知らせた。こうして、はじめて珠が綱吉の娘を産んだとわかったのである。

溺愛していた長女の鶴姫《つるひめ》を十五年以上もまえに紀州の徳川綱教《つなのり》に嫁がせた綱吉にとっては、手もとに置きたい貴重な実子である。綱吉はただちに伏を引き取り、養育するつもりだった。しかし、城からの使者が珠の住んでいた長屋に到着したとき、そこに伏の姿はなかった。残されていたのは、

おおさかのじいのところにいく

という手紙と、伏が飼っていた八房《やつふさ》という子犬だった（八房は、しばらく伏姫探索のために大坂にいたが、犬田小文吾《いぬたこぶんご》とともに江戸に戻り、今は江戸城で暮らしている）。しかし、唯一の手がかりといえる「おおさかのじい」という人物がだれなのかわからぬ。長屋の大家も、珠とその両親に大坂に親類がいるとは聞いていないという。それ以上のことはいくら調べてもわからない。かくして八犬士は伏姫の行方を探すため大坂に派遣されることになった。綱吉が与えた水晶玉の数珠がなくなっていたため、おそらく伏姫が所持しているものと思われた。しかし、大坂は広い。もとから雲を摑《つか》むような話なのである。しかも、八犬士のだれひとりとして伏姫に会ったこともないのだ。

そして、先日、大坂にやってきた隆光が伏姫の居場所を占ったところ、

「大坂に伏姫はいない」

という結果が出た……。

（それでは「おおさかのじい」とはだれなのだ……）

綱吉はどうしたらよいのかわからなかった。彼がもっとも恐れているのは、水戸家が伏姫という隠し子の存在に気づき、政争に利用しようとすることなのだ。

（綱條よりも先に見つけねばならぬ……）

綱吉が伏姫探索を焦っている理由はそれだった。

「上さま、夜も更けております。おやすみになられませ」

柳沢保明がそう勧めたので、綱吉は夜具に入った。

◇

ちがう……。

ちがう……これはちがう……。

久々に地上に出てはみたが、これはわらわの知っていた大坂城ではない！

わらわの……太閤《たいこう》殿下の大坂城はどこじゃ。石垣も、曲輪《くるわ》も、本丸も、二の丸も……

なにもかもが異なっておる。天守もないではないか！

おお、そうじゃ……秀頼は……秀頼はどこじゃ……。

わらわは城のなかで死んだが、あの子は幸村《ゆきむら》が抜け穴から連れ出したはず……。

どこじゃ……どこじゃ……。

秀頼……秀頼……わらわの秀頼はどこじゃ……。

わらわの宝物……。

秀頼を探さねば……。

秀頼……。


その日の夕方、西横堀《にしよこぼり》沿いを南に向かって歩いていたひとりの浪人が足を止め、空を仰いだ。網乾左母二郎《あぼしさもじろう》である。黒羽二重《くろはぶたえ》の単衣《ひとえ》の着流しは一張羅で、衣更《ころもが》えが来ようと雨が降ろうと風が吹こうとこれ一枚である。塗りの剝げた大刀《だいとう》を一本、閂差《かんぬきざ》しにしている。月代《さかやき》を五分ばかり伸ばし、右頰に縦に刀傷がある。

「どないしたんや、左母《さも》やん」

隣を歩いていた鴎尻《かもめじり》の並四郎《なみしろう》が言った。当世風の羽織を着た商家の若旦那風の洒落《しゃれ》た拵《こしら》えだが、その正体はじつは天下にその名の轟《とどろ》く大盗人《おおぬすつと》「かもめ小僧」である。

「なにか『声』が聞こえなかったか？」

「声？　どんな？」

「いや……宝物がどうとか……」

「宝物やったらわての受け持ちやないか。聞き逃すはずあらへん」

並四郎は、不正をして稼いでいる商人の屋敷に盗みに入る日時を指定した予告状を送りつけたうえで、町奉行所の与力《よりき》、同心、捕り方たちを集めておいて、まんまと金や宝物をちょうだいし、かもめが群れ飛ぶ戯画を描いた紙に、

御役人衆御役目御苦労なれどけふもうまうま盗めたかもめ

という、町奉行所の役人を嘲るふざけた文句を残していくことで知られている。彼は、「七方出《しちほうで》」という変装術の名人なのである。巧みな化粧を施して、相手そっくりの顔になってしまう。老若男女を問わず、どんな人間にも変身してしまう。声や背丈、歩き方なども含め、「瓜《うり》二つ」になってしまうのだ。江戸からやってきた小悪党の左母二郎と盗人の並四郎はなぜか馬が合い、以来、隠れ家に同居している。

「気のせいか……」

左母二郎はそう言うともう一度空を見た。大坂の町には、どんよりとした重い雲が垂れ込めていた。雨が降るでもない、かといって照るでもない妙な日和《ひより》が長く続いていた。湿気が多く、歩いているだけで着物がじっとりと濡《ぬ》れる。畳や壁が湿り、すぐに黴《か》びて

しまう。天変地異の前触れだ、と言い出す連中もいた。そういう内容の瓦版も配られたが、流言蜚語《りゅうげんひご》としてお上《かみ》の取り締まりを受けた。

あれから三カ月ほどが経《た》った。表向き、大坂の町にはなにも起きてはいなかった。しかし、「なにかが起きようとしている」予兆のようなものを感じているものも多かった。うえから巨大な手で押さえつけられているような重苦しい空気は、皆の心を暗くしていた。例年通り桜は咲いたが騒ぐ気にもなれぬうちに春は過ぎてしまった。

「鬱陶しい天気だぜ」

左母二郎はそう吐き捨てると、ふたたび歩き出す。ふたりはこの鬱陶しさを吹き飛ばすために、唯一ツケがきく店「弥々山《ややま》」に飲みにいく途中なのだ。鬱陶しく感じているのは左母二郎と並四郎だけではない。大坂中の人間がそう思っているにちがいなかった。

「なあ、左母やん、あれ、ほんまやと思うか?」

「なんのこった」

「例の『病』や。わてらのまわりには罹《かか》ったもんはおらんけどな……」

左母二郎は顔をしかめた。今、ある「病」が大坂の町に流行っているらしいのだ。体調を崩して寝込んだり、なかには命を落とすものも増えてきているという。なんという病か医者にも診立《みた》てがつかず、薬の盛りようがないらしい。昨日まで元気に働いていたものが、ある日突然なんの前触れもなく倒れ伏し、うわ言を言いながらもがき苦しむ。侍、町人、百姓……など身分もばらばらだし、住んでいるところも異なっている彼らに、不思議な共通点がある。全員、年齢が二十歳前後の男性なのだ。女は罹らないし、こどもや中年以上の男も罹らない。つまり、左母二郎と並四郎は今のところ心配はないようではある。

死なずに回復したある武士はこう証言した。

「道を歩いていたら、急に背中がずしんと重くなった。だれかが飛び乗ったみたいだったので振り解《ほど》こうともがいていたら、『ちがう。おまえではない』という声が聞こえ、その途端気分が悪くなって道に倒れてしまった。這《は》うようにして屋敷に帰ったが、そのあと高い熱が出て、生死の境をさまよった。意識が回復したのは四日後で、その間の記憶がない」

と証言した。最初は「熱に浮かされてのただの妄言」と思われていたが、同じような体験を言い立てる病人が少なからず現れた。それを聞いたあるものは、

「それは『おぶさりょう』という妖怪がやったのだ。『おんぶお化け』とも『子泣き爺《じじい》』ともいう。ひとの背中に飛び乗り、次第に重くなって、しまいには乗った相手を潰してしまう」

と言った。また、ある学者は、

「『疫病神』または『風の神』という悪霊の仕業だ。門口に角大師《つのだいし》の札《ふだ》を貼っておけば防げる」

と言ったので、皆は争って角大師の札を買った。家守《やもり》がまとめて購入する長屋もあった。しかし、なかには、

「お札を貼ったら病に罹らん、やなんてつまらん迷信や。わてはそんなもんぜったい貼らんで」

とかたくなに札を拒むものもおり、周囲の住民から非難されたり、石を投げられたりした。「角大師の札を貼ればよい」と言った学者は、角大師を祀《まつ》る京都の寺院の関係者だったことがわかり、札を売るために嘘《うそ》を言い触らした不届きもの、として町奉行所に召し捕られ、島流しにされた。寺院のものたちも寺社奉行に罰せられた。

「俺にゃあわからねえが、『ちがう。おまえではない』という台詞《せりふ》が気になるな。だれかを探してるように聞こえるぜ」

「左母やんもそう思うか。わてはなあ……アレと関わりがあるんとちがうか、と思てびくびくしとるのや」

「アレたあなんだ」

「淀のお方の怨霊や」

先日、並四郎は、大法師の頼みで大坂城に忍び込んだ。そのとき、淀殿を封じ込めた

祠《ほこら》を壊し、淀殿の怨霊を解放してしまったのだ。

「やっちまったものは仕方ねえだろ。それに、ありゃあおめえのせいじゃねえ。坊主と八犬士の連中が悪いんだから、おめえは気にするこたあねえさ」

「そやけどなあ……」

「俺たちゃ、そういったうえのほうのごたごたはほっといて、酒でもカッ食らってりゃいいのさ」

「そやけどなあ……」

並四郎はそう言ったあと、

「あ……あかん！」

狼狽《ろうばい》して左母二郎の後ろに身を隠した。向こうからやってきたのは、大坂西町奉行所盗賊吟味役与力の滝沢鬼右衛門《たきざわおにえもん》である。定町廻《じょうまちまわ》り同心の巡検に加わっているのだ。役木戸、長吏《ちょうり》、小頭《こがしら》など五、六人が従っている。角ばった顎にごわごわした揉《も》み上げのいかつい男である。鬼右衛門は、かもめ小僧捕縛に命をかけており、それが行き過ぎて上司と衝突することもしばしばだ。

「わては逃げるわ。あとで弥々山で落ち合お」

「おめえの面は割れてねえんだからびくびくするこたあねえじゃねえか」

「けど……やっぱり気になるがな」

そう言って並四郎はどこかへ行ってしまった。滝沢鬼右衛門は行き交うものたちを目をひん剝いてにらみつけながら、肩を怒らせて歩いている。大坂では「浪人」というだけで詮議の対象となるので、左母二郎もそっと道の脇に退き、うつむいた。町方役人の権威を存分に見せつけた鬼右衛門一行が去っていく後ろ姿を見送りながら、左母二郎は舌打ちをして、

「嫌《や》な野郎だぜ……」

とつぶやいた。もっとも左母二郎にとっては、鬼右衛門に限らず、役人と名がつけばだれでも「嫌な野郎」なのだ。

網乾左母二郎は、ゆすり、たかり、かっぱらい、かたり、いかさま博打《ばくち》……悪事ならなんでもする。刀を抜いてぶったくり（切り取り強盗）をすることもある。剣術の腕はなかなかのものだが、道場で教える気も仕官をする気もない。もちろん傘張りや筆づくりに精を出して小金を稼ぐつもりもない。とにかく、生まれてから一度も働いたことがないのだ。「金がすべてだ。金さえありゃあいい」と思っている反面、その金をだれかにめぐんでもらったり、真面目《まじめ》に汗水垂らして働いて手に入れるのは「お断り」なのだ。だが、左母二郎のいう「金」はほんの一、二両のことで、それで毎日酒が飲めさえすればこの世は極楽だ、と思っている。それに、金がなければないで、飲む方法はある。刀を抜いて脅かせば、たいていの酒屋はタダで酒をくれる。

しかし、左母二郎が金よりももっと好きなものがある。それは「自由」だ。仕官もしない、働きもしない、というのは自由を売り渡したくないからなのである。丶大法師からたびたび、

「金をやるから手伝ってくれ」

と言われても断るのは、権力に連なるものから金をもらってなにかをするのが気持ち悪いからだ。なにしろ、丶大法師や八犬士のうえにいるのは日本でいちばん権力を持っている人物なのだ。

（そんなことをするぐれえなら、悪事を働いたほうがましだ）

というようなわけのわからない理屈を信条としてこれまで生きてきた左母二郎だが、ときには一文の銭にもならぬことに首を突っ込んだりもする。それは相手が、小悪党の左母二郎の目から見ても、とんでもなく碌でもないやつらだったときで、そういう連中はたいがい、左母二郎が大嫌いな「権力」と結託して、庶民のことはなにも考えず、自分たちのやりたいように世の中を動かそうとしている。その背後には、死んだあとも現世でおのれの欲望を実現しようとするものの存在がある。

（なにが怨霊だ。くだらねえ！）

左母二郎が道端に唾を吐き捨てたとき、若い町人が彼の右横をすり抜けた。歳《とし》は二十歳ぐらいで、大工なのだろう、道具箱を肩に担いでいる。よほど急いでいるのか、

「おう、どけどけ！」

まえから来るものたちに唾を浴びせかけながら小走りに去っていく。忙しさやあわただしさとは無縁の左母二郎は欠伸《あくび》をしながら悠然と歩いていたが、ふと上空に渦を巻く黒雲のなかからなにかが降ってくるのに気づいた。反射的に刀の鍔《つば》に親指をかけた左母二郎だが、その「なにか」の正体に気づいて仰天した。針金のような長い髪の毛を振り乱し、両手を左右に広げた、絢爛《けんらん》たる着物を着た女なのだ。女の手の爪は鷹《たか》のように鋭く伸びており、大きく開いた口からは蛇のように長い舌をだらりと垂らしている。全身がおぼろに明滅し、水に垂らした絵の具のように背景に溶け込んでおり、行き交うものはだれも気づいてはいないようだったが、左母二郎にははっきりと見えた。

（な、なんだ、ありゃあ……！）

左母二郎は反射的に刀の柄《つか》に手をかけて、大きく飛び退《すさ》った。亡霊とおぼしき女は若い大工の背中にのしかかった。

「ここにおられたか、秀頼殿……この母を見捨てたかと思うたぞよ。こうして会《お》うたうえからは、もうどこにも行かず一緒にいてくりゃれ。愛《いと》しや……愛しや……」

亡霊は男の顔に手をかけて、ぐい、と後ろを向かせた。その途端、

「ちがう……！　秀頼殿ではない！　うううう……わらわをたばかったか！　慮外ものめ！　おまえではない！　おまえでは、なあああい！」

そう叫ぶと、大工の首を絞め上げた。大工は、

「ぎゃあああああっ……！」

悲鳴を上げてその場に倒れた。

「憎し、憎し……秀頼殿を騙《かた》ってこの母の愛をおひゃらかすとは……許すまじ」

女は鋭い爪を倒れた大工の首筋に突き立てようとした。

（そうか……こいつが病のもとか……）

左母二郎は女に走り寄り、抜き打ちに斬りつけた。豆腐を斬っているようで手応えはまるでなかったが、女は「斬られた」ことはわかったらしく、左母二郎のほうを向いて、

「なんじゃ、貴様は……わらわが見えるのか」

「ひとより目がいいもんでね」

どうやら亡霊はだれにでも見えるものではないらしい。並四郎にも見えていたし、大坂城の宿直《とのい》の侍のなかにも見たものがいるのだから、ふたりにひとりというところだろうか。

「おまえはなにものじゃ」

「俺ぁさもしい浪人網乾左母二郎。おめえだな、ここしばらく、大坂の町なかで大勢を病気にしたり殺したりしてやがるのは」

「知らぬ。わらわはただわが子を……秀頼殿を探しておるだけじゃ」

「言っとくが、俺ぁちがうぜ」

「わかっておる。だれがおまえのような貧相で不細工なものを見間違えようか。秀頼殿はもっと若く、秀麗なお顔立ちじゃ」

「けっ……。やっとわかったぜ。おめえは大坂城の祠に封じられていた淀の方の怨霊だろう。かもめの馬鹿が表に出しちまったんだ。とっとと地の底にひっこめよ。言っておくが、おめえのこどもの秀頼ってえのは、とうの昔に死んじまったんだぜ。今ごろ探したって見つかるもんか」

「なにを申す。秀頼殿は真田《さなだ》が城から連れ出したはずじゃ。きっと生きておる」

そんなやりとりのあいだに、若い大工は必死にその場から逃れたらしく姿が見えない。

左母二郎は刀を構え直すと、

「おめえをのさばらせておくと諸人《しょにん》の迷惑になる。叩《たた》っ斬ってやる」

「ほほほほほ……たわけめ。亡霊を殺すことはできぬ」

「それなら……成仏させてやらぁ」

その言葉が終わらぬうちに淀殿の亡霊は左母二郎に襲いかかった。口をクワッと開け、釘《くぎ》がずらりと植わったような牙を剝き出しにして、左母二郎の喉笛に嚙みつこうとする。左母二郎は刀を右に左にと振り回しながら防いでいたが、とにかく斬ってもなんの手応えもないのだ。いい加減疲れてきたころ、淀殿の怨霊が叫んだ。

「おお……秀頼殿……そこにおられたか！　おお……おおお……」

淀殿は突然舞い上がり、どこかに行ってしまった。おそらくはべつの、秀頼似の若者を見つけたのだろう。左母二郎は「ちっ」と舌打ちをして刀を鞘《さや》に収めたが、

「悲鳴が聞こえたがなにごとだ！」

声をしたほうを見ると、立ち去ったはずの滝沢鬼右衛門が手下《てか》たちを従え、こちらに向かって走ってくる。

「いけねえ……」

左母二郎はあわてて反対方向に駆け出した。

「お役人さま、あいつでおます。あの浪人ものが往来で急に刀を抜いて振り回しよったんだす」

「よし、わかった。そこな浪人、待て！　待たぬか！」

左母二郎は韋駄天走《いだてんばし》りに駆け続けた。

◇

結局、鬼右衛門以下西町奉行所の面々をようよう撒《ま》くことができたのは、それから一刻《とき》（約二時間）ほどあとだった。そのために左母二郎は大坂中を走り回ったのである。

鬼右衛門はしつこく、あきらめが悪い。おかげで二ツ井戸《ふたついど》の弥々山に着いたときには日が暮れていた。並四郎は先に来て、床几《しょうぎ》に座り、もう飲んでいた。

「遅かったやないか。どこぞで油でも売ってたんか?」

「それどころじゃねえや」

左母二郎は立ったまま、主の蟇六《ひきろく》に酒とタケノコの煮もの、茹《ゆ》でたそら豆を頼むと、並四郎の隣に腰をおろした。弥々山は、床店《とこみせ》の煮売り屋である。床店というのは屋台を葭簀《よしず》で囲っただけの店で、組み立てるのが面倒ではあるが、常店《じょうみせ》ではないので土地がいらない。ヒキガエルに似た面相の蟇六と亀に似た顔の亀篠《かめざさ》という老夫婦が営んでいる。この夫婦はかつては名うての盗人だったが、隠居してこの店をはじめたのだ。だから、左母二郎や並四郎の素性が露見しても問題がなく、小悪党たちにとってとても居心地がいい店なのだ。酒も肴《さかな》も値が安くて美味《うま》い。

しばらくすると腰が直角に曲がった亀篠が燗酒《かんざけ》を運んできた。

「左母二郎どん、今も並四郎どんに言うとったんやけどな、近頃、かもめ小僧の居場所を探してる侍がおる、いう話を客の元盗人連中からちょいちょい耳にするのや」

「どうせ西町の鬼右衛門だろう。さっきも見かけたぜ」

「それが、そやないらしいのや。どこぞの田舎《いなか》侍みたいやけどなあ」

「それだけかもめが人気ものだってことだろ。——今日は右衛門七《えもしち》は休みか?」

右衛門七というのは、旧播州浅野家《ばんしゅうあさの》の浪人で矢頭《やとう》右衛門七のことである。ひょんなことから知り合いになったのだが、母親と三人の妹を抱えての貧乏極まりない暮らしぶりであると聞いて、左母二郎がこの店へ仕事の口利きをしたのだ。天野屋利兵衛という悪徳商人にだまされそうになっているのを助けてやったこともある。

「用事があるとかで、ちょっと遅れる、て言うとったわ」

「ふーん、そうけえ」

右衛門七は、左母二郎や蟇六、亀篠夫婦に感謝していて、コマ鼠《ねずみ》のように働くので、高齢の蟇六と亀篠にとっては今や手放せぬ存在となっていた。右衛門七の嬉々《きき》とした顔を見るのは楽しい。しかし、左母二郎は、吉良邸《きら》に討ち入り、吉良上野介《こうずけのすけ》の首を取りたい、という右衛門七の大望を知っているだけに複雑な気持ちだった。右衛門七は、死んだ父親の遺志を継ぎ、どうしてもその宿願を果たしたいようだが、そうなったら切腹は免れぬ。下手《へた》をすると打ち首、獄門ということも考えられる。

（お殿さまのために死ぬ、なんて馬鹿馬鹿しいこたぁやめて、酒飲んで面白おかしく生きてるほうがいいのによ……。侍なんてくだらねえぜ）

左母二郎には、右衛門七のそういう気持ちはまるでわからなかった。

この店は、右衛門七が働いていることもあって、ときどき浅野家の浪人たちが立ち寄り、情報交換する場としても使われている。盗人たちと浅野家浪人たちが同じ場所で飲んでいる、という光景はなかなか興味深かったが、考えてみれば、どちらも世間をはばかり、正体を偽って暮らしているもの同士なのである。左母二郎は酒を湯呑《ゆの》みに注《つ》いで、ぐいとひと息に飲み干す。並四郎が顔を近づけてきて、

「なんぞあったんか?」

「えれえこったぜ」

左母二郎はさっきの出来事を並四郎に話した。聞いているうちに並四郎は青ざめていき、

「やっぱり病は淀殿の怨霊のせいやったんか」

「わが子の秀頼が死んでることに気づいてねえんだ。あれから何年経ってるかもわかってねえんだろうな」

「困ったなあ……。どないしたらええやろか」

「怨霊だの妖怪だののことは俺たちの力じゃどうにもならねえ。あの隆光とかいう坊主ならなんとかするかもしれねえが……」

「そ、そやろか……」

「まあ、これで大坂にのしかかってるこの重苦しさの原因も、二十歳ぐらいの若い男が急な病に罹る原因もわかった。俺たちにゃ関わり合いはねえんだから、どうなろうと知ったことか。酒でも飲んで、高みの見物といこうぜ」

「うーん……わてはとてもそんな気分になれんなあ。わてが祠をぶっ壊したばっかりに……」

「おめえを大坂城に忍び込ませた、大法師が悪いのさ。気にするなよ」

「たしかに、わてにどないかせえ、て言われてもどうにもできんわ」

それからふたりはかなり飲んだ。手を伸ばせば摑めそうなほど月が大きく見えた。並四郎は酒を口に含み、こんにゃくの煮ものに鰹節《かつおぶし》をかけたものを箸でつまもうとした。ぬるり、と箸が滑り、こんにゃくが宙を飛んだ。

「あははは……こんにゃくが逃げよったわ」

そのこんにゃくは、少し離れた床几で飲んでいた浪人らしき男の膝に落下した。

「すんまへん、お武家さん、粗相してしまいまして……。汁をお拭きしまひょか」

並四郎が手ぬぐいを持って立ち上がると、その浪人は顔を上げた。三十歳を少し過ぎたぐらいだろうか、へべれけに酔っているらしく、熟柿《じゅくし》のように真っ赤になっている。

「なんだと……貴様……武士に向かってこんにゃくを投げつけておいて、粗相をしたから汁を拭く、だと？　そんなことで済むか！」

「わざと投げつけたわけやおまへんのや。箸でつまもうとしたらぴょーんと飛んで……」

「うるさい！　武士に向かってその言いぐさ気に食わぬ。そこへなおれ！」

武士は刀の柄に手をかけながらよろりと立ち上がった。月代を五分ばかり伸ばし、よれよれの垢《あか》じみた羽織をひっかけ、朱塗りの大小を差している。

「あ、あの……本気だすか？」

「拙者はいつも本気だ。うーい……」

息があまりに酒臭く、並四郎は顔を背けた。左母二郎が、

（仕方ねえな……）

とばかりに立ち上がり、

「すまねえが、そいつぁ俺のツレなんだ。見りゃあおめえさんも俺同様の浪人だろう。ここは浪人同士相身互《あいみたが》いで、勘弁しちゃあくれめえか。お詫《わ》びに一杯《いっぺえ》おごらあ」

「これは拙者とこの町人のあいだのことだ。関わりのないものはすっこんでいろ。怪我《けが》をするぞ」

酒乱の気味があるのか、浪人はそういきまいた。

「すっこんでろ、と言われれちゃあ俺も、はい、そうですか、というわけにはいかねえ」

「だったらどうする」

「どっちが強《つえ》えか、一番、勝負といくかい？」

「面白い。うーい……言っておくが、拙者は馬庭念流《まにわねん》免許の腕前だぞ」

「そりゃあご立派。能書きはいいから、とっととかたをつけようぜ」

ほかの客は皆逃げてしまい、蟇六と亀篠もおろおろしている。浪人は、床几を蹴り

倒してそこに右脚をかけ、刀を抜いた。腰を引いて身体を思い切り「く」の字に屈《かが》ませる独特の構えだ。刀を横に寝かせてぶるぶる震わせながら、左母二郎に少し近づいたり離れたりしながら様子を見ている。これが馬庭念流の「無構え」である。相手が斬りかかってきた瞬間を狙い、それより一瞬速く身体を引き、上段から打ち下ろす。それがわかっているので、左母二郎は刀の柄に手を掛けたまま抜かぬ。浪人はせせら笑って、

「ほう……居合いか」

並四郎が葭簀の陰から小声で、

「左母やん、がんばれー」

と声援を送った。ふたりはしばらく見つめ合い、間合いをはかっていたが、やがて、左母二郎が先に動いた。腰を深く落とし、浪人にするすると近づくと、

「ええいっ！」

居合わせたものには、光が腰間から走ったように見えた。浪人は曲げていた右膝を伸ばし、左脚に体重をかけて身体を反らし、左母二郎の一撃をぎりぎりかわすと同時に、刀を大上段に振りかぶった。

「左母やん、危ないっ」

並四郎が叫んだとき、左母二郎は必死に真横に飛んだ。浪人の切っ先は左母二郎の月

代の数本を斬ったにとどまった。

(ひーっ、参ったぜ……)

左母二郎は相手の太刀風《たちかぜ》の鋭さに驚嘆した。

(強《つえ》えな……強え……)

ふたりともひと太刀目が外れたので、これで五分と五分である。浪人は、さっきと同様、腰を曲げた「無構え」で左母二郎に対峙《たいじ》する。左母二郎はもう刀を抜いてしまったので、居合いは使えない。もう一度太刀を鞘に戻そうとすると、そこを狙われるは必定である。相手は酔いどれとはいえかなりの使い手である。馬庭念流免許皆伝というのも、嘘ではないだろう。

(ヤベえ……)

左母二郎の背中に冷や汗が滴った。浪人はあいかわらず左母二郎を挑発するかのように近づいたり離れたりを繰り返す。いらいらしてきた左母二郎は、ままよ、とばかりに大きく踏んごんで、横薙《よこな》ぎに胴を払った。身体を屈めているので胴には届かぬ、と浪人は高をくくっていたようだが、左母二郎は相手に身体を押し付けんばかりに近づけて、捨て身の一刀を放ったのだ。驚いた相手が、刀で左母二郎の一撃を受け止めつつ、思わず数歩下がるところを左母二郎はしゃにむに押しまくった。そのままずるずる下がった浪人は、ひっくり返っていた床几に足を取られ、その場で転倒した。左母二郎もからまるようにして倒れた。その姿勢のまま、地面のうえで斬り合いとなったが、およそまともな勝負ではない。破落戸《ごろつき》同士が泥だらけで喧嘩《けんか》しているように見えないこともない。しかし、当人たちは命がけだった。

浪人が刀を逆手に持ち、左母二郎の首を掻《か》き切ろうとするのを、左母二郎は刀の柄と棟に手をかけて必死に防ぎながらなんとか立つと、

「さあ、来やがれ、この野郎！」

そう叫んで刀を構え直した。浪人もよろよろと立ち上がり、

「なかなかやるな。だが、いつまでも遊んではおれぬ。そろそろ決着をつけようか」

「望むところだ」

両者がふたたび対峙したとき、

「やめてくださあいっ！」

甲高い声が響き渡った。ふたりの切っ先と切っ先のあいだに飛び込んできたのは、矢頭右衛門七だった。左母二郎は、刀をすっと引いたが、もうひとりの浪人はまだ構えを崩さず、

「邪魔するな、右衛門七。拙者はこの浪人と命のやりとりをしておるのだ。黙って見ておれ」

「もしお怪我でもなされたら、我らの大望はどうなるのです！　それこそ不忠の極

み……」

「む……」

浪人は急に酔いが覚めたような顔になり、

「右衛門七……おまえはこやつを知っておるのか」

「はい。私をこの店に世話してくださったお方で、網乾左母二郎殿とおっしゃいます」

浪人は大きく肩で息をしたあと、ようやく刀を下ろし、鞘に収めた。

「おまえの知り合いなら、今日のところは引いておいてやろう」

「ありがとうございます」

右衛門七は浪人に向かって頭を下げた。

「拙者はおまえにつなぎをつけに来たのだ。こやつらがいるところでは話ができぬゆえ、明日また来る」

「網乾氏《うじ》は我らの悲願のこともご存じですし、大石《おおいし》殿とも面識がおありですが……」

「同志の秘密の打ち合わせにどこの馬の骨だかわからぬものが同席するのは許されぬ。——ごめん」

浪人は、左母二郎と並四郎を馬鹿にしたような目で一瞥《いちべつ》すると、大股でのしのしと歩きながら闇のなかに消えた。並四郎が湯呑みを手にしたまま、

「えらい強いやっちゃなあ……。左母やんとおんなじぐらい強いのとちがうか」

左母二郎は噴き出した汗を拭き、

「あいつも浅野の浪人か。なんてえやつだ？」

右衛門七が、

「堀部安兵衛武庸《ほりべやすべえたけつね》殿とおっしゃいます。同志のなかでも一、二を争う使い手なのですが、酒癖が悪いのがちょっと……」

「今の野郎が堀部安兵衛か。道理で強えはずだぜ」

右衛門七が、

「網乾氏は、堀部氏のことをご存じなのですか？」

「ああ……高田馬場《たかだのばば》での仇討《あだう》ちのこたあ耳に入ってる。それにしても、あんな酒乱とはな……」

「大石殿があまりに仇討ちの時期を明言なさらぬゆえ、江戸の同志の方々は一刻も早く討ち入りたい、と大石殿をせっついておられるのです。その先頭におられるのが堀部氏で……此度《こたび》も、大石殿が及び腰なら、ほかのものだけで討ち入りをしたい、と我ら上方《かみがた》の同志に相談に来られたのです」

「急ぐと碌なこたぁねえぜ」

「大石殿は、ご公儀によって亡き殿の弟君、大学《だいがく》さまの閉門が解かれ、浅野家が再興されることが、亡き殿のご遺志にかなうと思うておいでです。一方、堀部氏はじめ江戸の皆さんは、吉良上野介を討ち取って殿の無念を晴らすことこそが忠義の道とお考えです。そこに齟齬《そご》があるのです」

「おめえはどうなんだ、右衛門七」

「わ、私ですか……」

右衛門七は下を向き、

「わかりませぬ。うえの方々のお指図に従おうと思うております」

「おのれの命の使い途《みち》なんだぜ。ひとの指図なんてどうでもよかねえか」

「私は……」

右衛門七は急に小さな声になり、

「すぐには討ち入りたくありません。今の、大坂での暮らし……母上、妹たち、それに網乾氏や蟇六殿らとの交わりをもう少し長く味わっていたい……」

「だったら……」

討ち入りなんてやめちまえよ、と言おうとした左母二郎の言葉を遮るように、

「ですが、このままの暮らしが続くと、討ち入る覚悟が失《う》せてしまいます。いつかは討ち入らねばならない。それは亡き父上のご遺言なのです。それに……討ち入りが先延ばしになればなるほど生活が困窮します。江戸の同志のなかには日々の食事にも困っているものも多いとか。それでは、脱落者が増えてしまいます。堀部氏が急いでいるのもも

っともなのです」

「ふーむ……」

「大石殿は、吉良の間者《かんじや》の目をくらますため、と称して島原《しまばら》で連夜遊んでおられるそうです。それはそうだとしても、江戸にいる食うや食わずの同志たちは得心しかねるでしょう。私も同じです。ここの稼ぎだけでは、親子五人が食べていくには足りません。適当な頃合いに私も江戸に向かわねばならないでしょう」

「母親や妹たちはどうするんだ」

「陸奥国白河《むつのくにしらかわ》に母方の親類がおります。そこに預けるつもりです」

左母二郎は、どうしてこの若い命が、すでに死んでこの世にいない主君や父親のために散らねばならないのかわからなかった。

「おーい、右衛門七！」

堀部安兵衛の大立ち回りのせいで一旦逃げ出した客たちがちらほら戻ってきたので、蟇六が右衛門七に声をかけた。

「はいっ、ただいま参ります！」

きびきび応えると、右衛門七は蟇六のもとに飛んでいった。左母二郎と並四郎は、床几をもとに戻し、腰掛けてまた飲み始めた。

やがて夜も更け、新規の客も来なくなったころ、そろそろ店をしまいかけた蟇六が、

「卯《う》の花《はな》の炊いたやつと糸ごんにゃくの乾煎《からい》りが余ったさかい、これでいっぱい飲《や》ろか。亀篠、おまえも湯呑み持ってこんかい」

残っていたのは左母二郎、並四郎、右衛門七、それに蟇六、亀篠夫婦の五人である。亀篠が、

「さっきはどうなることかとはらはらしたで」

右衛門七が、

「申し訳ありません。江戸から下ってきた堀部安兵衛というお方ですが、どうにもこうにも酒癖が悪いのです」

蟇六が、

「えーっ、なんやて。あれが有名な堀部安兵衛かいな。色紙もろといたらよかったわ」

並四郎が、

「へー、そんなに有名かいな」

亀篠が、

「そらもう、評判の人気者だすわ。でも、えらい酔いどれやったなあ」

右衛門七が頭を掻き、

「江戸では『のんべ安』とか『ぐず安』などとあだ名されていたそうです。喧嘩している者を見かけたら無理矢理仲裁に入って両方から金をせびるので『喧嘩安』、知らな

いひとの葬式の席に勝手に入り込んで飲み食いするので『弔い安』などともよばれていたとか……。でも、堀部家の養子になり、浅野家に仕官なさってからは大酒しても他人からお金をせびりとるようなことはありません。すばらしいお方です」

並四郎が、

「わては、江戸で仇討ちした、ゆう話を聞いただけやけど……いったいなにをしたんや？」

右衛門七が、

「これまでに二度の仇討ちをなさっておられます。今度、わが君《きみ》の仇を討てば、生涯に三度の仇討ちをなさることになります！」

左母二郎が、

「はあ？　そんなことのなにが偉いのか、俺にゃあわからねえ。仇討ちなんぞ、いっぺんでもやらねえにこしたこたあねえだろう」

「それが……堀部氏はどういうめぐり合わせか、仇討ちをなさる運命《さだめ》なのでしょうね」

左母二郎は「仇討ち」という行為自体に反感を抱かずにはおれなかった。親を殺されたから、といって相手を殺していたら、相手のこどもがこちらを殺し、自分のこどもがまた……という具合にいつまでたっても憎しみの連鎖が終わらないことになる。しかも、右衛門七たちがやろうとしているのは主君の仇討ちである。仕えていた殿さまがおのれの独りよがりで起こした事件のせいで家は改易になり、浪人となった家臣たちは代々その地で営んできた暮らしを失い、ちりぢりばらばらになった。身勝手な主君を恨むのが当たり前だと思うが、大石内蔵助《くらのすけ》という元家老とその下に集まった数十人の旧臣たちは、親も家族もこどもも捨て、すでに泉下のひとであるアホな殿さまの「遺恨を果たす」ために命を投げ出そうというのだ。

（こんなふざけた話があるか……！）

左母二郎はひとりごとながらずっと腹を立てていた。それは「この世の仕組み」に対して腹を立てているのだ。だから、「二度も仇討ちをした」と自慢しているようなやつは、ただの馬鹿だと思えてならなかった。そんな左母二郎の気持ちを知らぬ蟇六が、

「二度目の仇討ちゅうのは、江戸に出てきた安兵衛が世話になっていた伯父《おじ》の菅野六郎《すがのろくろう》左衛門《ざえもん》いうひとが、松平左京太夫《さきょうのだいぶ》という大名に剣術指南役として仕えてはったのやが、同じ指南役の村上某《むらかみなにがし》という侍とお殿さまのまえで試合をして、あっさり打ち負かしてしもた。お役ご免になった村上は菅野を恨みに思うて果たし状を送り、高田馬場とかいうところで果たし合いすることになったんやけど、菅野は約束どおりひとりで行ったのに村上側は二十二人もおって、なんぼ強い菅野も斬られてしもた。そこに駆けつけた甥《おい》の安兵衛がたったひとりで二十二人のうち十八人をやっつけた……て、まえに読んだ瓦版に書いてあったわ」

亀篠もうなずいて、

「それをたまたま見物してたのが堀部弥兵衛《やへえ》ゆうおひとの奥さんと娘はんで、安兵衛はんが縄だすきをしていたのを見て、縄のたすきは縁起が悪い、ゆうて、娘はんのしごきをたすき代わりに貸してあげはった。それが縁で堀部の家の婿養子になって、堀部はんが浅野内匠頭《たくみのかみ》のご家来やったさかい、安兵衛はんも浅野さまにお仕えすることになった、て聞いてるで」

右衛門七が笑いながら、

「皆さん、私よりお詳しいですね」

蟇六が、

「暇やから、おんなじ瓦版を何遍も読むさかい中身を覚えてしまうのや。――けど、一回目の仇討ちのことは知らんわ。どういうもんやったんや？」

「そうですね。私が聞いているところでは……」

右衛門七が語ったところによると、安兵衛がまだ越後《えちご》にいたころのことである。溝口《みぞぐち》信濃守《しなののかみ》に仕えていた安兵衛の父中山安太郎《なかやまやすたろう》は菅野六郎左衛門の娘おみつと祝言をあげることが決まっていながら、深い仲になった土地の芸者と駆け落ちした。芸者は安兵衛を産んですぐに死去し、中山家を勘当になった父親は安兵衛を抱えて貧窮のどん底に落ちた。安兵衛十歳のころ、父親はみずからの来し方を恥じて割腹し、それを知った安兵衛の祖父が安兵衛を養子とし、義母おみつに預けたのである。安兵衛は、伯父である菅野六郎左衛門によって馬庭念流を仕込まれ、めきめき腕を上げていった。

祖父が死去したので安兵衛は中山家を継いだが、義母のおみつが、同じく溝口家の家臣だった黒田郷八《くろだごうはち》という男からしつこく言い寄られ、ついには刀を抜いての強談判《こわだんぱん》に及んだ。手厳しくはねつけたところ、激昂《げきこう》した黒田はおみつを斬り殺した。たまたま帰宅したときにその光景を目撃した安兵衛は伯父仕込みの念流で黒田を倒し、ついでとばかりに溝口家の奸臣川上主膳《かんしんかわかみしゅぜん》ら十数人を殺害した。いくらなんでもそんなことをしたら主君からきついお咎《とが》めを受けるだろうと思われるところを、

「若年の身で見事義母の仇討ちをなしとげたばかりか、当家獅子身中《しししんちゅう》の虫川上主膳一派を残らず平らげるとはあっぱれである」

と溝口信濃守からお褒めの言葉をいただいたという。物わかりのいい殿さまである。だが、それだけの騒ぎを引き起こしておいてそのまま奉公もならず、伯父菅野六郎左衛門とともに新発田《しばた》を去り、江戸へ下った。そして、あの高田馬場での仇討ちにつながった、というのである。

「ふえーっ、すごいやっちゃなあ」

並四郎が声を上げた。

「新発田で十何人、高田馬場で十八人か。ぎょうさんやっつけとるのやなあ」

右衛門七がうなずいて、

「たのもしいお方です」

左母二郎は、どうせ三人ぐらい斬ったのを瓦版が大げさに書き立てたんだろう、と憎まれ口を叩こうとしたが、さっき立ち合った腕ならばひょっとして……と思い、その言葉を飲み込むと右衛門七に、

「じゃあ、また来らあ」

「申し訳ありませんが、明日は……」

「わかってらあね。俺も、また斬り合いはごめんだ」

「すみません……」

頭を下げる右衛門七の声を背中に、左母二郎と並四郎は弥々山を離れた。

「なあ、左母やん。わて、思たんやけど……」

「なにをだ」

「さっきの堀部いう浪人な、身なりも貧相やし、酔っ払いやし、剣術は強いし……」

「なにが言いてえんだ」

「左母やんとちょっと似てへんか?」

「るせえな」

左母二郎は舌打ちをした。そのとき左母二郎は、それほど間を置くことなくふたたび

堀部安兵衛と邂逅することになろうとは思ってもいなかった。

二

隠れ家に戻るあいだ中、左母二郎はずっと不機嫌だった。並四郎にはその理由がわからず、

「堀部ゆうやつに負けたさかい腹立ててるんか？　わてが見たところ、あの勝負は互角やったで」

「そんなんじゃねえよ！」

並四郎は首をすくめた。迷路のような貧乏長屋を抜けたところに彼らの隠れ家はある。建物自体が大きく傾き、屋根瓦はほとんど残っていない。壁土が落ちて、なかから月見ができる。柱はたわみ、今にも折れそうだ。住みにくいにもほどがあるが、だれもこんなところにひとが住んでいるとは思わないから、隠れ家としては最適なのだ。もちろん家賃など払っていない。持ち主を刀で脅したら、二度と催促しようとしなくなった。なかに入ろうとすると、

「どこに行ってたのさ！」

五寸もありそうな大きな珠のついたかんざしを挿した年増女……船虫《ふなむし》である。あぐら

をかいて、湯呑みで酒を飲んでいる。歳は二十五か六ぐらい。猫のように吊《つ》り上がった目、つんと突き出た鼻、紅を濃く塗った唇……白い太ももが剝き出しだが、左母二郎も並四郎も慣れてしまっているので一瞥もしない。

「おう、来てたのか」

「来てたのか、じゃないよ！　今日は『毒河豚《どくふぐ》の長治《ちょうじ》』の賭場で博打をして、そのあと『カンテキ屋』で一杯飲む約束だっただろ？　あたしゃずっと賭場で待ってたんだけど、あんたたちが来ないから、有り金みんなスッちまったよ。カンテキ屋に行くお金もないから、ここに来てヤケクソで飲んでたのさ。どう見ても酔っぱらってるみたいだけど、どこでなにをしてたのさ！」

左母二郎がきょとんとして、

「俺《おら》ぁそんな話聞いてねえぜ」

そう言って横の並四郎を見ると、並四郎は青ざめた顔で、

「そ、そやった。すっかり忘れとったわ！　すまん！」

「すまんじゃすまないよ！　どうしてくれるのさ」

船虫はふたりの悪党仲間で、暇さえあればここに入り浸っている。今日のように勝手に入り込むこともある（抜け穴の場所を知っているのだ）。盗み、ゆすり、美人局《つつもたせ》……ときには匕首《あいくち》を突き付けて切り取り強盗まがいのこともやってのける肝の太い女であ

る。男をだます手練手管《てれんてくだ》に長《た》けていて、たいていは左母二郎や並四郎と組むのだが、そのほうが得だ、となったらあっさり裏切る冷たさもあって油断がならない。しかし、ほとぼりがさめたら、またしれっとやってくる。よほどここの居心地がいいのだろう。

「どうしてくれる、と言われても……どうにもできんがな」

「あんたたち、お金持ってるだろ」

「まあ……多少やったら……」

「それをここにお出し」

並四郎はしぶしぶ財布を出して船虫のまえに置いた。

「左母二郎もだよ。早くしな」

「え？　俺もか？」

「あんたも同罪さ」

仕方なく左母二郎も財布を出した。船虫は中身を調べて、

「ちっ、シケてるねえ……。このお金はあたしがいただいとくからね」

「そりゃあねえだろ。博打で負けたのはおめえが悪いんじゃねえか」

「あんたたちが賭場に来てたら、あたしゃそこで切り上げたんだ。だから、あんたたちのせいさ。わかった？」

「わからねえ……」

　左母二郎は湯呑みを出してきて、酒を注いだ。並四郎もそれにならった。

「そういやあ、かもめにゃあさっき話したんだが、俺ぁ今日、とんでもねえものを見ちまったよ」

「思わせぶりだね。なにを見たのさ」

「今、大坂で流行ってる『病』のもと、ってところかな」

「え？　二十歳ぐらいの若いやつが急に苦しみだすアレかい？」

「そうだ。なんと、かもめのせいだったんだ」

「左母やん、それは言いっこなしやで」

　ニヤリと笑った左母二郎がなおも説明しようとしたとき、

「ご免くだされ」

　入ってきたのは、ゝ大《ちゆだい》法師だった。そのうしろに犬山道節《いぬやまどうせつ》、犬坂毛野《いぬさかけの》、犬塚信乃《いぬづかしの》、犬村《いぬむら》角太郎《かくたろう》の四人が従っている。

「なんだなんだなんだ、大勢でご入来だな」

　左母二郎が言うと、皆、遠慮も会釈もなくその場に座った。まずはやたらと背が高く、石川五右衛門《いしかわごえもん》の大百日鬘《おおびやくにちかつら》のような伸ばし放題の月代に、どんぐり眼《まなこ》、への字口、金襴《きんらん》の縫い取りがあるどてらに、しめ縄のような太い帯を締め、大段平《おおだんびら》を差した傾奇者《かぶきもの》風の大男、犬山道節が、

「ぶははははは、左母二郎殿、並四郎殿、船虫殿、久しいのう。あの折は世話になった。盛大に火遁《かとん》の術が使えて胸がすっとしたわい」

続いて侍風のいでたちだが、顔は女性《にょしょう》のようである。まつ毛が長く、色白で、鼻筋が通っており、口もとにわずかに紅をつけている。「男装の麗人……のような男」というこれまた不思議な見かけの犬坂毛野が微笑《ほほえ》みながら、

「水無瀬座《みなせざ》での大立ち回りは楽しゅうござった。また、並四郎殿と綱に乗り、喝采を浴びたいものでござる」

次に今は男の姿に戻っているが、幼少時から女として育てられ、以前会ったときは艶やかな振り袖姿。「村雨丸《むらさめまる》」といって、抜けば刀の切っ先から水がほとばしり、ひとを斬ってもその水のせいで血糊《ちのり》がつかぬ、という大刀を腰に差した犬塚信乃が、

「私たちの目的は伏姫さまを見つけ出すことです。火を吹くためでも軽業をするためでもありません」

最後に男前だがどこか抜けたところがあり、猫が怖くて、本物の猫はおろか、猫の絵や彫刻にすら近寄ることができなかった犬村角太郎が、

「まあ、そう申さるるな。ご両所もお役目大事とは十分心得ておられるが、そのうえで軽口を叩いておいでなのだ」

左母二郎が、

「四人てえことは八犬士の半数だが、どうしたわけでえ」

そうたずねると、大法師が、

「隆光大僧正の占いで、伏姫さまは大坂におられぬ、ということがわかった」

「だったらおめえらも来なくていいじゃねえか」

「ところが厄介なことになったのだ。どうやらここ大坂に水戸家家中のものどもが大勢入り込んでおるらしい」

そう前置きして、大法師が話し始めたのは、つぎのようなことだった。

大坂に伏姫がいないとすれば、いったいどこにいるのか……それを知るべく、綱吉は伏姫とその母が住み暮らしていた長屋の大家をひそかに呼び出し、柳沢出羽守に再吟味させた。伏姫という隠し子の存在は江戸城内でも綱吉、柳沢保明、隆光などごく一部のものしか知らない大秘事であり、ご正室はじめだれにも漏れてはならぬ事項であった。大家は保明の霊岸島《れいがんじま》にある中屋敷に駕籠《かご》で連れ込まれ、柳沢保明自身から直《じか》に尋問を受けた。その場には小姓や用人などもおらず、一対一だった。

その結果わかったことは、伏姫とその母は世間から隠れるように祖父母と四人でひっそりと暮らしており、ひととの付き合いはあまりなかった、という。そんななかで、たまに外出し、帰りにはきまって食べものを大量に持ち帰っていたことがわかった。しかし、どこに出かけていたのかは大家も知らなかった。彼らの暮らしを支える後ろ盾のような人物がいた、とも考えられるが、それ以上のことはわからなかった。

柳沢保明は「おおさかのじい」の「おおさか」が「大坂」ではなく「逢坂《おうさか》」や「相《あい》坂《さか》」「尾坂《おさか》」「大崎《おおさき》」「大澤《おおさわ》」……などの誤記の可能性もある、と考えたが、そうなると日本中に探索者を送らねばならない。八犬士だけではとても手が回らない。柳沢保明は頭を抱えた。

そうこうしているうちに、たいへんなことが起きた。柳沢保明が大家を尋問した数日後、その大家が他出しようと家を出たとき、一丁の駕籠が目のまえに止まった。覆面をした侍がいきなり大家を殴りつけて猿轡《さるぐつわ》を嚙ませると、駕籠に押し込めた。やがて駕籠から下ろされ、廃屋のような建物に連れ込まれた大家はそこで数人の侍に囲まれ、刀を突きつけられ、

「貴様は、数日まえに柳沢出羽の中屋敷に赴いたな。隠しても無駄だ。我々は朝昼晩と交代で柳沢屋敷をつねに見張っておる。たかが長屋の大家にすぎぬ貴様が、ひとりで柳沢のもとを訪れ、長いあいだ滞在するというのは不可解。なんの用で呼ばれたか、ありていに申せ」

大家は震えながら、伏という娘とその母親のこと、将軍綱吉の書き付けと水晶玉のこと、「おおさかのじいのところにいく」という書き置きのこと……などを話した。覆面の武士たちは顔を見合わせて、

「なんと……綱吉公に隠し子があったとは……」

「これは使えるぞ」

「さいわい今は大勢が大坂入りしている。あのものたちに探索させればよい」

　武士たちは大家に、

「今日のこと、他言無用。しゃべったら命はないと思え。われらは貴様の家も見張っておるのだぞ」

　そう脅すと大家をふたたび駕籠に乗せ、江戸郊外にある森のなかに放り出した。帰宅した大家は、はじめのうちは家を見張っているという言葉を信じて息をひそめるように過ごしていたが、ことの重大さに、

「どうしてもお上に知らせなければ」

　という使命感が恐怖を上回り、とうとう恐る恐る町名主に届け出た。そしてこの一件が老中を経て柳沢出羽守の耳に達したのである。

「おそらくその侍たちは水戸家のものであろう」

　ヽ大法師はそう言った。

「水戸家のものたちは、大坂に伏姫さまはおられぬ、ということを知らぬゆえ、当地で伏姫さまを探しておるにちがいない。それに、隆光の占いがぜったいに間違いない、とは言い切れぬ。『おおさかのじいのところへいく』という言葉は重い。しかも、それと

は別に、連中はなにかことを起こそうと企んでおる。我ら五人はそのふたつの案件を解決せよとの出羽守さまの命を受けてまかり越したのだ。大坂に来たならば、まずは左母二郎、並四郎、船虫のお三方に挨拶をせねば、と思うてな」

左母二郎が、

「そんなことよりももっとひでえことが起きちまったんだよ。今も、船虫に言いかけてたところだが、大坂じゃあ今、二十歳ぐらいの男たちのあいだで病が流行ってて、なかにゃあ命を落とすものもいる」

左母二郎は、病に罹って生き残ったものたちが、病を発する直前に、

「ちがう。おまえではない」

という言葉を聞いた、という話をした。

「どうやらその声の主は例の淀殿の亡霊で、わが子秀頼を探してそんなことをしてやがるらしいのさ」

「ほう……大坂のものはたいへんだな」

丶大法師の言葉はどことなく他人事《ひとごと》に聞こえた。左母二郎は丶大法師をにらみつけ、

「もとはと言やあおめえが、淀殿の霊を伏姫と勘違《かんち》えしてかもめを大坂城に忍び込ませたから起きたことじゃねえか。大坂中の人間が迷惑してるんだぜ。なんとかしたらどうだ」

「なんとかできるならばしてやりたいが、我らのお役目は伏姫さまを探すことと水戸家の陰謀を防ぐこと。淀殿の怨霊までは手が回らぬ。今日から我らは大坂にて水戸家の動向を探る。おそらく天野屋利兵衛による武器調達が失敗に終わったゆえ、ほかの手段を考えておるはずなのだ。また、江戸に残った四人の犬士は諸国に向けて伏姫さま探索のために乗り出す手筈《てはず》。いずれにしても忙しい。悪いが、淀殿の霊封じは手伝えぬ」

船虫が、

「冷たいねえ。あの隆光とかいう坊さんに来てもらって、ちょいちょいと調伏《ちょうぶく》してもらっとくれよ」

「なにを申す。隆光殿は大僧正にあらせられる。気軽に東海道を行き来できる身ではないぞ」

「ちっ……お高くとまりやがって。いいよいいよ、それならあたしたちだけで淀殿の怨霊をやっつけてやろうじゃないか。そのかわり水戸のやつらのことでなにか手伝えって言ってきたって手は貸してやんないよ。――ねえ、かもさん」

並四郎はため息をついて、

「あー、わてのせいや。わてが悪いのや……」

そう言いながら酒をがぶがぶ飲む。

「では、我らはこれにて……」

、大法師は立ち上がり、四人の犬士とともに隠れ家を出ていった。左母二郎は、

「どうするい、おい。このままほったらかし……てえわけにゃあいくめえ」

船虫が、

「大坂にだって法力のある坊さんはいるはずだよ」

並四郎が、

「けど、つてがないがな。わてらの知り合いゆうたら盗人、ヤクザ、無宿者……坊主でも破戒僧とか売僧《まいす》坊主とかいう輩《やから》ばっかりや」

三人はため息をつき、あとはひたすら飲むしかなかった。鬱々とした酔いが三人を包んでいった。

◇

京の都でも異変が起きていた。御所《ごしょ》の御常《おつね》御殿にある御寝の間で、やんごとなきお方が呻《うめ》いていた。胸のうえに盤石を乗せられたような苦しさに喉を掻きむしり、

「たれか……たれかある。水を……水を持ってきとくれ」

隣室に控えているはずの寝ずの番に向かって告げたが、返事はなかった。

「いかがした。朕《ちん》の……言葉が……聞こえんのか」

そう言いながら目をあけて驚いた。目のまえに白髪の老人が浮かんでいるではないか。

髪の毛はざんばらで、顎鬚《あごひげ》を長く伸ばし、経帷子《きょうかたびら》のような白装束をまとい、首から頭陀袋《ずだぶくろ》を下げている。しかし、目を凝らしても下半身がどうなっているのか、闇に溶け込んでいて見えない。老人は、くわっ、と口を開き、

「我こそは徳川光圀の怨霊なり。日本を統《す》べるべきものは朝廷にして、徳川家はその臣として政《まつりごと》を預かっておるだけ。腐り果てた徳川将軍家から一刻も早《はよ》う政道を召し上げ、朝廷に奉還せねばならぬ、と思いしが、先年、志半ばにして病に倒れたり」

「その光圀が朕になんの用でおじゃる」

「畏れ多くも賢くも今上《きんじょう》の帝にお願いがござる。水戸家は徳川ご三家のうちでももっとも位低く、石高《こくだか》も少なく、尾張、紀州の後塵《こうじん》を拝しておる。かかる屈辱が今後も続くことは耐えがたし。ならば、いっそのこと大坂を我らの手で乗っ取り、綱條《つなえだ》を大坂城の主にすえて天下に号令をかけんという企てこれあり。そのためには、帝の勅許が欲しゅうござる」

「その話は、綱條からの書状で聞いておるが……」

「それさえあれば将軍家や譜代大名は朝敵となりまする。利にさとい西国の外様たちも皆我らに味方することは必定。なにとぞ……なにとぞ勅許を……勅許を賜りたく……」

「軽々しゅう勅許は出せぬ。その企て、勝算はいかほどや」

「すべてはわが腹にあり。しくじる気遣いはございませぬ」

「にわかには信じられぬ。関心がない、と言えば嘘になるが……もししくじったら、朕は吉野《よしの》か隠岐島《おきのしま》に行かねばならぬ」

光圀は、長い爪の生えた両手を広げ、

「それがしの申すことをお聞き入れなさいますれば、平清盛《たいらのきよもり》、源頼朝《みなもとのよりとも》以来の武家の政を終わらせ、日本を正しく矯《た》め直すことができまするぞ」

「それによって天下がふたたび擾乱《じょうらん》することにはならんかいな。民の苦しみは……」

「気になさることはござらぬ。民というのは雑草のごときもの。戦乱が終われば、また勝手に生えて参りまする。なれど、帝の代わりはおりませぬ。どうか勅許のご決断を……」

「ううむ……ううううう……」

やんごとなきお方はふたたび胸を押さえて苦しみ出した。

「ご決断を……ご決断を……ご決……」

老人の姿は掻き消えた。帝の寝巻は汗でぐっしょり濡れていた。

(夢か……王政復古の夢……)

帝は、汗を手の甲で拭うと、

「たれかおらんか!」

大声を出すと、襖《ふすま》が開き、すぐに不寝番が入ってきた。

「今のやりとりが聞こえとったか？」

「やりとり……？　いえ、たいそうお静かにお休みであらしゃりました」

「この部屋からたれぞ出てはいかなんだか」

「は、はい、どなたも……」

「そうか……」

帝は水を飲むと、

「今日の朕の予定《あらまし》はどうなっておる？」

「関白近衛基熙《このえもとひろ》殿、水戸家家老山寺信雄《やまでらのぶかつ》殿からの書状を携え、参内なさると聞いております る」

「そうか……そうやったな。下がってよい……」

帝は眉根を寄せ、

（そのことが頭にあり、かかる夢を見しか……）

そう思ったとき、ふと部屋の隅に目をやった。そこには、葵《あおい》の紋のついた印籠が転がっていた。

◇

矢頭右衛門七の身辺はにわかにあわただしくなっていた。大石が討ち入りに対してあ

まりに逃げ腰なので、堀部安兵衛は京、大坂の同志たちに、

「大石は討ち入りをする気がないのだ。我らだけで吉良の首級《しるし》を上げようではないか。人数が足らず、もし返り討ちにあったとしてもそのときはそのときだ。たとえ勝ち目がない戦いであったとしても、主君のために一命を投げ出したことを世間に知らしめるのが肝要なのだ」


そう言って説いてまわった。同意するものもいれば拒絶するものもいたが、右衛門七には安兵衛の行動は、同志の結束を乱し、いたずらに対立を生むもののように思われた。上野介が上杉《うえすぎ》家に引き取られるのでは、という噂に動揺し、支度もなく討ち入りを急いで、もし目的が果たせなかったら、ただの暴徒として片づけられるのではないか……そう思ったのだ。しかし、浪士たちの窮乏は限界に来ており、右衛門七のように家族を持つものはもちろん、独り身のものたちも明日の米に困るような暮らしぶりで、いつまでものんべんだらりと好機を待っているわけにはいかなかった。それゆえ安兵衛たち急進派の言にうなずくものたちが多いのも理解できたし、このままでは脱落者が増えていくだろう、ということもわかっていた。しかし、大石内蔵助は、

「大学さまの処分がはっきりするまでは……」

とその名のとおり石のように動こうとしなかった。

公儀の思惑はよくわからなかった。吉良邸を江戸城に近接する呉服橋《ごふくばし》から本所《ほんじょ》に移し

たことは、浅野の旧臣が巷説《こうせつ》どおり吉良邸に討ち入ったときの用心である、という説もあった。しかし、上野介の隠居願いと嫡男義周《よしちか》の相続を承認し、上野介がいつ上杉家に引き取られても大事ない、としたのは、上野介の安全に対する配慮である、という意見もあった。

いずれにしても、吉良家そして上杉家は浅野旧臣の討ち入りを警戒してはいたものの、まだ「本当に討ち入るのかどうか」を把握していなかった。そこで吉良家では、浪士の頭領大石内蔵助の動静と真意を探るため、京、大坂にひそかに間者を派していた。そのひとりが大須賀治部右衛門《おおすがじぶえもん》である。清水一学《しみずいちがく》とならぶ吉良家きっての使い手であり、剣術の勝負においてはその強さは万人の認めるところではあるが、負けた相手を徹底的に叩きのめし、ときに残忍といっていいほどの性格を露わにする。月代を神経質なほどきれいに剃《そ》り込み、パリッとした生地の黒羽織に、柿色の袴《はかま》、細身の大小を差している。背が低く、ごつごつした顔立ちで、いつも薄笑いを浮かべている。吉良上野介のお気に入りで、上野介が上杉家に移る際には彼も同行して、召し抱えられることが内々に決まっていた。そういう男だ。

（京には大石のほか、潮田又之丞《うしおだまたのじょう》、中村勘助《なかむらかんすけ》、大高源吾《おおたかげんご》、進藤源四郎《しんどうげんしろう》など十数人、ここ大坂には原惣右衛門《はらそうえもん》、矢頭右衛門七、千馬三郎兵衛《せんばさぶろべえ》が住み暮らしている。彼奴《きやつ》らの動きを知れば、討ち入りの意思の有無もわかろうというものだ……）

大須賀は大坂入りしてからは日々、原惣右衛門、矢頭右衛門七、千馬三郎兵衛らの家に張りつき、見張りを続けていた。京の大石は島原で遊び惚《ほう》けており、世間をあざむくためとも思えぬ堂のいった放蕩《ほうとう》っぷりである。江戸から下ってきた堀部安兵衛もちょろちょろしているが、ひたすら飲んだくれており、討ち入りに関して動いているようには思えない。大須賀は、大坂在の原惣右衛門、矢頭右衛門七、千馬三郎兵衛の三人のうち、年のいった古狸で腹の底が探りにくい原惣右衛門と、元来浅野内匠頭とは不和だったらしい千馬三郎兵衛を除き、いまだ十八歳と若年で浅野家での身分も低かった右衛門七にしぼることにしたのだ。

しかし、右衛門七は毎日弥々山という煮売り屋の手伝いに精を出しているだけで、ほかになにもしてはおらぬ様子である。

（そんなはずはない。かならず尻尾を摑んでやる……）

業を煮やした大須賀は大胆な行動に出た。右衛門七一家が住み暮らしている長屋に住むことにしたのである。これなら楽に見張りができる、というわけだ。たいへんな貧乏長屋なので身分のある武士が住むようなところではない。持っているなかでもっとも粗末な着物を選んでわざと皺《しわ》をつけたり、穴を開けたりして細工をし、大小も安物に替えた。

（うむ、これでよい。貧乏な浪人ものに見えるだろう……）

我とわが身の仕上がりに満足した大須賀は意気揚々と右衛門七の長屋に乗り込んでいった。

一方、右衛門七だが、彼の家族は病がちの母親、そして、三人の妹たちである。長女ゆずは十四歳、次女みちは十二歳、三女ふさは十歳だ。つまり、右衛門七以外は全員女性なのである。もし、右衛門七が討ち入りによって罪に問われても、連座して罰を受けることはない。それが右衛門七には救いだった。昼間右衛門七は大石とのつなぎなど討ち入りに向けてのさまざまな「仕込み」に走り回っており、夜は夜で弥々山の仕事が忙しい。幼い妹たちと遊んでやる暇もないが、皆、貧しい暮らしのなかでも武家の娘としての厳しいしつけを母親から受け、針仕事などの内職にもいそしんでいるようである。

（宿願を果たしたらゆっくりと母に孝養を尽くし、妹たちの遊びの相手をする……そうできたらどんなにいいだろう……）

しかし、宿願を果たしたとき、彼はこの世にいないはずなのである。そのことを思うと、右衛門七は途中で脱盟する同志のことを悪《あ》しざまに言う気にはなれなかった。

（おや……？）

右衛門七はおのれの家を出たときに妙な人物に出会った。彼の家からあまり離れていない棟にひとりの侍が入っていくのを見かけたのだ。右衛門七一家が住んでいる長屋は、裏長屋のなかでも最下層で、住民のほとんどはその日暮らしの人足や棒手振《ぼてふ》り、あるいは働くことがままならぬ病人たちであった。その侍は浪人ではなく、主持ちのようである。着物などもいかにも粗末そうだが、よく見ると仕立ての良いものをちょっと汚したり、わざと穴を開けたりしただけだとわかる。身なりも身だしなみもおよそこのあたりに出入りするにはふさわしからぬ。

(あんなひとがどうしてこんなところに……)

右衛門七が首をかしげながら歩いていると、長屋の家守に出くわした。

「家守さん、今、そこの家にまともな恰好《かっこう》をしたお侍が入っていったのですが……」

「ああ、あのひとかいな。わしも驚いたのやが、どうしても貸してくれ、ゆうてきてな。借家請け状もしっかりしとるし、断る所以《ゆえん》がないさかいしゃあないがな。まあ、しばらく住んだら、嫌になって出ていきよるやろ」

「それにしても、こんな貧乏長屋に……」

「そやろ、こんな貧乏……これ！　わしはここの家守やで」

家守はぷりぷり怒って行ってしまったが、右衛門七はしばらくその侍が入った家を見つめたあと、ふたたび歩き出した。

◇

水戸家家老山寺信雄は、堂島《どうじま》の水戸家蔵屋敷にある御殿の奥書院で、七、八人の家臣たちと密談を交わしていた。

「米田《よねだ》、今、大坂入りしているものは幾人《いくたり》だ」

米田と呼ばれた男が、

「蔵屋敷の留守居役や目付、物書役、修理方……といったものを除き、総勢百五十四名になりまする」

水戸家の蔵屋敷の敷地内には多くの長屋があり、普段は仲仕《なかし》たちが居住しているのだが、今、そこに住んでいるのはほとんどが水戸からひそかに大坂入りした侍たちであった。

「それだけいれば人数は十分だのう」

「しかし、ご家老、まだ肝心の『かもめ小僧』なるものが……」

「うむ、わしは今から西町奉行所に参り、その盗人について町奉行から話を聞くことになっておるが、かもめ小僧が見つからぬときは、変装術に長けたものは伊賀《いが》、甲賀《こうが》の忍びにも大勢おるゆえ、そちらに頼むだんどりはつけてある」

「帝の勅許のほうの進捗《しんちょく》は……？」

「返事はもろうてはおらぬが、関白近衛基熙殿の話によると、かなりご関心あり、と思われる」

「もし勅許をちょうだいできぬときは……？」

「そのときはわしに腹積もりがある。――伏姫の所在はどうだ」

「ただいま人数を繰り出して調べさせておりまするゆえ、今しばらくお待ちを」

「将軍家に対する切り札になるかもしれぬのだ。急げ」

「なにぶん大坂の町は広うございます。しかも、手がかりといっても水晶玉をつなげた数珠を持っているかもしれぬ……というだけ。十歳ぐらいの少女を見かけては、『おまえは伏姫か』『だれやねん、おっちゃん。うちはそんな名前やない。怪しい侍やな。ひとさらいとちゃうか。あっち行って』……そんなやりとりを何百度《たび》もいたしました」

べつの家臣が、

「ご家老、そろそろ西町奉行所に参らねばならぬ時刻にございます」

「そうか、わかった」

立ち上がろうとした山寺に、さっきからうつむいていたひとりの家臣が顔を上げて、

「ご家老……おたずねしたき儀がございます」

「なんじゃ、山坂《やまさか》。早う申せ」

山坂と呼ばれた若侍はしばらく逡巡《しゅんじゅん》していたが、

「此度のこと、どうしてもやらねばならぬのでございましょうか」

「なに？　今更なにを申す」

「それがし、水戸家は徳川御三家の一なれど、よし朝廷と徳川宗家が対立することがあったそのときは、ためらわず帝を奉ぜよ、というのが水戸家の家訓であると聞き及んでおります。我らがやろうとしていることは、帝を奉ずることになりましょうや。それがしの考えでは、帝に対する大いなる不忠かと……」

「だまれ、若輩のくせに先代老公がお決めになられた水戸家の進むべき道に文句をつけるとはおこがましいにもほどがある」

「なれど、もし我らが戦いに敗れたるそのときは、水戸家のみならず帝まで罪に落とすことになり申す」

「我らに敗北の二字はない。かならず勝つ」

「勝敗は時の運。しかも、我らに大義なき戦《いくさ》と心得……うわあっ！」

山坂は血煙を上げて倒れた。刀を手に下げた山寺は肩で息をしながら、

「水戸家の方針を帝への不忠と考えるものが、ほかにもおるなら申すがよい。先君に代わってわしが仕置きしてつかわす」

皆は下を向いたまま声も上げなかった。山寺は拭った刀を鞘に収めると、

「では行って参る。――伏姫の探索、怠るなよ」

そう言うと部屋を出ていった。そして半刻（約一時間）後、彼は西町奉行所の奥書院で町奉行松野助義《まつのすけよし》と対峙していた。

「これはこれは急なご来臨にて、まえもってお知らせいただいておれば酒肴《しゅこう》の支度なども仕《つかまつ》っておりましたものを……」

「なんの。それがしが参ったるわけはひとつ、『かもめ小僧』なる盗賊のことでござる」

松野は顔をしかめた。かもめ小僧にはたびたび苦汁を飲まされている身だからである。

「大坂の町を荒らしまわる憎《に》っくき盗賊でござるが、かもめ小僧がいかがなされたか」

「その盗賊は、おのれの顔をいかようにも拵えることができる変装の名人だとか」

「さよう。その術をもってお上を翻弄するがゆえ、下々のものどもからはたいそうな人気を得ておる。そうだ、かもめ小僧については詳しいものがおりまする」

「ほう……」

松野は滝沢鬼右衛門を呼び寄せた。

「これなるが、当奉行所にて盗賊吟味役与力を務める滝沢鬼右衛門。かもめ小僧の捕縛に執念を燃やしておるものでござる。もっとも今のところなんの成果も上がっておりませぬが……」

平伏した鬼右衛門に松野が、

「滝沢、こちらにおいでのお方は水戸家のご家老、山寺信雄殿。かもめ小僧についておたずねだ」

山寺は鬼右衛門に向き直り、

「そのかもめ小僧なる盗賊は、いかなる人間にも化けられる技を持っておると聞くが、まことか」

「『七方出』という変装術を心得ており、顔だけでなく背恰好、老若はもとより、男女の別さえも自在という恐ろしい男でござる。それがしに化けたときは、親しき与力、同心などもまんまとだまされて往生いたしました。それゆえ、長年かもめ小僧を追いかけておるそれがしにも、彼奴のまことの顔がどういうものか、いまだわからぬありさま。しかも、ひとりなのか仲間が多数いるのかもわからぬ、まさに神出鬼没の大盗賊でござる」

「ううむ……恐るべきやつ。そやつはおのれの顔を変えるだけでなく、他人の顔も変えられるであろうか」

「他人の顔……とおっしゃいますと？」

「たとえばわしの顔に化粧をほどこして、ほかのものに見せかけるようなことだ」

「彼奴ならばできましょう」

「して、そのかもめ小僧の正体や居場所についての手がかりはないのか？」

「もちろんいくばくかはございますが……山寺さま、なにゆえかもめ小僧をお探しでございますか」

「あ、いや……その七方出なる術に興味があるのだ。その手がかりを早う申せ」

「容易《たやす》うおっしゃいますが、それがしにとっては命を削って集めたる大事なものばかり。教えろ、と言われて、さようでござるか、とは言いかねまする」

「なんだと？　今、なんと申した」

「町奉行所の得たる手がかりを軽々しくよそに漏らさば、今後の探索に支障をきたすやもしれませぬ。お断りさせていただきます」

山寺は松野に、

「天下の水戸家の家老職に向かってこの態度はなんだ！　生意気にもほどがある」

「いや、山寺殿……それがしも滝沢と同意見でござる」

「なに？……？」

「それがしも将軍家から大坂町奉行を拝命しておる身。いまだ捕縛できておらぬ盗賊の手がかりをよそに漏らすわけにはまいりませぬ。それは相手が水戸家であろうと一万石の小大名であろうと同じこと。おそらくは東町奉行もそれがしと同じことを申すはず」

山寺は立ち上がると、

「もう頼まぬ。水戸家は水戸家のやり方でかもめ小僧を探す。邪魔立てするとためにならぬぞ」

「結構。ただし、よそは知らず、この大坂の町でなにか騒ぎを起こされたなら、たとえ水戸家としても容赦はいたしませぬぞ」

山寺はそれには応えず、足音荒く部屋を出ていった。鬼右衛門が松野助義に、

「お頭……水戸さまはなにをお考えなのでございましょう」

「わからぬ。わからぬが……滝沢」

「はっ」

「水戸家より先にかもめ小僧を捕らえよ。もし、向こうに先を越されたら、わしらの面目は丸つぶれだぞ」

「ははっ」

鬼右衛門は頭を下げた。

◇

綱吉は苛立《いらだ》っていた。また、鵺《ぬえ》が鳴き出したのだ。

「隆光、なんとかならぬのか。余は寝不足じゃ」

「お祭し申し上げます。なれど、以前にも申し上げたるとおり、あれは大気中の災いごとのタネが凝り固まっただけでござる。怪物の姿に見えまするが、ただの煙のようなもの。源三位頼政が射落とした、なる言い伝えがござりまするが、おそらくは嘘でござり

ましょう。放っておくしか打つ手はござりませぬ」

「うーむ……。だが、そのほう、鵺はこれから起きる災いの前兆だ、と申したではないか」

「さようでござります。その『災い』のほうをなんとかせねばなりませぬ」

綱吉はかたわらに控えている柳沢保明に、

「保明、なにか上方よりの報せはないか」

「、大法師からの早飛脚によると、水戸家のものたちがひそかに大挙して大坂に乗り込んできておるそうでございます。素性を偽って三人、五人と分かれて道中し、水戸家の蔵屋敷の使用人と入れ替わるなどして、数を増やしておるらしいとか……」

「して、その数は……？」

「しかとはわかりかねまするが、およそ百五十人ばかりかと……」

「百五十人ごとき、大坂城代や町奉行所の手勢で揉み潰せるであろう。手持ちの武器、弾薬もさほどはないはずじゃ」

「綱條さまにはなにか腹積もりがおありなのでござりましょう。ご安堵《あんど》は早計かと存じまする。禁裏付き与力からも、水戸家家老山寺信雄なるもの、関白近衛基熙を通じ、綱條さまからの書状を帝にお渡ししたという内々の知らせこれあり」

「なに……？　帝に書状？　まさか……」

柳沢保明はうなずき、

「おそらく水戸家は勅許を欲しておいでかと……」

「綱條はあとに引く気はないようだのう」

「もし、帝が勅令を綱條さまにお与えあそばしたら、たいへんなことになりますするぞ。西国の外様大名だけでなく、御三家の一である水戸家が勅を報じて動いたとなれば、譜代、親藩のなかにも同調するものが出てこようかと……」

「わかっておる。だが、いくら江戸より朝廷を重んずるをもって家訓とする水戸家でも、将軍家に弓引かんとするなど、およそまともではない。水戸家にもひとはおろう。綱條の無謀を諫《いさ》めるもののひとりやふたりはおるはずではないか。しくじったら改易ではすまぬ。加担したもの、ことごとく厳罰に処されるのだぞ」

隆光が、

「光圀公の亡霊がその因にございます。おそらくは水戸家に属するものどものほとんどが、光圀公の怪しき力によって幻術、目くらましの法にかかっておるようなありさまかと……」

「なんと……」

「綱條さまもそのおひとりでございましょう。水戸家の格上げをお望みではありましょうが、帝までを巻き込んで一国を滅ぼすようなたわけた真似《まね》はなさらぬはず」

「では、光圀の亡霊を鎮撫《ちんぶ》できれば、ことは収まると申すか」

「御意」

「ならば隆光、そちの力によってなんとかいたせ。老公の霊を封印してくれ」

「それは……むつかしゅうござります。光圀公の上さまへの恨みは激しく、なみのやり方では鎮魂かないませぬ。ただ……」

「ただ……？」

「光圀公は畏れ多くも東照神君家康公の孫。いかに朝廷を重んずるといえど、将軍家に弓引くということは祖父に逆らうのと同じ。それゆえ、家康公のご威光を用いれば、鎮撫もできようか、と思いまする」

「というと……？」

「家康公を祀りたる斎《いつき》なる東照宮は、日光《につこう》と久能山《くのうざん》、そして大坂にあり。大坂の川崎《かわさき》東照宮は代々の将軍家を守らんとする家康公の霊力働きし場所。また、八犬士は老公が上さまに献上なされた犬の皮によって誕生したものども。川崎東照宮において八犬士たちによる儀式を行えば、老公の御霊《みたま》を封ずることもできようかと……」

　川崎東照宮は、大坂夏の陣の二年後、日光の東照宮とほぼ同時期に、天満《てんま》の大川《おおかわ》沿いに作られた宮である。年二回の「権現祭《ごんげんまつり》」は「浪花《なにわ》随一の紋日」として大坂随一の賑《にぎ》わいを見せたという。東照宮であるから、当然、祭神は東照大権現徳川家康である。

「ただちに行え」

綱吉はまなじりを決してそう言った。

「上手《うま》くいくとはかぎりませぬ。それがしは仏に仕えるものにて、神道の儀式には疎うございますゆえ……」

「川崎東照宮の宮司には無理か」

「とてもとても……手にあまりましょう」

「ならば、おまえがやるしかあるまい。かまわぬ。――やれ。ただちに人数を連れて、大坂に向かうのだ」

「大勢の僧侶のほかに、東の青龍《せいりゆう》、西の白虎《びやつこ》、北の玄武《げんぶ》、南の朱雀《すざく》の四神になぞらえた依《よ》り代《しろ》の役を担う若者が四人必要でござる。そのものたちに神がお下りしますゆえ、心清らかで屈強なるものがよいのですが……」

柳沢保明が、

「ならば、今、ちょうど四人の犬士が大坂におる。彼らならばその役に適任であろう」

「なるほど、妙案。それでは四人をお借りするといたしましょう」

保明は綱吉に向き直ると、

「丶大法師からの書状には、大坂城内の祠に封じてあった淀殿の亡霊がこの世に出たらしい、と書かれておりました。淀殿も、徳川家に大いなる恨みを抱くもの。今はまだ、秀頼公の死が理解できず、わが子を探しまわっておいでのようですが、もし、光圀公の怨霊と淀殿の怨霊が手を携えて我らに向かってきたら……とんでもないことになりましょう。そうならぬうちに光圀公の怨霊を鎮め奉るべきかと」

「余も、わが子伏姫を探しておるゆえ、その気持ちはわかる」

「伏姫さまと申せば、同じく、大法師からの報せによると、水戸の家臣たちは大坂にて伏姫さま探索に乗り出しているらしい、とのことでございます」

「やはりそうであったか」

綱吉は嘆息した。保明が、

「十歳前後の少女を片っ端から捕まえては素性を問いただす、ということを繰り返しておるらしく、今のところただ漫然と探しているだけのようです。伏姫さまが大坂におられぬならば、放置しておいても大事ないとは思いまするが……」

保明はちら、と隆光を見て、

「絶大な法力を持つ隆光大僧正の占いとはいえ、伏姫さまが大坂におられるという見込みは皆無、とまでは言い切れませぬ。もし、我らが余所《よそ》を探しているあいだにやつらが大坂で伏姫さまを見つけ出したらとんでもないことになり申す」

「あってはならぬことじゃ」

「、大法師によると、伏姫さまを探している手勢は、水戸の蔵屋敷から身なりを浪人や医者、僧侶などに変えて市中に散らばっていくので、見分けをつけることもむずかしいとのことでござる」

「今のところ水戸家のものは大坂でなんの騒ぎも起こしてはおらぬゆえ、証拠もなしにいきなり町奉行所に召し捕らせるわけにもいかぬが、せめて、伏姫を探しているものたちだけでも捕縛したいものじゃ」

保明が、

「そやつらを炙《あぶ》り出すよき思案がござる。囮《おとり》をしかければよろしかろう」

「囮とは……？」

そのあと保明が口にした提案に綱吉も隆光もうなずいた。綱吉は、

「なるほど、それはよい。しかし、、大法師や四犬士は光圀公の怨霊封じなどで手一杯であろう。江戸に残した四犬士もいずくかの地で伏姫が見つかったならば、すぐに駆け付けさせねばならぬゆえ、動かすわけにはいかぬ」

保明が、

「ならば、それがしの家来で野堀善左衛門《のほりぜんざえもん》なるもの、屈強にして剣術の腕も優れ、能ある男《おのこ》にござりますれば、かのものに数人の手勢を与えて、大坂に向かわせてはいかがかと……」

「うむ、早速そのものに命ずることといたせ」

頭を下げた保明に綱吉は、

「そのうちやつらも、伏姫が大坂にはおらぬということに気づくであろう。だが……姫よ、いったいどこにおるのか……」

三

明け方、まだ日が昇るか昇らぬか、という時分、並四郎は腕組みをしながら天満を歩いていた。なんの用もない。ただの気散じである。つい今しがたまで屋台のうどん屋で酒を飲んでいたので足もとがふらついている。市中ではいまだに二十歳ぐらいの若い男が前触れなく急に調子を崩し、ときには死に至る奇病が発生しており、町奉行所はその対応に追われていた。病の流行が終息しないのは当然で、怨霊による一種の「祟《たた》り」なのだから、どんな薬を与えても治るわけがない。

(淀殿が、秀頼は死んでしもた、ゆうことに気づくのを待つしかないのか……。そうなったらそうなったで、怒りまくってめちゃくちゃしはじめたらどないしよ。もっぺん淀殿の亡霊に会うことができたらなあ……身体を張って説き伏せるのに……)

並四郎は強い自責の念にさいなまれていた。しかし、だからといってどうすることもできないではないか。

（わてに怨霊調伏の祈禱ができたらなあ……。怨霊相手に「七方出」の変装なんかなんの役にも立たんがな……）

いつもの呑気《のんき》さは影を潜め、並四郎は日々鬱々としていた。いくら酒を飲んでも憂さが晴れない。天満橋を渡ろうとしたとき、東の空がほんのり赤く染まりはじめたのを見て立ち止まった。欄干にもたれ、さっきのうどん屋でもらったヨジロベエ（ヤジロベエのこと）をその欄干に乗せて指でつつく。ヨジロベエはゆらゆら揺れるが川へ落ちることはない。勘定をするとき、うどん屋の親爺《おやじ》が、

「お子たちに……」

と言ってひとつくれたのだ。

「わては独り身や」

「独り身でもよろしいがな。見てたら退屈しまへんで」

そんなやりとりを思い出しながら大川を見下ろしていると、川上から三十石《さんじっこく》が四隻連なって下ってきた。

（なんや、あの船……）

並四郎は眉根を寄せた。それらの船に乗っているのは坊主ばかりだったのだ。一艘《そう》に三十人ほどだから、四艘で百二十人である。

（どういうこっちゃ。大坂でどれだけ坊主がいる催しがあるんや。どこぞの大店《おおだな》の主で

も死んだんやろか……)

船が八軒屋《はちけんや》の船着き場に着き、ぞろぞろと陸に上がってくる坊主たちの先頭のひとりに目をやって、

(あれ……あいつもしかしたら……)

そう思ったが、彼らは手配してあったらしい駕籠にあわただしくつぎつぎ乗り込んでいき、周囲もまだ暗く、面体をはっきりと確かめるまでにはいたらなかった。

(まさかなあ……)

大勢の坊主たちはあっという間にどこかへ消えてしまい、並四郎は夢を見ていたような気分になった。そこからぶらぶらと堂島に向かう。今橋《いまばし》を渡るころにはすっかり夜が明けていた。大名家の蔵屋敷が建ち並んでいるが、その東側の曽根崎川《そねざきがわ》沿い、いわゆる堂島裏のあたりには商家や長屋もある。なかなかの貧乏長屋もあって、そんな長屋のひとつを通りかかったとき、並四郎は足を止めた。こどもの泣き声が聞こえてきたからだ。見ると、十歳ぐらいの少女がしゃがみ込み、手で目を覆って泣いている。ぎゃーぎゃーとわめくような感じではなく、こらえようとしているのにこらえきれない、うっ、うっ……という泣き方である。並四郎は思わず、

「どないしたんや?」

少女は顔を上げ、

「犬が……」

「犬……？」

「犬が死んでしまったのです。それが悲しくて……」

「犬の寿命は人間より短いさかい、仕方ないけどなあ……。生きてるあいだはいっぱい可愛《かわい》がったんやろ？」

　少女はうなずいた。

「それやったらその犬もきっと今頃喜んでるわ」

「ありがとうございます。子犬のときからずっと一緒だったので悲しくて、ついお恥ずかしいところをお見せしてしまいました。申し訳ありません」

　並四郎は、

（おや……？）

　と思った。着物はまるで雑巾のように粗末で、何度もつくろった跡があり、明らかに貧しい町人の娘だが、四角い口調はこのあたりの裏長屋住まいにふさわしくない。もしかしたら主家を改易され困窮した浪人の娘でもあろうか……。

「そんなん気にせんでええねん。そうか……ずっと一緒やった犬か。そら泣いても当然や」

「父が亡くなり、母と兄、ふたりの姉の五人暮らしなのですが、母は病弱、兄は仕事で忙しくしており、ふたりの姉も手内職をしておりますので、遊び相手はシロだけだったのですが……そのシロが死んで、遊んでくれる相手がいなくなってしまいました……」

「長屋におんなじぐらいの歳の子はおらんのか？」

「おります。私は遊びたいのですが、母がそういうことをあまり好みませんので……」

「そうか。ほな、これ、やるわ」

並四郎はふところからさっきのヨジロベエを取り出すと、懐紙に包んで少女に手渡そうとした。少女は目を輝かせたものの、

「いただけません。知らない方からものをもらうと母に叱られるのです」

「堅いおかんやなあ。ほな、わての名は並四郎。お嬢ちゃんの名前は？」

「ふさ、と申します」

「これでもう、おたがい知り合いになったさかい大丈夫や」

少女はにっこり笑ってヨジロベエを受け取り、

「ありがとうございます」

「ははは……ほな、な」

並四郎は少しだけほっこりしてその場を去った。

◇

「たいへんだよ！」

その夜、船虫があわただしく隠れ家に駆け込んできた。ボロ壁にもたれ、干したイワシを肴に焼酎を飲んでいた左母二郎は、

「うるせえな。入ってくるときゃ、もっとおしとやかにしろ。一応、ここは隠れ家なんだぜ」

「わかってるよ。かもめはどこだい？」

「わてはここや」

寝転んでいた並四郎は右手を上げて、指をひらひらさせた。上がり込んだ船虫はその場にあぐらを掻いて、

「大勢の侍が、町なかで『かもめ小僧のことを知らぬか』って探し回ってるらしいよ。あたしゃ、掏摸《ちぼ》の梅《うめ》さんに聞いたんだけどさ。知らないって答えたら殴られたって……」

すぐあとに顔を見せたのは弥々山の蟇六だった。

「並四郎どん、いてるかいな」

「なんや、隠居、こんなとこまでわざわざ来るやなんて珍しいやないか」

「呑気なこと言うとる場合やないで。例の、かもめ小僧を探してるやつら、派手に動き出しよったみたいや。うちに飲みにきた昔の盗人連中がどいつもこいつも『どこかの侍にかもめ小僧の居場所をきかれた。知らん、て言うたら殴る蹴るのひどい目に遭

わされた』て言いよるのや。元盗人をつぎからつぎへとたずねてまわってるんやないやろか」

並四郎は起き上がると、

「うーん……どういうことやろ」

「闇鍋《やみなべ》の哲吉《てつきち》が、あいつのほんまの顔はだれも知らんのや、て言うたら、いきなり斬りつけられて、吐け、おまえらみたいな屑《くず》は殺しても罪にはならんのだぞ、て言われたらしい。マジで知らんのや、て言うても聞く耳持たんそうや」

左母二郎が、

「屑と言っても、みんな足を洗った連中だろう? ひでえことをしやがるぜ……」

「それと、かもめ小僧のほかに『七方出』に長けた盗人を知らんか、ともきかれたらしい。並四郎どん、しばらくどこぞに隠れてたほうがええのとちがうか」

船虫が蟇六に、

「今、あたしもその話をしてたとこだよ。どこのどいつがそんなことをしてるんだろうねえ……」

「それについてはわしが答えよう」

そう言いながら入ってきたのは、大法師《ちゆだい》である。左母二郎が呆《あき》れて、

「今日もまた千客万来だな。さっきも言ったが、おめえら、わかってるか? ここは隠

れ家なんだぜ」

丶大法師はそれには応えず、並四郎に向き直った。

「それはおそらく水戸家のものたちだ」

「なんで水戸のやつらがわてのことを探しとるのや」

「理由はわからぬが、我らただ今、別件で大坂における水戸家の動きを追っておる。そのなかで浮かび上がったのだ。おそらくどれもこれも此度の企みに関わることなのだろうが、その『企み』自体が茫洋《ぼうよう》としていて摑みどころがないから始末に困る」

左母二郎が、

「別件たあ、なんのこった」

丶大法師はちら、と蟇六のほうを見た。蟇六は気を利かして、

「なんや、ややこしそうな話やな。わし、去《い》ぬわ」

並四郎が、

「すまんな、おやっさん。わざわざ来てもろたのに」

「かまへんかまへん。また店に来てんか」

そう言うと帰っていった。丶大法師が左母二郎たちに、

「おまえたちも知っておるだろう。大坂にて頻発している一連の案件の裏には、亡くなった水戸家先代徳川光圀公の亡霊が関わっている」

「ああ、知ってらあね。天野屋利兵衛にとり憑《つ》いてたジジイだろ？　俺なんざ、名指しで『左母二郎が憎い』って言われたぜ。てえしたもんだろ？」

「我らは今、光圀の亡霊がすべての元凶と見て、その御霊《みたま》を鎮めんとして働いておる。上さまのお声がかりで、隆光大僧正にもご足労いただいておる」

並四郎が膝を叩き、

「やっぱりそうか。今朝方、八軒屋で坊主がぎょうさん三十石から下りてきて、そのなかに隆光ゆうあの坊さんがおったように思たんや」

、大法師は顔をしかめ、

「大僧正一行の大坂入りは内密に行い、ことに水戸家には絶対に気づかれぬよう気を配ったつもりだったが、おまえが見ておったとはな……」

「あんないっぺんに来たら、そら目立つわ。――けど、それやったら話が早い。隆光に頼んで、淀殿の怨霊もついでに封じ込めてもろてくれ」

、大法師はかぶりを振り、

「それはできぬ。隆光大僧正ご一行は徳川光圀公の鎮魂のためにわざわざ江戸からお出ましいただいたのだ。ほかの用件に関わっている暇などない」

「ええやないか。ものには『ついで』ちゅうことがあるやろ。光圀公を鎮めるついでにちょいちょいちょいちょい、と……」

「無理に決まっておろうが」

　船虫が、

「けどさ……淀殿の亡霊も放っておいたら、結局は公方さまの害になると思うんだけど」

「そうかもしれぬが、隆光大僧正によると、光圀公の霊力は凄まじく、川崎東照宮に祀られている東照神君家康公の霊力をお借りしても、封ずることができるかどうかわからぬそうだ。大僧正も、命がけの荒行になる、と言うておられた。とても、淀殿の怨霊までは手が回るまい。我らが上さまから命ぜられているお役目は、伏姫さまの探索と大坂での水戸家の動向を探ることだ。ほかのことには手を出せぬ」

　並四郎が舌打ちをして、

「ケチやなあ……」

　丶大法師が、

「そう申すな。水戸家の侍たちの動きを追っているうちに、やつらがかもめ小僧を探していることがわかったので報せにきてやったのだぞ」

　並四郎は首をひねり、

「なんでわてのこと探してるんやろなあ……」

「わからぬが、おまえの変装術をなにかに使おうとしておるのは間違いない。おまえのことだから、やつらに見つかる気遣いはないとは思うが、油断は禁物だ。今日はそれを伝えにまいったのだ」

「そらまあ、おおきに」

「明日は川崎東照宮での儀式があるゆえ、これで失礼するが……左母二郎」

左母二郎は飲みかけていた湯呑みを口から離し、

「なんでえ」

「おまえも明日の儀式に立ち会わぬか」

「俺が？　どうして？」

「先日、天野屋利兵衛に憑いた光圀公は『左母二郎が憎い』と言った。その直後、おまえは光圀公の亡霊に斬りつけ、亡霊は掻き消えた。わしの考えでは、光圀公は武器調達の企てを潰したおまえのことを恨んでいるはず。隆光大僧正をはじめとする大勢の僧の仏法力で守られた鎮魂の儀式の場にいるのがもっとも無事であろう。どうだ？」

左母二郎はぐいと酒を飲み干すと、

「そりゃあありがてえ。恩に着るぜ」

「さようか。ならば明日の朝……」

と言いかけた丶大法師に向かって左母二郎は湯呑みを投げつけた。

「なにをいたす！」

「へへへへ……へへへへへ……ひーっひっひっひっひ！」

左母二郎はさんざん哄笑《こうしょう》したあと、

「この嘘つき野郎が！　川崎東照宮がもっとも無事だと？　てめえの魂胆はわかってるぜ」

「魂胆？　わしはなにも……」

「ふざけるねえ、ド坊主！　おめえはかもめに会いにきたんじゃねえ。俺に用事があったんだろう」

「………」

「光圀の怨霊を引き寄せるための餌がいるってわけだ。あのとき怨霊ジジイは紀州と尾張と綱吉と俺が憎いって言いやがった。まさかお大名やら将軍を使うわけにゃあいくめえから、俺を囮にしようって魂胆だろう。どうでえ、ちがうかえ？」

　丶大法師はじっと左母二郎の顔を見つめていたが、しばらくすると、

「そのとおりだ。すまぬ。我らを助けてくれ」

　船虫が気色ばんで、

「なに勝手なこと言ってるんだい。自分たちは、淀殿の怨霊を鎮めるのに手は貸せないって言っておきながら、左母二郎を囮に使うなんて……ひどすぎるよ！」

「たしかにひどい」

　丶大法師はそう言った。そして、左母二郎のまえに両手を突き、

「ひどい話であることを承知のうえで頼む。光圀公の亡霊を封ずるのに力を貸してくれ」

　船虫が、

「よくもまあいけしゃあしゃあと……左母さんがあんたの言うことなんか聞くわけないだろ。馬鹿馬鹿しいにもほどがあるよ。――ねえ、左母さん」

だが、左母二郎はうなずかなかった。

「その役目を引き受けりゃいくらくれるんでえ」

　ゝ大法師は、

「一文も出さぬ」

　船虫が、

「な、なんだって？　あんた、頭がおかしいんじゃないの？　そんな危ない役をタダでやれって？　あんたねえ……」

　左母二郎が、

「まあ、待て。どうして一文も出さねえんだ」

「おまえとの付き合いも長い。おまえはへそ曲がりで、せっかくこちらが金を払うと申しておるのに、なんだかんだと屁理屈《へりくつ》をこねて受け取ろうとせぬ。世間のものは皆、銭の亡者のごとく日々、金、金……と言いながら暮らしておるというに、おまえはちがう。

筋金入りのその態度にわしは感じ入っておるのだ。おまえに金を出すのは失礼だ。だから……」

丶大法師は頭を床にこすりつけ、

「おまえが引き受けてくれるまでこうしておる」

「俺が、引き受けねえ、と言ったらどうする」

「ここで腹を切る」

「馬鹿か」

「馬鹿でけっこう。今のわしは上さまにお仕えする身。与えられた任を果たさねばならぬ。だが……此度の水戸家の件と伏姫さまの行方が片付いたら、わしは職を辞すつもりだ。だれにも仕えず、諸国を流浪し、勝手気まま、おのれの思いのままに生きることにする。——そう決心したのは、左母二郎、おまえのせいだ。おまえの生き方を見て、そうすることに決めたのだ」

丶大法師は額を床にこすりつけたままの姿勢でそう言った。左母二郎は、

「わかった。やってやるよ」

船虫が、

「左母さん!」

「光圀の霊は俺を狙ってやがるんだ。てえことは、ここで封印できなかったら俺も危ね

えってわけだ。落ち着いて酒を飲むために、その『餌』になってやろうじゃねえか」

丶大法師は涙ぐみ、

「ありがたき幸せ……この恩、生涯忘れぬ」

「よせやい、大げさな……」

そう言うと湯呑みに酒を注ぎ、ぐい、とあおった。

◇

川崎東照宮は、大坂天満宮《てんまんぐう》からまっすぐ東の大川沿いに位置する。敷地も天満宮と同じぐらいでかなりの広さだが、日頃は門が閉ざされ、参拝することはできない。だが、家康の命日である四月十七日の前後五日間だけは「権現祭」として庶民に開放され、たいへんな賑わいを見せた。しかし、もともと太閤秀吉を慕う風のある大坂の地からなんとか豊臣色を払拭しようという公儀の政策（豊臣時代の大坂城を破却し、あらたに造り直したのもその一環である）によって建造されたものであり、大坂の町人たちは祭を楽しみながらも内心は、

「だまされへんで」

と思っていた。

「暑くてたまんねえな。なんとかならねえのか、この暑さはよ」

左母二郎はそんな東照宮の境内にある寺院「建国寺《けんこくじ》」の本堂にいた。十四の護摩壇が円形に配置され、すでに火がつけられて轟々《ごうごう》と燃え盛っている。円の中心には隆光が座しており、そのまえには大きな素焼きの壺《つぼ》が置かれている。壺の蓋は開けられており、なかにはとろりとした香油のようなものが入っている。左母二郎は壺のすぐ横に立ち、彼を囲むようにして四人の犬士が向かい合わせに立っている。犬士のまえには白く大きな網のようなものが広げてあり、四人は銘々その一端を持っている。

それぞれの護摩壇の後ろには三鈷剣《さんこけん》や独鈷杵《とっこしょ》、羂索《けんさく》などを手にした百人を超える僧侶が並んでいる。僧侶たちのまた後ろには衣冠束帯を身につけ笏《しゃく》を持った神官や烏帽子《えぼし》をかぶった陰陽師《おんみようじ》なども大勢座っており、本堂のなかは護摩壇の炎の熱気とひとの熱気でむせかえるほどの暑さだった。

「ノウマク・サラバタタギャテイビャク・サラバボッケイビャク・サラバタタラタ・センダマカロシャダ・ケンギャキギャキ・サラバビギナン・ウンタラタ・カンマン……」

それは不動明王《ふどうみようおう》の「火界呪《かかいじゅ》」と呼ばれるものであった。隆光は呪を唱え続ける。そこにほかの僧たちの唱える真言がかぶっていき、堂内に満ちていく。しまいには建物が揺れるような轟きとなり、周囲を圧した。隆光は全身から滝のような汗を流しながら、祈りに没頭している。そして、すべての僧侶たちの声が隆光の呪とひとつになり、まるでひとりの巨人が唱えているかのように聴こえた瞬間、

（え……？）

左母二郎はおのれの目を疑った。隆光の背中から炎が噴き出しているように見えたのだ。そして、結んだ印からも大量の炎が流れ出し、床に渦を巻き、竜のように本堂のすべての柱にからみつき、這い上がっていった。いつのまにか隆光の顔は憤怒《ふんぬ》の形相となり、両目を大きく開け、口からは牙を剝き出していた。

「我は不動明王なり。我に力を貸す四神や、いでよ」

ふと気づくと、左母二郎を囲んでいた四犬士のうち、犬山道節は青い龍、犬塚信乃は白い虎、犬村角太郎は蛇の尾をした亀、犬坂毛野は赤い鳥の姿に変じていた。

「東天にあって虎視眈々とこの世を乱さんと企む大魔縁《だいまえん》に我もの申す。悪行をやめ、ただちに仏法のまえに降伏せよ」

隆光の一言一言が炎となって、口から零《こぼ》れ落ちている。

「畏れ多くも東照大権現のご威光のもと、この不動明王が貴様をひっ捕らえ、西海《さいかい》の底に封じてやる。逆らうならば清浄なる仏法の炎が貴様を焼き尽くすであろう」

途端、十四の護摩壇が一斉に数倍の高さの火柱を噴き上げた。天井が焼ける……とあわてた左母二郎が屋根を見上げて驚いた。そこに屋根はなく、黒雲に覆われた「空」が広がっていたのだ。

「憎い……左母二郎が憎い……」

東の上空に白髪の老人が出現した。乱杭歯《らんぐいば》を剝き、鋭い鉤爪《かぎづめ》を左母二郎に向け、まるで鷹のような勢いで飛んでくる。

「憎い左母二郎……ようもわしの邪魔をしよったな……殺し……殺し……殺してやる！」

さすがの左母二郎も自分に向かって降ってくる怨霊のまえに総毛が逆立ち、微動だにできずにいたが、隆光が叫んだ。

「今だ、網打て！」

人間の姿に戻った四人の犬士が、持っていた白い網をその老人に向かって投げかけようとしたそのときである。

「秀頼……秀頼殿ではないか。そこにおられたか……！」

中天に突如、べつの怨霊が現れた。淀殿である。それは凄まじい速度で降ってくると、光圀の怨霊に激突した。光圀の怨霊はその衝撃で押しのけられ、回転しながらどこかに飛んでいった。淀殿はそのまま犬塚信乃に飛びかかった。

「わ、私は秀頼ではない……！」

「なにを言うか、秀頼殿。母がわが子を見間違えるはずがあるまい！」

ほかの三犬士はどうしたらよいかわからずおろおろしていたが、左母二郎が、

「網を投げろい！」

白い巨大な網が淀殿の怨霊の身体に蜘蛛《くも》の巣のようにからみついた。

「な、なにをしやる……秀頼殿……母じゃ。母を見忘れたか……」

もがけばもがくほど網は淀殿に巻き付いていく。左母二郎が近寄り、

「おう、俺ぁ網乾左母二郎だ。前《めえ》にも教えてやったろ？　おめえたちが徳川方に滅ぼされたのはもう八十年以上もまえなんだよ。おめえらが住んでたお大事の大坂城は燃えちまって、今あるのは徳川家がそのあとに建て直したもんだ。秀頼がもし城を抜け出ていたとしても、とうにどこかの墓の下さ」

「八十年……？　そりゃまことか？」

「とにかくおめえを起こしちまったのは俺たちのしくじりだった。もういっぺん眠ってくれ」

「かかる網ごときでわらわを封じんとは笑止じゃ。このようなものはこうして……」

淀殿はそこで言葉を切り、

「この寺はまさか……」

「そうよ。おめえがいちばん大嫌《でえきれ》えな徳川家康を祀った場所なのさ。俺ぁ知らねえよ。おめえのほうから勝手に飛び込んできたんだからな」

「ううう……悔しい……あの狸親父に負けるとは……」

淀殿はもがきながら素焼きの壺のなかに落ち込んでいき、不意に消えた。もとの姿に

なった隆光が蓋を閉め、札を貼りつけた。消えていた天井も元どおりになり、空は見えなくなっていた。本堂に充満していた炎も消え、護摩壇の火もすべて消えていた。駆けつけた丶大法師に隆光はため息交じりに、

「こうするよりほかあるまい」

「光圀公の怨霊は……？」

「どこかに逃げ去ってしまったわい。少なくとも大坂に巣食うふたつの怨霊のうちひとつは封じることができたのだ。両者が手を結んで襲ってくることだけは避けられた」

「なれど、上さまの命令は光圀公の鎮魂。もう一度儀式を行っていただき……」

「無理だ。つぎは光圀公も用心するだろう。おいそれとは罠《わな》にかかるまい」

「…………」

「此度のことによって、光圀公の怒りはますます強くなったにちがいない」

　隆光はそう言うと、東照宮の宮司を呼び、

「この壺のなかには淀殿の怨霊が封印されておる。どこかだれの手も届かぬところに安置し、日々、監視を怠らぬようにいたせ」

　宮司は真っ青になり、

「承知いたしました。東照宮の本殿の奥にご神体を祀る小部屋がございます。扉は鉄でできており、そこならばだれも近づけませぬ」

淀殿を封印した壺を僧侶たちは祈りながら運んでいった。左母二郎は、大法師に、

「俺ぁもう行っていいか。朝っぱらから起こされて眠てえんだ。さっきから欠伸ばっかり出やがる」

「左母二郎……今日は手を貸してもらって感謝する。だが、光圀公を封ずることはできなかった。これからも身辺気を付けて過ごせよ」

「ああ、わかってらあ」

左母二郎は気楽そうにそう返答したが、心のなかではさっきの恐怖が消えておらず、脚が震えているのを悟られぬように寺を出るのが精いっぱいだった。

◇

隆光が徳川光圀の調伏に失敗したあと、大坂の町は一見穏やかな様相を呈していた。あれ以来、光圀の怨霊は表立って姿を現さなかった。町なかで突然病に倒れる若者もいなくなった。しかし、光圀の鎮魂の場に立ち会った隆光や大勢の僧、神官、陰陽師たちは体調を崩し、寝込むものも多かった。

光圀の亡霊の代わりに淀殿の怨霊が壺に入った、というのを聞いて、並四郎はたしかに大いに安堵した。しかし、逆に言うと、光圀の怨霊は野放しなのだ。

左母二郎も並四郎も船虫も、なにも言わず、なにもせず、ただただ酒を飲んで日々を

過ごしていた。しかし、この町のどこかで水戸家の陰謀が静かに進行していると思うとよい心持ちではなかった。

一方、ヽ大法師たちは水戸家の動向を探っていたが、向こうに目だった動きはなかった。江戸から入り込んだ水戸家の家士たちはおとなしく蔵屋敷の長屋にいるらしい。その日、ヽ大法師は「犬小屋」で、江戸から来た野堀善左衛門と対面していた。野堀は柳沢保明の家臣で、江戸屋敷の目付け役を務めていた。ヽ大法師は激しい語調で、

「なんだと？　伏姫さまは大坂にはおられぬのではなかったのか」

「上さまと出羽殿はかならずしもそうとは言い切れぬ、と考えておいでだ。隆光法師も、それを認めておられる。万が一、やはり大坂におられて、水戸家に先を越されたらと、上さまはご案じなされておられる。それで、此度の仕掛けだ」

「それは……よきことではない」

「よいか悪いかを決めるのは上さまでありわが殿であって、我らではない。我らは言われたとおり動くのみ。身どもはただ、身どもがこの地でやることを貴殿に報せにきただけだ」

「関わりのない町人の娘を危険にさらすことになる。わしはうなずけぬ」

「はっはっはっは……町人の命などどうでもよかろう。よき着物を着せてやり、いくばくかの小遣いをやると申さば、思慮の足りぬ小娘のこと、喜んで引き受けるだろう。そ

れで言うことを聞かねば、刀で脅せばよい」

「ほかにやり方があろう」

「身どもは法師殿がほかのお役目にて手一杯だということで派遣されたのだ。いわば、貴殿の手助けに参ったる次第。礼を言われこそすれ、難じられる覚えはない。それとも貴殿は上さまのお考えにケチをつけるつもりか」

「いや、そういうわけでは……」

「ならば黙って我らに協力せよ」

「協力とは？」

「決まっておるだろう、どこかに十歳ぐらいの見目良き娘がおれば教えてもらいたい。嘘でも上さまの血を引くもの、という触れ込みなのだ。それなりの品格がなくては、相手もだまされぬ。身どもは、大坂に来たばかりでふさわしい娘には出会うておらぬゆえ、これから手勢のものたちと急ぎ大坂中を探すつもりだが、貴殿に心当たりがあれば探さずにすむ」

「そんな娘は知らぬ。——言うておくが、水戸家のものに悟られぬようにせよ。我らの任務にまで支障をきたすような真似はやめてもらいたい」

「ふふふ……そのようなへまをするものか。では、失礼いたす。どうもこのような汚い長屋にいると、息が詰まるような気がする」

野堀善左衛門はそう言いながら犬小屋を去って、帰っていった。、大法師は暗い顔でそのまま座り続けていた。

◇

ふたりの武士が堂島川にかかる大江橋《おおえばし》を渡っていた。

「今日は曽根崎のあたりから西へ向かい、福島界隈《ふくしまかいわい》を当たるとするか」

「それがよかろう。しかし、雲を摑むような話だのう。この広い大坂からたったひとりの娘を探し出すのだ」

「戸畑《とばた》の言うのももっともだ。これだけ探しても見つからぬのは不思議だ。案外、歌がるたと同じで、目と鼻の先にある取り札に気が付かぬ、ということがあるのかもしれぬぞ」

「うむ、このあたりは細かに探しつくしたと思うていたが、たとえばほれ、それに裏長屋がある。そこはまだ入ってはおらぬ」

「ははは……上さまの胤《たね》だぞ。いくらなんでもかかる貧乏長屋に住まうとは思えぬ」

「柴崎《しばざき》、だからおまえは浅はかだというのだ。その娘が上さまの胤とはだれも知らぬ。当人も気づいておらぬかもしれぬのだ。山奥や海辺に住み暮らしていてもおかしゅうはない」

「ならば、今日はまず、この裏長屋から探りをいれるとしよう」

ふたりの侍は、堂島にある裏長屋に足を踏み入れた。顔には苦笑いが浮かんでおり、ここで見つかるとは思っていないことを示していた。くねくねと曲がった細い路地を進んでいくと、

「お、おい、あれを見ろ」

ひとりの少女が道にしゃがんで、白い犬の頭を撫《な》でている。

「八房……いい子ですね。あとでよいものをあげましょうね」

ふたりは顔を見合わせ、ゆっくりゆっくりその娘に近づいていった。戸畑という侍が、

「娘の首に数珠がかかっておるぞ」

見ると、たしかにその娘の首には大き目の水晶玉をつないだらしい数珠のようなものがかかっていた。しかも、そのうちのふたつには「仁」と「礼」という文字が見てとれた。柴崎が唾を飲み込み、

「間違いなさそうだ。――逃がすなよ」

「承知」

ふたりは少女に気づかれぬようにそろそろと距離を縮めていった。かなり近くまで接近したところで、犬が彼らに気づいて吠《ほ》えはじめた。戸畑が、

「卒爾《そつじ》ながらものをたずねたい。娘、おまえの名は伏か?」

「は、はい……」

　ふたりの侍はニタリと笑い、

「やっと見つけたぞ！　ふふふふふ……娘、ちょっと来てもらおうか」

　戸畑が少女の腕を引っ張った。

　そのころ、並四郎はひとり、堂島界隈に足を運んでいた。左母二郎は例の怨霊鎮魂の儀式以来、どうにも身体の具合が悪いらしく、家から一歩も出ずに酒ばかり飲んでいる。船虫も左母二郎と一緒に何もせず自堕落に過ごしている。並四郎もはじめは同調していたのだが、次第に気持ちが荒《すさ》んできて、

（こらあかん……）

　そう思って、思い切って外に出てみたのだ。水戸家の連中が彼のことを探している、というのは知っていたが、やつらはだれも並四郎の顔を知らないのだから、捕まる恐れはない、と思っていた。

　なぜ堂島に来たか、というと、先日会ったあの少女にもう一度会いたい……と思ったからだ。このささくれだった気持ちを鎮めてくれそうな気がしたのだ。家を知っているわけではないから、会えるかどうかわからないが、とりあえず「ままよ」と思ってやってきたのだった。

（たしかこのあたりの裏長屋のまえやったなあ……）

並四郎がうろうろしていると、犬の吠え声が聞こえた。吸い寄せられるようにそちらに向かうと、前方にあの娘が道にしゃがみ込み、犬をなだめているのが見えた。

「おお、また会えたなあ……！」

そう言って近寄ろうとしたとき、様子がおかしいことに気づいた。娘の前後にふたりの侍が立っている。娘は、先日会ったときよりもずっと良い着物を着ており、ほんのりと化粧もしているようだ。かたわらには白い子犬がおり、そして……首に八個の水晶玉をつないだ数珠をかけているではないか。目のいい並四郎には、玉には文字が浮かんでおり、そのうちの四つが「仁義礼智」であることもわかった。

（えええええーっ……まさか！）

並四郎が仰天したとき、侍のひとりがいきなり少女の腕を引っ張った。

（あかん……！）

並四郎はあとさき考えず、少女に向かって突進した。

「あ、このまえの……」

少女が言ったとき、侍たちが刀を抜き、

「なんだ、貴様は」

並四郎は、

「おい、その子になにをさらすのや。手ぇ離せ」

「町人、いらぬおせっかいを焼くと死ぬことになるぞ」

「おせっかいやない。わてはその子の知り合いや」

侍のうちのひとりが刀を正眼《せいがん》に構えて並四郎のまえに立ちはだかり、

「柴崎、娘を連れていけ」

それを聞いてもうひとりが、

「うむ、戸畑、その町人はおまえに任せたぞ」

そう言うと、少女を抱きかかえて走り出そうとした。

「おじさま、助けて！」

少女が叫んだので、その口を柴崎が手でふさぎ、鳩尾《みぞおち》に当て身をくれて、肩に担ぎあげた。並四郎は舌打ちをしたが、戸畑と呼ばれた目のまえの侍の構えには隙がなく、突破できない。かなりの腕前のようだ。焦った並四郎は、倒れ込むようにして戸畑の脚に飛びついた。

「うわっ……！」

戸畑はよろめいた。並四郎は、戸畑の刀を奪おうとその手首をつかんで激しく揺さぶった。しかし、戸畑は剛力で並四郎を振りほどくと、刀を振り下ろしてきた。避ける余裕はなく、並四郎は右肘を顔のまえで曲げて必死に防いだ。刃は肘をかすめ、血がほとばしった。

（しもた……！）

並四郎が仰向《あおむ》けのまま地面を這って逃れようとしたところを、戸畑は返す刀で太ももに斬りつけてきた。

「ぎゃあっ！」

ざくっ、という感触があり、並四郎は悲鳴を上げた。その胴に戸畑がとどめの一撃を叩き込もうとした瞬間、並四郎は両手で戸畑の胸を思い切り突いた。これは見事に決まり、戸畑はずでんどうと尻餅をついた。並四郎は少女を抱えた侍たちを追いかけようとしたが、脚を斬られているのでなかなかその距離が縮まらない。そのうちに並四郎は肘と太ももからの出血で頭がぼーっとしてきた。

（あかん……あああ……）

並四郎はその場に倒れ込んだ。意識が次第に遠のいていく。

「待て……！」

ふたりの侍のまえに、地面から湧いたかのように六、七人の侍が現れ、表通りへと続く道を塞いだ。すでに抜刀している。どこかに隠れてじっと様子をうかがっていたのだろう。それを見届けて、並四郎は気を失った。戸畑が、

「なにものだ。そこをどけ！　どかぬか！」

先頭の侍、野堀善左衛門が、

「我ら、通りすがりのものだ。いとけなき娘をかどわかそうとするとは、不届き至極。大坂町奉行所に代わって我らが召し捕ってやる。覚悟せよ」

侍たちはふたりを取り囲み、全員が正眼に構えてじりじりとその輪を縮めていく。

「かかれっ」

野堀がそう叫んだとき、

「その娘を置いていけ！」

皆は一斉に、声のしたほうを見た。見ると、長屋の一軒からべつの侍が現れたのだ。背が低く、黒羽織に柿色の袴といういで立ちで、細身の大小を差している。

「外が騒がしいゆえ、喧嘩か口論かと思うたが、まさかかどわかしだったとはな……。拙者、理由《わけ》あってその娘がどこのだれであるか存じておる。その子を置いていかばよし、いかぬとあらばこの大須賀治部右衛門が相手をいたす」

娘を抱えた柴崎が、

「ご不審の儀もっともなれど、我らがかどわかしたのではござらぬ。我ら両名、この近くの蔵屋敷に勤めるもの。今日は非番にて、昼酒でも飲みにまいろう、とこのあたりを通行しておると、こどもの泣き叫ぶ声が聞こえたによって長屋に入り込んでみると、このものどもがこどもを連れ去ろうとしておるところで、咎めるといきなり斬りつけてきた。やむなく我らも抜刀して斬り結び、なんとか娘をこうして奪還したところでござる」

「そこに倒れておる町人はなんだ」

「我らの供をしてまいった小者で、こどもがかどわかされるのを見て、義侠心《ぎきょうしん》から身の程知らずにもあいだに飛び込み、巻き添えを食ったものでござる」

野堀善左衛門が、

「でたらめを申すな！　貴様らこそがかどわかしの首謀者ではないか！」

「貴殿ら、身分ある武士とお見受けするが、なにゆえそのようなお歴々が七名も連れ立ってかかる裏長屋にご来駕《らいが》なされたるか？」

「む……」

「われら二名は水戸家蔵屋敷に勤めるもの。やましきところがないゆえ、堂々と名乗ることができる。貴殿らはいずれのご家中のお方かな」

「そ、それは……言えぬ」

大須賀が、

「なるほど。そちらのおふたりのおっしゃることが正しいようだ。いずれにしてもこの長屋は拙者の縄張り。勝手な真似をしていただいては困り申す」

そう言って刀を抜き、野堀たちのほうを向いた。

「ちがう！　かどわかしたのはそのふたりだ。我らは神かけて潔白の……」

「うるさい！」

大須賀は七人に対してたったひとりで対峙した。野堀は、

「馬鹿っ！　やつらが娘を連れて逃げるぞ！」

「なに……？」

大須賀が振り向くと、ふたりの侍はいつのまにか姿を消していた。

「それではやはりあいつらが……」

「だから申したではないか！　せっかくの罠が台無しだ！」

「罠……？　どういうことだ」

「どうもこうも……このたわけめ！　なにも知らぬのに邪魔をしおって。――おい、とにかくやつらを追うぞ！」

野堀は残りの六人を叱咤《しった》して長屋から走り出ようとしたが、そのまえに立って両手を左右に広げ、通せんぼしたものがいる。

「なにをしておる！　町廻りのみぎり時ならぬ大声《たいせい》を耳にしたので来てみると、白昼から大勢で白刃を抜くとは穏やかならぬ。西町奉行所盗賊吟味役与力滝沢鬼右衛門である。神妙にいたせ！」

またひとりややこしいのが飛び込んできた。十手を抜いた鬼右衛門に野堀たちは、

「町方の不浄役人に関わっている暇はない。どけ！」

刀を鬼右衛門に突き付けた。七人を相手にしてさすがの鬼右衛門も一瞬ひるんだが、

「これぐらいの多勢に無勢で驚くようなわしだと思うてか。だあーっ！」

侍たちに向かって十手を闇雲に振り回しながら突進したが、全員による峰打ちを食らい、さんざん打擲《ちょうちゃく》され、蹴飛ばされたあげく、地面に転がされた。

「こんなことをしてはおれぬ。行くぞ！」

野堀がそう言って、残り六人とともに長屋を急ぎ足で出ていった。立ち上がった鬼右衛門は着物についた泥を払い、

「ふーっ、ひどい目に遭《お》うたわい。あやつら、なにものだ……」

まわりを見回すと、ひとりの町人を侍が介抱している。町人は血を流しており、侍は引き裂いた布で血止めをしているようだ。鬼右衛門はふたりに近づき、

「斬られたのか？」

侍は顔を上げ、

「そうらしい。だが、もう大丈夫だろう。——おい、しっかりしろ！」

町人はうっすらと目を開けたが、

「お、お、鬼……！」

「なんだ、町人。わしのことを鬼右衛門と知っておるのか？」

「い、いや、知らん。鬼みたいな顔のひとやなあ、と思ただけだす」

そのあと急にハッとして上体を起こし、大須賀に、

「おい、あの女の子、どないなった」

「ふたりの侍がさらっていった。水戸家の蔵屋敷のもの、と名乗っていたがまことかどうか……」

「えええええーっ、水戸家やと……マジか！」

「なにか心当たりがあるのか」

「い、いや……ないけどな」

町人は侍に向かって、

「礼を言うのを忘れてた。おおきに。もう大丈夫や」

そう言うとふらふら立ち上がった。鬼右衛門が、

「うーむ……あの娘を取り戻さねばならぬが、町方役人であるわしが水戸家の蔵屋敷を訪ねたとしても、門前払いされるだけだろう」

町人は、

「わてが行ってみるわ」

「だははは……なにを申す。役人であるわしでも無理なのだ。貴様のような素町人《すちようにん》を相手にするわけがない。御三家のご威光というのはたいへんなものだからな。——ところで、貴様はあの娘の身内のものか？」

「ちがう。ただの知り合いや。知り合いゆうたかて、名前を知ってるだけやけどな。ど

こに住んでるのかも知らんのやけど、たぶんこのあたりの裏長屋の子やろ」

侍が、

「それがしは存じておるぞ。あの娘は『ふさ』と申してな、ここの長屋のものだ。父はすでに亡くなったが播州浅野家旧臣で矢頭長助《ちょうすけ》。そのせがれで矢頭右衛門七というものの妹だ」

「えええええーっ！　矢頭右衛門七やと……マジか！」

「なにか心当たりがあるのか」

「い、いや……ないけどな。あんたは……？」

「それがしは大須賀治部右衛門という浪人だ。右衛門七の家はすぐそこだ。娘がかどわかされた、ということを報せてやらねばなるまい」

大須賀という侍がそう言って歩き始めたので、鬼右衛門と町人もあとに続いた。右衛門七の家はすぐ近くだったが、当人は留守だった。老いた母親は病の床についていたが、娘ふたりの介添えで身体を起こし、

「右衛門七は所用で京におりまするが、おまえさま方はなんのご用事でございますかな」

鬼右衛門が、

「ここにふさというものがおるか」

「はい、ふさはいちばん下の娘でございますが、ふさがどうかいたしましたか。まさか皆さま方に粗相でも……？」

「そうではない。ふたりの侍にかどわかされたようなのだ」

「えっ……！」

「我らはたまたまその場に居合わせたものだ。経緯《いきさつ》はようわからぬが、なにやらややこしいことに巻き込まれたらしい。わしは西町奉行所与力の滝沢鬼右衛門と申す。思い当たることはなにかないか」

　母親はかぶりを振り、

「なにもございませぬ。主家が改易になり、見ての通りの貧乏暮らし。かどわかしたとて高い身代金を払える道理もありませぬ」

「うーむ……」

　家のなかを見回した鬼右衛門は思わず相槌《あいづち》を打ちそうになった。たしかに家具もなにもない。この狭い四畳半で親子五人が肩を寄せ合って暮らしているのだろう。かどわかしたのは、金目当てではなく、ほかの理由があるとしか思えぬ。怪我をした町人は、部屋の隅に置かれたヨジロベエをじっと見つめている。

「すんまへん、このヨジロベエは……？」

「先日、親切なお方にいただいたそうで……。私は武家として、ひとさまからほどこしを受けるのは固く禁じておるのですが、あの子にもいろいろさみしい思いをさせておりますゆえ、それだけは受け取ることを許したのです。たいそう喜んで、肌身離さず遊んでおりました。もしかしたらおまえさまが、このおもちゃをくださったお方では……？」

「まあ……そうやけどな……。そうか、そないに喜んでくれてたんか」

そう語る町人の横顔を鬼右衛門はじっと見ながら、

（どこかで会うたことがあるのではないか……？）

そういう思いが消えなかった。しかし、いくら記憶をたぐっても思い出すことはできない。

町人は老母に、

「あの子、今日は手に水晶玉をつないだ数珠を持ってたんやけど、あんたが渡したんか？」

「水晶玉？　さて……そのようなもの、ふさは持っておらぬと思いまするが……」

「こないだよりもちょっとええべべ着てたけど……」

「なにかのお間違いでございましょう。情けない話ですが、あの子も私たちも着物は一張羅の着たきり雀《すずめ》。あたらしい着物など買う余裕はございませぬ」

町人はしきりに首をひねっている。鬼右衛門は母親に、

「我々も手を尽くすが、もし相手からなにか言うてまいったら、すぐに近くの会所《かいしょ》に知らせてくだされ」

「承知いたしました」

大須賀が、

「右衛門七殿は京都においでと聞きましたが、もしや大石殿のもとに行かれたのでは？」

「おうおう、あなたも大石さまをご存じでございますか。主家改易以来、頼れるのは元ご家老の大石さまのみでございます」

「なんのために大石さまのところへ？」

「それはわかりかねまするが、ちりぢりになった浅野家の旧臣のものたちが堅固で暮らしているかどうかをご家老さまは気にかけてくださっており、そのつなぎを右衛門七が務めておるのだと思うておりまする」

「世間では、赤穂《あこう》の浪人たちが復讐《ふくしゅう》のために吉良邸に討ち入る、とか申しておるが、そりゃまことかのう」

「はあ……右衛門七は私どもに堅い話はいたしませせぬが、おそらくそのようなことはありますまい。親孝行な子ゆえ、我ら四人を見捨てるような真似はせぬ、と信じておりまする」

鬼右衛門はうなずき、

「ご母堂、娘はかならずわしが取り戻してやるゆえ、あきらめることなく吉報を待っておれ」

娘ふたりは泣き崩れたが、老母は落ち着いていた。

「ようお知らせくださいました。なにが起ころうと、我々は受け入れる存念にございりますれば……」

そのとき、ヨジロベエの横にきちんと畳んである一枚の紙が鬼右衛門の目に留まった。その紙の端に描かれているのは描き損じの絵のようだった。

「ご母堂、この紙は……?」

「それは先ほどのお方がヨジロベエをくださったときに包んであった紙でございます。ふさは、紙も大事に取っておく、と申しましてな……」

「ちょっと見てよいか?」

紙を広げた鬼右衛門はわなわなと震え出した。それは、途中まで描いた小さなかもめの絵だった。鬼右衛門は振り返って、町人の姿を探したが、彼はいつのまにかいなくなっていた。

「い、今の町人はどこへ行った!」

「さあ……」

「うおおお……！」

鬼右衛門は大声を発しながら家の外に飛び出すと、周囲を走り回ったが、町人はどこにも見当たらなかった。鬼右衛門は右衛門七の家に戻り、大須賀や母親、娘たちを問いただしたが、だれもあの町人がいつ姿を消したのかわからなかった。

（今の男が、わしが長年追い続けていた「かもめ小僧」なのか……？）

鬼右衛門は呆然《ぼうぜん》とするしかなかった。

◇

「どうした、かもめ！」

倒れ込むようにして隠れ家に入ってきた並四郎の姿に左母二郎は思わず叫んだ。何カ所も血止めがほどこされてはいるが、まだ血が止まっていない。船虫も蒼白《そうはく》になり、

「馬加《ばか》を呼んでくるよ！」

「ああ、頼まあ」

馬加大記《だいき》というのは三人の知り合いの医者で、腕はよいのだが大酒飲みの人物である。本当は馬加《まくわり》というのだが、皆が「ばか」としか呼ばないため、自身もそう名乗るようになった。新町《しんまち》の廓《くるわ》のなかに居を構え、芸子や舞妓《まいこ》相手の医者をしているが、船虫にぞっこんで、船虫が頼めばなんでも引き受けてくれる。船虫が出ていったあと、並四郎は言

った。

「えらいことになった……。矢頭右衛門七の妹がかどわかされた」

「えっ……」

「かどわかしたのはどうやら水戸家の連中らしい。まだ十歳ぐらいの子でな、わては右衛門七の妹とは知らんとこないだいっぺん会うたのや。今日、もっかい会おうと思て訪ねていったら、わての目のまえでかどわかされてしもた」

「なんで水戸のやつらが右衛門七の娘をさらうんだ？」

「それが、ようわからんのや。その子は、こないだ会うたときよりもええべべ着せてもろてて、『仁義礼智』ゆう文字の浮かんだ水晶玉の数珠を首にかけとった。白い子犬もおったわ」

「なんだと？　それじゃあ伏姫じゃねえか。どうして右衛門七の妹が伏姫なんだ？」

「せやから、わからんて言うてるがな。どないしよ。たぶん行き先は水戸家の蔵屋敷やと思うのや。なんとか助け出さんと……」

「どうしてそこまで入れ込むんだ？　一度会っただけなんだろ」

「ええ子やねん。めちゃくちゃええ子やねん。わてがうどん屋でもろたヨジロベエをあげただけで、ごっつう喜んでくれたらしい。あんなええ子が、汚らしい政の道具にされるのは我慢ならん。わて、今から蔵屋敷に入り込むさかい、左母やんも手ぇ貸してくれ」

「よし、わかった」

左母二郎が真面目にうなずいたとき、

「それは困るのだ」

そう言いながら入ってきたのは、大法師だった。その後ろには武士が控えている。並四郎が、

「あっ、おまえは……！」

左母二郎が、

「こいつ、知ってるのか？」

「右衛門七の妹がかどわかされたとき、こいつもその場におった」

左母二郎は眉間に皺を寄せ、

「おめえらが関わってるのか？」

「そのとおり」

ゝ大法師の顔もこわばっている。ふたりは土間から上がってくると、ゝ大法師は並四郎に向かって土下座をした。

「すまなかった」

並四郎が、

「どういうことかちゃんと話してもらおか」

「このものは、野堀善左衛門と申してな、柳沢出羽守さまの家臣だ。大坂に伏姫さまはおられぬ、という隆光の占いについて上さまはいまだ半信半疑で、水戸のものが伏姫さまを先に見つけるのではないか、と案じておいでだ。そやつらを炙り出すには囮を使えばよかろう、ということになったらしい」

「あの子を囮にした、ちゅうんか」

「伏姫さまと同じぐらいの年恰好の娘にそれらしい着物を着せ、仁義礼智忠信孝悌という文字が浮かんだ水晶玉の数珠を持たせ、子犬を側に置けば水戸の連中が食いつくだろう、というわけだ。町人のこどもを危ない目に遭わせることになるゆえ、わしは反対したのだが……まさか右衛門七の妹だったとは……」

野堀が、

「ふん……町人のこどもの代わりなどいくらでもおる。法師殿はわかっておられぬ。小さな餌で大きな魚を釣り上げるのが兵法の極意ではないか」

「わかっておらぬのは貴公だ。たとえこどもだと申せ、小さな餌ではない」

「なんとでも言え。とにかく、もう少しで上手くいく、というところで、大須賀 某《なにがし》とかいう出しゃばり侍と町奉行所の滝沢とかいう不浄役人に邪魔されてしまった。逃がした魚は同じ餌では二度とは釣れぬ。べつの手立てを考えねばならぬわい」

並四郎が怒りに震えながら、

「あの子は武家の娘や。町人やない。小遣いやるさかい言うこと聞け、言うても断るはずや」

「あと腐れがないように、できるだけ貧乏人の娘がよかろう、ということで、身どもの家来が大坂のあちこちを探し歩いていたとき、道端でひとり、ヨジロベエ遊びをしている娘が目についた。身なりはぼろぼろだが、見目も良く、どことなく品がある。これは適任だ、とさっそく話しかけると、はじめはひとから金をもらうと親に叱られる、と断ったそうだ。手を変え品を変え、いろいろ口説いてみたが、どうしても首を縦に振らぬ。しまいには刀で脅してみたが、うんと言わぬ。だが、白い子犬をやる、と申したら、やってもいい、と言い出したそうだ」

並四郎は、あの娘から聞いたはじめての言葉が、

「犬が死んでしまったのです」

だったことを思い出した。

「家族には言うな、と言いつけて、朝、家から出てきたら駕籠のなかで着替えさせ、一日中、往来で犬を連れた姿を見せつける。夕景にまた駕籠で着替えさせて家に帰す。これを繰り返させたが、三日目にやつらが餌に食いついた、というわけだ」

左母二郎が、

「おめえら、水戸の蔵屋敷に行ってその娘を取り戻してくる気はねえのか」

い」

野堀がせせら笑い、

「そのようなことをしてなんになる。今頃、かどわかした連中は娘が替え玉だと気づいたはずだ。価値がないとわかったらそのまま放り出すか、かどわかしを秘するために口を塞ぐか……いずれにせよ、我々にはどうでもいいことだから勝手にしてもらえばよい」

「なんだと！」

左母二郎は野堀に殴りかかろうとしたが、丶大法師が止めた。左母二郎は、

「おい、坊主。おめえは一緒に水戸の蔵屋敷に行ってくれるんだろうな」

丶大法師はため息をつき、

「それが……そうはいかぬのだ。わしと犬士たちは上さまの命により水戸家の陰謀を阻止すべく働いておる。やつらがなにをしようとしているのかを見極めるまでは、ほかのことで波風を立てるのは得策ではない。そもそもわしは、此度の囮の一件も、今やるべきことではない、と思うていたのだ。また、町人の命も将軍家の命も重さは同じ。危険にさらすべきではあるまい」

「あのなあ、坊さんよ。えらそうなことを抜かしてるが、おめえがこないだ、光圀の亡霊封じのときに俺にやらせたのもおんなじようなことなんだぜ。俺は餌にされたんだ」

「わかっておる。だが、おまえとはわしは一蓮托生《いちれんたくしょう》だ。やり方は異なれど、同じ定め

に生きておる……とわしは思うておるが、その娘はちがう。たまたま選ばれただけなのだ。納得ずくではなく、なにもわからず道具にされたのだ」

「そこまでわかってるなら、そいつを取り戻すのに手を貸してくれてもいいだろう」

、大法師はしばらく黙っていたが、

「すまぬが……蔵屋敷に参るなら、わしと野堀を斬って捨ててからにしてもらいたい」

「ああ、わかった」

左母二郎はいきなり刀を抜いた。野堀はあわてふためき、

「こ、これは上さまの命なのだぞ。貴様ごとき素浪人が口を出すようなことでないとわからぬのか！」

左母二郎は鼻で笑い、

「おめえらは俺が斬らねえと思ってるかもしれねえが、俺ぁマジだぜ」

、大法師は手を合わせて瞑目《めいもく》し、

「わかっておる。わしはおまえにならも斬られてもよい」

野堀は、

「身どもはご免こうむる！　かかる浪人の手にかかって果てるわけにはいかぬ。身どもはまだまだこれからやることがあるのだ」

、大法師は野堀を横目で見ると、

「それは、立身出世の算段かな？」

「なんとでも申せ。身どもは……」

そこまで言った瞬間、鞘走った左母二郎の刀が野堀の顎に下側から叩きつけられた。凄まじい早業だった。返す刀は丶大法師の首に決まった。ふたりは低い呻きとともにその場に昏倒《こんとう》した。もちろん峰打ちである。左母二郎は刀を鞘に収めると、

「かもめ……行こうぜ」

「おう」

ふたりは隠れ家を出た。そのあと遅れて戻ってきた船虫が連れてきた馬加大記は、並四郎ではなく、丶大法師と野堀善左衛門を治療することになった。

◇

「これを我らはどう判じればよいのだ。水戸さまが朝廷を奉じて挙を起こす……との勅許だぞ」

「もしもまことのものだとしたら、水戸家に理あり。将軍家は賊軍ということになり申す」

「だが……これを信じてもよいのか」

「太政《だじょう》大臣、大納言の署名もあり、帝の御璽《ぎょじ》のご押印、『可』の文字の自著もあって、

形のうえでは整っておりますが、勅令と申すより、密勅というべきものでございましょう。なれど、いかに水戸さまが焚《た》きつけたにしても、あの賢明なる帝が軽々しくかかる勅を発するとは思えませぬ。これは慎重に確かめたほうがよいかと……」

「とはいえ、帝や水戸家に直にたずねるわけにもいかぬし、ほかの大名に問い合わせることもできぬ。軽挙妄動は慎むべきだが、なにかことが起きるまでに、とりあえず徳川か朝廷か……当家としての腹を決めておかねばならぬ」

「殿のお考えは……？」

「うむ……我ら、外様とは申せ、百年近き徳川の恩を忘れることはできぬ。たとえこれがまことの勅許だったとしても、安易に与《くみ》するのは浅慮であろう。朝廷の憤懣《ふんまん》、水戸家の憤懣はわかるが、果たして公儀を倒すだけの力が水戸にあろうか。なにを企てているのかが明らかになるまでは、洞《ほら》ヶ峠《がとうげ》を決め込むしかあるまい」

「御意」

西国大名たちのあいだに動揺が広がっていた。現帝の名において「この国の主は天皇であるべきなのに、徳川将軍家はまるで自分が日本の王であるかのようにふるまい、朝廷をないがしろにすること甚だしい。そこで、朕は水戸家の徳川綱條《つなえだ》に源綱吉を討伐するよう命を下すこととした。汝ら大名が朕の臣下であると思うならば、徳川綱條に力を貸し、賊臣綱吉を討ってこの国をかつてのごとく日の昇る国にせよ」という内容の文書が届けられたのだ。もちろん正式の使者が持ってきたわけではない。飛脚が持ってきた多くの書状にいつのまにか紛れ込んでいたのだ。

大名たちは一読して蒼《あお》ざめ、ほとんどのものは文書を火中に投じた。そして、そのことを老中に知らせようともしなかった。そのような書状を受け取った、というだけで公儀に目を付けられ、改易される恐れがあるからだ。しかし、噂はどこからか漏れ、ついには江戸城にまで達した。

四

その日の夕刻、左母二郎と並四郎、船虫、それに馬加大記の四人は水戸家蔵屋敷のまえにいた。すでに表門は閉まり、門番もいない。夕陽《ゆうひ》が白壁に照りつけている。

蔵屋敷といっても米や特産品を置いてあるだけではない。参勤交代の折には当主が逗留《とうりゅう》する宿にもなり、大坂（米相場）、京都（朝廷）、長崎（異国）などに関する情報収集の場でもある。それゆえ蔵屋敷はその広大な敷地のなかに、米蔵のほか、御屋形と呼ばれる御殿、役所、別屋敷、出入りの町人たちのための寄り合い所、大勢の蔵役人や仲仕たちの住まう大小の長屋、稲荷社……などが配された大規模なものとなっていた。それが百二十以上も集まっている中之島《なかのしま》は、江戸における大名屋敷のように壮観である。

　なかでも水戸家の蔵屋敷は、大江橋と淀屋橋《よどやばし》に挟まれた絶好の場所にあり、御三家ならではの威容を誇っていた。四方をやたらと高い塀が囲み、表門は南側に、裏門は東側にあった。北側には堂島川、南側には土佐堀川《とさぼりがわ》が流れている。西側は島原松平家の蔵屋敷と隣接しているうえ、塀のうえには鋭い忍び返しがこれ見よがしに植えつけてある。塀のすぐ下には見張り場があって、盗人泣かせの造りと言えた。いわゆる「船入り」（蔵屋敷に堀から水路を引き込み、船が出入りできる仕組み）はない。

「どうするい、かもめ。こいつぁなかなかむずかしそうだぜ」

「そやなあ……。わても怪我してるさかい本調子やない。飛んだり跳ねたりするのは当分無理やなあ」

　痛そうに顔をしかめながら並四郎が考え込んでいると、

「うどーん、やあ、そういやうー」

　大江橋を担ぎのうどん屋が渡ってきた。左母二郎が、

「うどん屋」

「へえ、四人さん、一杯ずつ拵えまひょか」

「そうじゃねえやい。だれがうどんなんて食うかよ、がめつい野郎だな！」

「そんなこと言われても、わてはうどん屋だすさかい……」

「おう、おめえはいつもこのあたりで商売《あきねえ》してるのか」

「そうだすなあ。中之島から堂島界隈がわての縄張りだすわ。夜なんぞ、このあたりの蔵屋敷の寝ずの番のお侍が呼び込んでくれて、よう売れますのや」

「水戸さまはどうだ？」

「こちらも上得意でおます。代わるがわる食べに出てきはります。内緒だすけど、お屋敷のなかに入れてもろて拵えることもおまっせ」

「近頃なにか変わった様子はねえか」

「いつもは毎年この時分、米も特産品も入ってきまへんさかい、長屋はがらがらでうどんの注文も少のうおますけど、どういうわけか今年はぎゅうぎゅうで、それも仲仕やのうて、お侍さんがお住まいの様子でおます」

「ふーん、そうかい。よーくわかった。もう、行っていいぜ」

「え？　うどんはどないなりますのや」

「そんなもの知るけえ。てめえが食いな」

「とほほほほ……」

うどん屋が行ってしまったあと、並四郎が言った。

「水戸家は大坂に侍を集めてるようやな」

「うーん……となると、入り込みにくいな」

並四郎はまたしてもしばらく考え込んでいたが、

「よし、決めた」

「どうするんでえ」

「正面突破や。この様子やと、塀を乗り越えたり、屋根から屋根裏に入ったりしたら、どんな仕掛けがしてあるかわからん」

そう言うと並四郎はうどん屋を追いかけ、

「おい、うどん屋」

「おーっ、やっぱりうどんが食いとうなりましたか。四杯でよろしいな」

「そやないねん。その天秤棒《おうこ》と荷を寄越《よこ》せ。それと……着物もや」

「うわあ、あんたら追い剝ぎかいな」

「ちょっと趣向するだけや。ちゃんと借り賃は払うがな。――これでどや」

「ぎえっ？　こんなに？　これやったら毎日でもどうぞ」

「二刻《ふた》もかからんと思うけど、しばらくここで待っといてんか」

うどん屋と着物を取り替え、有り金全部を渡した並四郎は、化粧道具を取り出しておのれの顔をくちゃくちゃと作り変えた。付け鼻、含み綿、書き眉などさまざまな技巧を尽くし、あっという間に並四郎はうどん屋に変じた。うどん屋は、

「ふぇーっ、わてとおんなじ顔になったがな。まるで鏡、見てるみたいやなあ。これか

らは、あんたの顔見て髭剃るわ」

「アホなことを……。わては寄席芸人でなあ、どんな顔にでも化ける百面相ゆう芸で売っとるのや。これぐらい造作ないこっちゃ。——ほな、左母やん、船虫、馬加先生、行ってくるわ」

と左母二郎たちに言った。

「だいじょぶかい、かもさん……」

船虫がそう言ったので、

「心配いらん。とりあえず斥候に行くだけや。わてが二刻経っても戻らんかったらそのときはよろしゅう」

そう言って並四郎は、門番に挨拶をしたうえで蔵屋敷に真正面から堂々と入っていった。そして、戻ってこなかったのである。

◇

「七方出の達者なものは見つかったのか！」

水戸家家老山寺信雄は怒声を発した。家臣のひとりが頭を下げ、

「えーと、その、なんでございます……七方出という変装術はもともと忍びのものに伝えられていたのを伊藤顔面斎《いとうがんめんさい》なる人物が集大成した技にて、現今はもっぱら盗人によっ

て使われており……」

「そのような講釈は聞かぬともわかっておる」

「当代においてもっともすぐれたるものはかもめ小僧、これは顔面斎が『その技神域に達す』と評したる人物。二番目はむじなの十三吉《とみきち》なる元盗人で、技はまあまあらしゅうござるが、罪を犯して島送りの身の上。ようよう三番目の土鳩《どばと》のぽう助《すけ》なる男とつながついたところでございます」

「土鳩のぽう助？　パッとせぬ名前だが、腕はよいのか」

「いえ、それがいまひとつのようで……。江戸から来たものたちに化粧を施させたるところ、『似ているといえば似ているが、似ていないといえば似ていない』……という結果にあいなりました」

「うーむ、なんとかかもめ小僧を使いたかったが仕方ないのう。そのぽう助にやらせるしかない。暗い場所ゆえわからぬだろう」

そのとき廊下から、

「戸畑にござります」

「おう、入れ。伏姫さまはご機嫌うるわしいか？」

「それがその……」

戸畑は山寺の耳に小声でなにかを言った。

「伏姫ではない、だと？」

山寺信雄は目を倍ほどにひん剝いた。

「どういうことだ、戸畑」

「ははっ……名をきくと『ふせ』と申し、水晶玉の数珠を持ち、白い犬と遊んでおりましたゆえ、てっきり伏姫だと……。今、きつく問いただすと、名前は『ふさ』で、矢頭家なる貧乏浪人の娘だとか。水晶玉も犬も、見知らぬ武士たちに渡されたらしゅうございます」

「その見知らぬ武士たちというのは、『通りすがり』だと申しておまえたちを捕らえようとした七人に違いない。つまり、おまえたちは罠にはめられたのだ。柳沢出羽の手のものの仕業であろう。たわけめ！」

「申し訳ございません」

「長屋住まいの大須賀という武士はなにものだ」

「わかりませぬ。おそらくは騒ぎを聞きつけて首を突っ込んできた、ただの浪人かと……」

「ならばよいが……柳沢は、我らが大坂で伏姫を探していることに気づいているわけだな」

「今後、どうはからいましょう」

山寺はにべもなく、

「伏姫を探すのは中止だ。もともと此度の件のダメ押しに、綱吉に対する人質として使うつもりではじめたこと。人質探しのせいで企て全体が危うくなるようでは本末転倒だ。綱吉へのダメ押しは、身どもにべつの考えがある」

そう言って山寺はニヤリとした。

「あの『ふさ』という娘はいかがいたしましょう」

「消せ。人質として価値がないものを生かしておいても仕方がない。と申して、今さらもとのところに帰す、というわけにもいくまい」

「ははっ」

戸畑は頭を下げた。

◇

話は少し遡《さかのぼ》る。うどん屋に変装して蔵屋敷の門を入っていった並四郎は建ち並ぶ長屋をちらちらと見た。たしかにうどん屋の話のとおり、外塀と一体になった長屋塀の長屋も、敷地内に並んでいる長屋も、いずれもひとが詰まっているようだ。大勢の話し声が聞こえてくる。おそらく、皆、侍である。

「おい、うどん屋ではないか。そこでなにをしておる」

背後から声をかけられ、並四郎は精いっぱいの笑みを浮かべて振り返った。蔵役人らしい侍が立っている。

「あー、こんにちは。けっこうなお天気で……」

「今日は曇っておるぞ。あはははは」

「あははは……」

「夜ならともかく、まだ夕刻だ。こんなところをうろうろしていたら留守居役さまに叱られるぞ」

「すんまへん」

「とは申せ、せっかく入ってきたのだ。いつものやつを拵えてもらおうかな」

「へ？　いつものやつ、とおっしゃいますと？」

「忘れたか。しっぽくだ。わしはしっぽくのほか頼んだことはないではないか」

「あー、そうだしたそうだした」

「早う作れ」

「だれが作りますのん？」

「おまえに決まっておるだろうが」

並四郎は、しまった、と思った。うどん屋になりすました、ということは、うどんを作らねばならぬのだ。

「あのー、水が足りんようになりましたので、お分けいただけまへんやろか」

「なんだ、それを早く言え。ならば、台所の井戸で汲《く》んでまいれ。目立たぬようにな」

「えーと……お台所はどちらでおましたかいな」

「おまえも忘れっぽいな。御屋形の裏側だ。勝手口から入ればすぐだ」

「あー、そうだしたそうだした」

　こうなったらこっちのものだ。並四郎はちょこちょこ走りで敷地の中央にある御屋形まで行くと、勝手口からなかに入った。台所にはだれもおらず、並四郎はそこから上がり込んだ。天井板を外し、飛びあがる。いつもなら軽々できるはずのことだが、負傷のせいでうまくいかない。三度試みてようやく成功した。すばやい行動は無理なので、ゆっくりゆっくり移動する。ときどき天井板をずらして部屋を見下ろす。どの部屋にも大勢の侍がいる。

　年貢米が国もとから送られてくる時期の蔵屋敷はたいへんな活気で満ち満ちる。仲仕たちが長屋に住み込み小舟（伝馬船）から大量の米などを積み下ろし、代わりに大坂で調達した物資を積む。小舟の荷は川に停泊した大船（千石船）に積み替えられる。大勢の人足とそれを指図し、帳簿をつける蔵役人たちの大声が早朝から夕方まで響くのだ。しかし、殿さまも来訪しておらず、稲荷社の祭（町人たちに開放される）もなく、米や特産品の入荷もないはずの今、蔵屋敷がこんなにひとで、しかも侍たちであふれているというのが並四郎には不思議だった。いずれにしてもあの娘の姿はない。

(どうやらこの建物にはおらんみたいやな……)

二十ほどある部屋のほとんどを調べてまわった並四郎はそう思った。天野屋利兵衛事件のときに会った家老の山寺信雄の部屋もあったが、ひとりでなにやら書きものをしているだけだった。書き付けのようなものに大きな印鑑を押し、そこに『可』という文字をていねいに書き付けている。興味深かったが、並四郎の目的はあの娘を取り戻すことである。並四郎はその部屋のうえをそっと離れた。

(この部屋で最後か……)

廊下の突き当たりにある部屋のうえに来たとき、会話が聞こえてきた。

「なに？　ご家老がそうおっしゃったのか」

「うむ……口封じをせよとのことだ。かわいそうだが……」

戸畑と柴崎だ。

「おぬしがやってくれ。拙者には無理だ」

「嫌な仕事ばかりわしに押し付けるな」

「いつ拙者がおぬしに嫌な仕事を押し付けた」

「このまえ稲荷社の供物《くもつ》をネズミが食い荒らすからと申して、わしにネズミ退治をさせただろう」

「あれはお留守居役が、おまえが適任だとおっしゃったからだ」

「あのようにいたいけない娘を始末する、というのはあまりといえばあまりの話ではないか」

「拙者もそう思う。一事が万事だ。町人の娘をはじめ、下々のものをないがしろにするような挙兵がうまくいくとは思えぬ。山坂も申しておった。光圀公以来の尊王の思いもわかるが、徳川将軍家への恩もある。単純に朝廷だ、将軍家だ、と割り切れるものではない」

「とにかくわしにはできぬ。おまえがやってくれ」

「――わかった。ご家老の命令とあらばやむをえぬ」

「おまえにもこどもがいるはずだ。それでもあの娘を殺せるのか」

「もし、挙兵が失敗したら、我らは全員死ぬのだ。父親や息子も連座して腹を切ることになろう。つまり、命がけでこの挙に臨んでいる。甘っちょろい気持ちは捨てねばならぬ。だからこうして、酒の力を借りておるのだ」

「わしにはとうていおまえのようには割り切れぬ。わしは死にとうないし、せがれを殺しとうもない。そう思っておるものはわしばかりではないはずだ。はじめにご家老さまより話を聞いたときは、なるほど、これなら上手くいく、と思うたが、今では絵空事のように感じておる。大坂城の焔硝蔵《えんしょうぐら》（火薬庫）に火を点《つ》けて城を乗っ取る、などということができようか」

並四郎はぞっとした。水戸家のものたちは大坂城の火薬庫を爆発させるつもりなのだ。およそ四十年まえの万治《まんじ》三年、大坂城の焔硝蔵に雷が落ちた。そのときの爆発は言語を絶する凄まじいものだったという。膨大な量が保管されていた黒色火薬、鉛玉、火縄などすべてが吹き飛び、大地震と大火災が同時に起こったような衝撃に数十人が死亡し、百人以上が負傷した。天守閣をはじめ、城内の多くの建物が壊れた。被害は城外にも及び、千四百八十一戸が倒壊し、死亡者も出た。嵐のような爆風のせいで、倒壊は免れても、屋根が壊れたり、瓦が飛んだ家も多かった。青屋門《あおやもん》の扉の破片は生駒山《いこまやま》の暗峠《くらがり》まで飛んだ、という。当時の焔硝蔵は半地下の土蔵だったが、この爆発に懲りた公儀は、その後石造りの堅牢《けんろう》なものに作り替えて現在に至るのだが、なかに火が入ったらいくら堅牢でもその被害のほどは想像するに余りある。おそらく大坂城の機能は完全に麻痺《まひ》してしまうだろう。そこに水戸家の侍たちが突入したら……。

(これはあかん……!)

城はあっさり乗っ取られ、混乱に乗じて大坂市中に火つけでもされたら、あっという間に大坂の町は水戸家の手に落ちるだろう。

(えらいこっちゃ……。すぐに左母やんたちに報せんと……)

並四郎がそう思ったとき、

「やらねばならぬ。天野屋利兵衛からの大量の武器調達ができなかったのだから、この手しかない。拙者は、正面切って武力で押すよりも、このやり方のほうがよいと思う。武器は、城内の武器庫のものを使えばよい」

「だが、それもこれも七方出の名人の腕にかかっておる。その、土鳩のぽう助とかいう男に我らの命運を託す気にはなれぬなあ」

「うむ。やはり、『かもめ小僧』をなんとか探し出したいところだが……もう手遅れか」

意外なところで自分の名前が出たので並四郎は驚き、後頭部を梁《はり》にぶつけてしまった。

ガタン、という大きな音が響き、

「天井にだれかおるぞ！」

（しもた……！）

並四郎は天井裏をゴキブリのようにカサコソと這って逃げようとしたが、目のまえに槍《やり》の穂先が生えた。

（うひゃっ……！）

後退しようとすると、股間にも槍の刃が突き出された。身動きがとれない。

「下りてこい！」

並四郎は観念して天井板を外し、そこから飛び下りた。戸畑と柴崎はふたりとも抜刀して待ち構えていた。

「なんだ、うどん屋ではないか。貴様、コソ泥も兼業していたのか」

「そういうわけやおまへんのやが……かどわかしたこどもはどこだす？　この御屋形のなかにはいてないみたいやけど……」

「こども？　貴様、あの娘の縁《ゆかり》のものか」

「まあ、そういうことだすな。返してもらいまひょか」

ふたりは陰鬱な顔になり、戸畑が言った。

「残念だが、あの娘は返せぬのだ」

「わかっとります。口封じせえ、てご家老さんに言われてますのやろ。どこにいるかだけ教えとくなはれ。あとはわてがやります。あんた方は、大盗《たいとう》かもめ小僧が来て、取り戻されてしもた、て言うたらよろしいのや」

「な、なんだと？　貴様、かもめ小僧なのか？」

つい口がすべってしまった。

「い、いや、そやおまへん。たとえばかもめ小僧とかネズミ小僧とかトンビ小僧とか……そういう盗人にさらわれた、ゆうことにしたらええ、と言うとりますのや」

「おい、柴崎……このうどん屋、おかしいと思わぬか」

戸畑が刀を構えたまま言った。

「なにがだ」

「肘と太ももに怪我をしておる。我らが今朝、あの娘を捕まえたとき邪魔立てした町人……我らはあのものの肘と太ももに手傷を負わせた」

「しかし、顔がまるでちがうではないか。こやつはいつも来るうどん屋だ」

「だから、もしかするとこやつ……まことにかもめ小僧かもしれぬぞ」

「なるほど……正直、あのうどん屋とは長いつきあいだが、天井に跳び上がったり飛び下りたり、といったことができるようには思えん」

柴崎は並四郎に歩み寄ると、その鼻をぐいとねじった。それまで境目がまるでわからなかった付け鼻の部分がぽろりと落ちた。柴崎は戸畑を振り返ると、

「ついに見つけたぞ……！」

その瞬間、並四郎は大きく横に跳躍した。しかし、戸畑はそれを予期していたらしく、袈裟懸《けさが》けに刀を振るった。刃は並四郎の着物を裂き、切っ先は肌にまで達していた。並四郎はその場に墜落し、柴崎が叫んだ。

「なにをする！　殺してしまってはなにもならんぞ！」

「わかっておる」

戸畑は刀の切っ先を並四郎の喉に突き付け、

「おい、かもめ小僧、死にたくなかったら我らの言うとおりにせよ」

並四郎は、

「かもめ小僧やおまへんのや。七方出を商売にしてる寄席芸人だす」

「まだ言うか！」

戸畑は並四郎の頰を、ちょい、と切った。血がたらたら……と落ちた。

「ああ、もう……！　顔はわての商売道具や。傷つけんとってんか」

「かもめ小僧であることを認めるか」

「わかったわかった。天下一の大盗人かもめ小僧はわてでおます。着物破れてしもて……うどん屋に怒られるわ。――で、わてになにをさせるつもりや」

「それはご家老から直々に聞くがよい」

「もしも断ったら？」

「あの娘を……」

戸畑は自分の首を手刀で斬る仕草をした。

◇

むっつりとした表情で犬小屋に戻ってきた、大《ちゆ》法《だい》師を四人の犬士が法師以上のしかめ顔で迎えた。犬村角太郎が、

「法師殿、喉が紫色に腫れ上がっておられるが、いかがなされた」

「これか……」

丶大法師は喉を痛そうにさすりながら、

「左母二郎にやられたのだ。娘を取り戻しに水戸の蔵屋敷に参るなら、わしと野堀を斬って捨ててからにせよ、と申したら、あの男、いきなり斬りつけよった。峰打ちでなかったら今頃はあの世だ」

犬塚信乃が、

「そのことでござるが、法師殿……まことによろしいのでしょうか」

「なに……？」

「我ら一同、娘の奪還に力を貸すべきではないか、と今も四人で話し合《お》うていたところです」

丶大法師は腕組みをして、

「わしとて、左母二郎たちの気持ちはわかる。そのこどもが矢頭右衛門七の妹と聞いてはなおさらだ。伏姫さまを探している水戸家のものたちを炙り出し、捕縛するために娘は使われたのだから、かどわかされたのは我らの責任でもある」

「そこまでわかっておいでなのになにゆえ……？」

丶大法師は畳を拳で強く叩いた。

「わしは上さまと柳沢さまにお仕えする身。そのご命令は絶対である。そして、おまえたちもわしと同様だ。我らが命じられているのは、水戸家の企てを探ること。今、水戸の蔵屋敷に我らが突入し、騒動を引き起こして、捕まったり、命を失《うしの》うたりしたら、肝心のお役目の障りとなろう。それは許されぬことなのだ」

　犬山道節が、

「たしかに我らは上さまのご命令に違背することはできぬ。だが……お役目のために罪なきこどもを犠牲にするのだとしたら、拙者、この先、大手を振ってお天道《てんとう》さまの下を歩けぬ。上さまに禄《ろく》を返上して、この場で自害いたす」

「なにを申す！」

　犬塚信乃が、

「私もそういたします。知らぬ娘とは申せ、我らのために命を落とすのを黙って見ていろ、というなら、生きていても仕方がない」

　犬坂毛野も、

「私もです。こどもを見捨てたことをこの先ずっと背負っていかねばならぬとしたら、重すぎて宙乗りはできませぬ」

　犬村角太郎が、

「これで決まった。では、法師殿、我ら仲良くこの場で切腹いたすゆえ、介錯《かいしやく》をお願いいたす。あと、上さまと柳沢さまによしなにお伝えくだされ」

　そう言って四人は刀を取り出した。丶大法師は大きなため息をつき、

「わかった。もう、よい。勝手にどこへでも行け」

犬山道節が、

「え……？　では、我らが蔵屋敷に赴くことをお許しいただけるのですか」

「仕方なかろう。わしも駄々っ子の相手はしておれぬ。そのかわり、かならず娘を取り返すのだぞ」

「そうおっしゃると思うておりました」

「ありがたき幸せ」

四人の犬士は、大法師に向かって口々に礼を言うと立ち上がり、犬小屋を出ようとした。そのとき法師が、

「待て……。気が変わった」

犬村角太郎が血相を変え、

「武士に二言はないはず。法師殿は二枚の舌を使われるか」

「そうではない。——わしも行く」

そう言って、大法師は錫杖《しゃくじょう》を手にした。

◇

並四郎は二刻経っても戻ってこなかった。

「どうしたんだろうねえ、かもめ……」

裏門の見張りから戻ってきた船虫が心配そうに左母二郎に言った。並四郎が入っていってから二刻のあいだ、出入りしたものはひとりもいなかった。すでに表門、裏門ともに閉ざされている。

「じゃあ、行くか?」

船虫が、

「おいきた」

うどん屋が、

「あのー……わてはどうなりまんのや」

「知るけえ! 銭はやっただろ。とっとと帰《けえ》れ!」

「アホなことを。うどんの屋台がないと明日から商売できまへんがな」

「あいつからたんまり金はもらったんだろ? そんなに屋台が心配なら、俺が取り戻してきてやるから明日の朝ここで待ってな」

「ほんまだすか? 頼んまっせ、ほんまに……」

すでに門は固く閉ざされている。左母二郎は、

「塀を乗り越えたりする芸当は俺たちにゃあ無理だ。といって、門をぶち壊すわけにもいかねえ。——ここは一番、馬加先生にご登場願おうかい」

「わしか？　なにをすればよいのだ」

「こんな風にな……」

左母二郎の言葉に馬加大記はうなずき、持参した薬箱を手に門のまえに立つと、

「おーい、開けてくれ！」

そう呼ばわりながら激しく門を叩いた。だが、なかからの応《いら》えはない。

「わしは医者の馬加大記だ。急病人が出たというから取るものも取り敢《あ》えずやって来たのだ。ここを開けろ」

そうと大声で怒鳴りながらなおも門を叩く。しかし、返事はなく、門番が出てくる様子もなかった。馬加大記は左母二郎を振り返り、

「どうなっておるのだ」

「わからねえ。まだ、夜中ってほどでもねえ。これだけうるさくすりゃあだれかが出てきそうなもんだが……」

船虫が、

「罠ってことはないだろうね」

「知るもんけえ。かもめを助けなきゃなんねえんだ」

そのとき、背後にひとの気配がした。左母二郎が刀の柄にそっと手をかけて振り向くと、そこにはにこやかに笑う四犬士とゝ大法師が並んでいた。左母二郎が、

「なにしに来やがったんだ」

「義理を果たしに参った」

丶大法師がそう言うと左母二郎は、

「さっきは悪かったな」

丶大法師はそれには応えず、

「かもめを助ける、とはどういうことだ」

「あの娘を探しにこのなかに入ったんだが、もう二刻も出てこねえのよ。いくら門を叩いてもなんの応えもねえ。どうにもおかしいんだが塀を越すわけにもいかねえから困ってたところだ」

犬坂毛野が、

「ならば私にお任せを」

そう言うが早いか、地面を蹴って飛んだ。途中、とっかかりなどないはずの壁に足をかけ、もう一段高く飛ぶと、忍び返しのうえを飛び越えて塀の内部に降り立った。しばらくすると、表門のくぐり戸のあたりで錠を外すような音が聞こえたかと思うと、戸が開かれ、なかから毛野が顔を出した。

「さ、早く……」

左母二郎たち八人はなかに忍び込んだ。邸内はしん……と静まり返っている。提灯《ちょうちん》に火が入っているので足もとは危なくない。左母二郎たちは、まず御屋形に入り、手分けして調べたが、廊下にも部屋にもだれもいない。つづいて三人は役所を探したが、ひとの気配はない。

「どうなってやがるんだ、こいつぁ」

左母二郎が思わず声を出すと馬加大記が、

「長屋は侍でぎゅうぎゅうだ、とうどん屋が言っておったな。見つからぬように気をつけろよ」

しかし、かたっぱしから長屋をのぞいてみたが、どこも空き家ばかりだった。結局、広大な水戸家蔵屋敷の敷地内にはだれもいなかった。ほんの二刻のあいだにひとり残らず消えてしまったのだ……。

◇

「おまえがかもめ小僧か。わしは水戸家家老、山寺信雄と申すものだ」

暗い部屋のなかで山寺信雄は言った。以前、天野屋利兵衛のところで会ったときは夜だったので、山寺は二回目の出会いであることに気づいていない。並四郎は顔を背けて、

「わてのことをえらい探し回ってくれたらしいけど、いったいなにをさせたいのや」

あのあと猿轡をかまされ、目隠しをされ、手足を縛られた状態で運ばれ、猿轡などを

外されるとこの部屋だったのだ。並四郎にはここがどこなのかまるでわからなかった。ただ、水の匂いがするので、堂島や中之島からさほど離れてはいないようだ。

「なあに、簡単なことだ。家来たちの顔かたちを変えて、変装させてもらいたいのだ」

「なんやと？」

「我らは大坂城を奪い、そこに京より天子さまをお迎えして西国に号令を発するつもりなのだ」

「そんな無茶なこと、上手くいくかい」

「上手くいく。大坂城にある三カ所の焔硝蔵には大量の火薬が保管されておる。ここを攻撃して火薬を爆発させる。城内が大混乱に陥ったときに、武器庫を襲撃し、鉄砲、大砲《おおづつ》、槍、刀、弓などを手に入れる。鉄砲だけでも二万挺《ちょう》近くあるはずだ。大坂城代や大番たちが士気を喪失しているところを一気に攻め立てて、城の支配権をこちらのものにするのだ」

「たわごとや。焔硝蔵にしても武器蔵にしても、大勢の加番《かばん》付きの侍に守られとるはずや。おいそれとは奪われへんやろ」

「そこで、おまえの出番だ。たとえば、四名おる加番それぞれの家臣は、足軽や中間《ちゅうげん》などを除くと人数は三十人ほどであろう。それを水戸家の家臣に少しずつ入れ替えていきたいのだ」

「なんやと……」

「当家の家臣の顔をおまえの七方出によって加番の侍の顔そっくりに変装させれば、可能であろう。名人かもめ小僧ならばたやすかろう」

「アホなことを……。そっくりに変装させる、ていうけどな、相手の顔を知らんかったら無理やがな。もうお城に忍び込むのはご免やで」

「加番当人は一年間城のなかから外に出られぬ。ただし、寺参りはべつだ。近々、加番たちが四天王寺《してんのうじ》に参詣すると聞いた。そのとき、加番の供をする家臣たちの顔をおまえに覚えてもらう。また、加番は大名ゆえ、蔵屋敷を持っておる。そことの家臣の往来は常のことゆえ、見張っておれば幾人かは顔を見ることができよう。全員でなくともよいのだ。半数でもこちらの手のものと入れ替えることができればことは成就する」

「焔硝蔵が爆発したら、大坂の市中もえらいことになるで。大火事が起きて町じゅうが焼け野原になったらどないするのや。そもそもだれが火ぃ点けるのか知らんけど、点けた当人も死んでしまうかもしらんで」

「そんなことはわかっておる。水戸家の侍は目的達成のためには喜んで死んでいくものたちばかりだ」

「頭がおかしいのとちがうか。さすが水戸光圀が先代やっただけのことはある」

「ふっふっふっ……ことが上手く運べば、おまえを水戸家の家臣として迎えてやろう」

「ご免こうむるわ」

「我らがしくじるかもしれぬ、と思うゆえ二の足を踏んでおるのか。心配いたすな。大船に乗ったつもりでいよ」

「大船か……大船ねえ……」

「今日からさっそく支度してもらいたい。ここには此度の企てに加わる当家のものたちが勢ぞろいしておる。その顔の検分からはじめてもらおうか」

「もし、わてが断ったら……？」

「おまえは断れぬ」

山寺は手を二回叩いた。扉が開いて、ふたりの侍……戸畑と柴崎がふさを連れて入ってきた。

「おじさま……！」

ふさは並四郎に抱きつこうとしたが、戸畑がその襟首を摑んで後ろに引き倒した。

「なにすんのや！」

並四郎は叫んだが山寺が、

「おまえが我らに手を貸さぬなら、この娘は殺す。我らは本気なのだ」

「おじさま、私のことならいいのです。思うとおりになさってください」

並四郎は、

「心配いらんで。おっちゃんが守ったるさかいな。ちゃんと右衛門七のところに帰らせたる」

「え……？　兄のことをご存じなのですか？」

「そのようやな。お嬢ちゃんが右衛門七の妹やとわかった以上、なにがあろうと救うてみせる」

戸畑はふさをずるずると廊下に引きずり出し、ぴしゃりと襖をしめた。

「どうだ、かもめ小僧。我らに手を貸すか」

並四郎はうなずいた。山寺は満足げに笑い、

「逃げようなどと思うなよ。こちらには人質がいることを忘れるな」

そう言うと、部屋から出ていった。残された並四郎はしばらくぼんやりしていた。

（このわてが、水戸家の陰謀に加担することになるとはなあ……）

しかし、ふさを人質に取られている以上、選択肢はひとつしかなかった。

（このことをなんとか左母やんに知らせたいけど……だいたいここはいったいどこや？）

そう思ったとき、突然、部屋がぐらーりと傾《かし》いだ。

（な、な、なんや……！）

そのときやっと並四郎は気づいたのだった、自分が、大きな船のなかにいることに……。

◇

大勢いたはずの人間がすべて消えてしまう、などということはありえない。左母二郎たちは蔵屋敷のなかを再度探した。今度は見落としのないように、天井裏から縁の下、物置きのような小部屋まで徹底的に検《あらた》めたが、だれもいない。もちろん並四郎とふさの姿もない。蔵元や掛屋といった商人たちが蔵役人と会うための会所、土蔵、銀蔵、稲荷社なども調べた。

「どうかかもさんが見つかりますように」

船虫が稲荷に向かって手を合わせているのを見て左母二郎は、

「おめえが神頼みたあ珍しいな」

「こうなったら神さまでも仏さまでも鬼でも狐《きつね》でも拝んどくよ。なにしろ向こうには光圀の怨霊がついてるんだからね」

「狐じゃあ『コン』と鳴くだけだろ」

「それにしてもひとっ子ひとりいなくなるなんて、かもめが乗り込んできたんで、あわてて引き払ったのかもしれないねえ」

船虫が言うと左母二郎もうなずいて、

「たぶん、ことを起こすのが本決まりになり、それに備えて一同身を隠したんだろうぜ。ここにいたら城代や町奉行所に先回りされかねねえからな」

丶大法師が、

「いよいよ決起が近いということか。それも並四郎を捕えたせいだとすると、もしかすると並四郎は……水戸家の企みを形作る最後の鍵だったのかもしれぬ。向こうに一番渡してはいけないものをこちらから渡してしまった。——わしらが行くべきだったな……」

「今更そんなこと言っても仕方ねえ。なにしろ相手は御三家だ。大坂城代も町奉行所も、よほどの証拠がねえかぎり、事前に水戸さまに『御用！』とは言えねえだろう」

「そのとおりだ。なんでもよい。たしかな証拠が欲しい……」

「水戸の連中がここからどうやって消えたかはわからねえが、やつらの集まりそうな先はどこだかわかるか？」

「うーむ……大坂に水戸家の屋敷はここにしかない。京には烏丸通《からすまどおり》に京屋敷があるが、急に全員が京に上ったとも思えぬし、大坂でことを起こすつもりだとすると、この大坂のいずこかに潜みおる、と考えるのが自然であろう」

「それはどこだってきいてるんだよ」

「さあ……それは……」

ゝ大法師が首をひねったとき、くぐり戸がそっと開く音がした。皆、そちらに向かって身構えたが、おそるおそる……という足取りで入ってきたものがいる。左母二郎が、

「右衛門七じゃねえか！」

右衛門七は左母二郎たちに気づき、駆け寄ってきた。

「ふさ……ふさはどこです！」

「俺たちも探してるんだが、見あたらねえんだ」

「私は今、京からの夜船で帰着したところです。母に、水戸家の蔵屋敷のものふたりがふさをかどわかしたと聞いて、あわててやってきました」

「かもめの野郎がよ、たまたまおめえの妹と知り合いだったらしくてさ、その子を取り返しにいったんだが……消えちまったんだ。この蔵屋敷にゃ今、猫の子一匹いねえよ」

右衛門七は静まり返った蔵屋敷の一種異様な雰囲気に気づいたとみえ、

「どういうことです」

ゝ大法師が進み出て、

「わしの存知よりのものが、おまえの妹にある役目を頼んだのだが……それがこじれて妹御は水戸家にかどわかされてしまったのだ」

そこで初めて、ゝ大法師は、自分と四人の犬士が将軍徳川綱吉と側用人柳沢保明に直々

に仕える身であり、綱吉の隠し子である伏姫を探していることを明かした。右衛門七はときの将軍につながる話の壮大さにため息をつき、

「さようでござりましたか……。ですが、私にとってわが妹は恐れながら公方さまのお子さまよりも大事なのです。なんとか救い出してくだされ……」

左母二郎が、

「俺たちゃ巻き込まれただけなんだが、この坊主たちが堅いことを抜かしやがっておめえの妹を探そうとしねえんでな、乗り出してみたら……こんなことになったってえわけさ」

丶大法師が赤面して、

「わしらも猛省して、こうしてやってきたのだから、その話は堪忍してくれ」

右衛門七を加えた九人はその後も邸内を探したが、手がかりはまるでない。

「大勢の人間が一度に消えるわけはねえ。どこかに抜け穴があるにちげえねえが……」

左母二郎は赤い目をこすりながら言った。船虫が、

「そろそろ東の空が白みかけてきた。だれかに見られるとヤバいよ」

そう言ったとき、だれかが表門を激しく叩く音が聞こえてきた。

「頼もう！　かかる早朝にご門前を騒がせて申し訳ない。それがしは西町奉行所与力滝沢鬼右衛門と申すもの。御用の筋でこちらの御留守居役にお目通りしたい。どなたかお

取次ぎをお願いいたす」

左母二郎は、

「やべえ。一時退却だ」

そう言うと裏門に向かって走り出した。ほかの八人も彼に続いた。

「どなたかおいでではござらぬか！　もうし……もうし！」

鬼右衛門の銅鑼声《どらごえ》はいつまでも聞こえていた。

◇

並四郎は、四天王寺に参詣する大坂加番の家臣たちの顔を鳥居の陰に隠れて観察した。ふさを人質に取られているので言うことを聞くしかないのである。すぐ後ろには水戸家の家臣がふたり、並四郎が逃げぬように見張っており、ひとりは彼の帯をしっかり握っている。しかし、並四郎は逃げるつもりはなかった。

「悪いけど、ちょっとお手水《ちょうず》に行かせてくれ」

「逃げるつもりではないだろうな」

「逃げへんて。ここで漏らしたら、そのほうが目立つで」

ふたりの侍は顔を見合わせ、ひとりが、

「大か小か」

「わかった。拙者もついていくぞ」

「小さいほうや」

並四郎は帯を握られたまま用を足し、ふたたび鳥居のところに戻ってきたときには、大坂城の武士たちの参詣はもう終わっていた。彼らが境内の茶店などで弁当をつかっているあいだに、三人は大坂城門前に先回りし、侍たちの帰りを待った。そこでもう一度顔を確かめる。

そのあと、三人は船に戻った。船は水戸家所有の千石船で、水戸家の蔵屋敷よりずっと下流の安治川《あじがわ》付近に停泊させてあった。全部で五隻あり、水戸家のものたちは、侍だけでなく中間、小者にいたるまでことごとく船のなかで待機していた。そのうちの一艘に、家老山寺信雄がいた。家臣のひとりに、

「帝からはなにかお言葉があったか」

「いえ……今のところはなにも……。ただ、思いとどまれ、とか、けしからん、といった制止のお言葉も賜っておりませぬ」

「西国大名たちからはどうだ」

「こちらも返事がございませぬ。ただ……」

「ただ、なんだ?」

「多くの大名家からの間者がすでに大坂に潜入している、という話を耳にしておりま

す。また、一部の大名家は、急に家臣たちの練兵を強化しはじめた、との噂もございます」

「ふむ……いずれも我らの出方を見ておるようだな。我らが本気かどうか試そうとしておるのだ。おそらく大坂城乗っ取りの快挙の報を聞けば、この機に遅れまじ、とすぐに兵を送る腹積もりなのだろう」

そのとき、部屋の外から、

「かもめ小僧、四天王寺の検分より連れ戻りました」

「おお、帰ってきたか」

入ってきた並四郎は言った。

「うひゃー、これはむずかしおまっせ！　どうがんばっても十人ぐらいしか覚えられん。それに、遠目やさかい顔の細かいところがわかりにくいなあ……」

「三十人のうち十人がこちらの手のものになればそれでよい」

並四郎は驚いた。たった十人の手引きで、大坂城を陥落させるつもりなのだ。そして、それは成就しそうに思われた。

「急げ。時が迫っておる。ただちに取り掛かれ」

「その『時』ゆうのはいつだす?」

「おまえは知らずともよい」

「そうはいきまへんわ。納品の日どりがわからんかったら、『急げ』だけでは職人としてはやりにくい。間に合わんかっても知りまへんで」

「そうだな……」

山寺はある日にちを口にした。

「えーっ、もうじきやがな」

「だから急げと申しておる」

並四郎は内心衝撃を受けていた。大坂城の焔硝蔵が爆破され、大坂中が焦土と化するかもしれぬ日までもう幾日もないのだ。

（なんとかして左母やんや、大法師にこのことを知らせんと……）

そうは思ったが、どうにもならない。

「へいへい。——けど、この世のなかをひっくり返すような大事をわてみたいな盗人に託してもよろしいのか？　しくじってもしりまへんで」

「ふふ……考えに考え抜いて決めた企てだ。幾筋もの紐《ひも》を縒《よ》り合わせて一本にしようという試み……紐のいずれかが切れることもあろう。だが、そうなっても最後には我らが勝つ……そのための、綱吉に対するいわゆるダメ押しを考えておる。当初は伏姫がそれだと思うていたが、どこにも見当たらぬのだから固執する必要はない。もうひとつ……伏姫よりももっととてつもないダメ押しがある。我らが勝つことは間違いないのだ」

「えらい自信やなあ。ところで、あの娘はどこにいてまんの？」

「ははは……それをわしが言うと思うか。心配いらぬ。手中の宝玉として大事に預かっておる」

「それやったらよろしいけどな……」

「ただし……おまえが我らに対して叛心《はんしん》を抱かば、あの娘の命は瞬時にして露と消える……そう思うておけ」

「わかっとりま」

並四郎はそう言うしかなかった。

◇

水戸家の蔵屋敷から西町奉行所に戻った滝沢鬼右衛門は、町奉行松野助義に一連の出来事を報告した。しかし、松野は笑って取り合わず、

「蔵屋敷勤めのものたちがひとり残らず消え失せるなどありえぬことだ。夢でも見ておったか酒でも食ろうておったのだろう」

「いえ、それがしはこの目で確かめました。水戸さまはなにかを企んでおられるのではありますまいか。大坂ご城代にお知らせすべきかと存じまする」

「馬鹿め。相手は御三家だぞ。証拠もなしにそのようなことができるか。そもそも蔵屋敷は武家屋敷ゆえ、我ら町方は手を出せぬ」

「さようではございますが……」

「それに、かもめ小僧と長屋で会うた、などというのもどうせいつもの早とちりに違いない。かもめ小僧に我らはさんざん煮え湯を飲まされてきた。うかつに動くとまた大恥を掻く。とにかくおまえはじっとしておれ。わしの命に従わぬならば、盗賊吟味役から御普請役に役替えをするぞ」

「それればかりはお許しを……」

「おまえを見ておるといらいらする。欠点ばかりで長所がひとつもない。おまえの良いところはいったいどこなのだ」

　鬼右衛門は松野からさんざん叱られて与力溜《だ》まりに戻った。壁に向かって座し、腕組みをして考える。

（わしの良いところ、とはなんだ。そのようなものがあるのか……）

　そんな鬼右衛門をほかの与力たちが陰でくすくす笑っている。

（そうだ。わしの長所はしつこいことだ。いまだにかもめ小僧を追いかけておるのもしつこく、あきらめが悪いからだ。此度のことも、とにかくしつこくやるしかない）

　鬼右衛門は小者に、

「ご用人に、町廻りに出ると伝えておいてくれ」

そう言うと立ち上がった。

五

山寺には急《せ》かされたが、並四郎はできるだけゆっくりとていねいに水戸家の侍ひとりひとりの顔を変えていった。本当は十人ぐらいなら半日もあれば全員に変装を施すことができるのだが、時間稼ぎをしてそのあいだに左母二郎に連絡《つなぎ》をつけようとしたのだ。しかし、よい方法は思い浮かばなかった。

七方出をほどこされた侍は、自分の顔が別人になっていることになぜか大喜びしている。侍同士、互いに顔を指差し合って、

「今の顔のほうが男前だぞ。ずっとそれで行け」

「おぬしこそ、まえの顔よりもようなった」

などと軽口を叩き合っているのは、これから自分たちがなすべき危険な務めから目を背けようとしているからなのだろう。

時間稼ぎをしようという並四郎の抵抗もむなしく、とうとう十人の侍全員が城の侍と入れ替わってしまった。はじめは、城から蔵屋敷に使いに出た侍と変装者を入れ替えた。

そのものが城に入り込み、残りのものたちを夜中に引き込んだのである。本ものの城勤めの侍は船まで連れてこられ、船底の大部屋に監禁されているらしい。

「これで企ての初手が完了した」

山寺は満足げに言った。

「城に入ったものからの報せによると、だれも偽者だと気づかれず、勤めているそうだ。これもかもめ小僧、おまえのすばらしい技のおかげだ」

「そらどうもおおきに。――ほな、わての仕事は終わったようなので、これで帰らせてもらいまっさ。あの子も連れていきますよって、どこにいてるか教えとくなはれ」

「いや、おまえの仕事はまだ終わっておらぬ」

「十人の顔を変えましたがな」

「もうひとつやってもらうことがある。おまえにしかできぬのだ」

「だれの顔を変えまんのや」

「顔は変えずともよい。盗人としての仕事だ」

「はあ……？　そんなん聞いてまへんで」

「断ったら、あの娘を殺す」

並四郎は肩を落とした。

「わかったわかったわかりました。こうなったら毒を食らわば皿までや。なんでもやらしてもらいまひょ。どこぞの大商人の蔵にでも忍び込んで、有り金全部盗んでこい、とでも言いなはるか」

山寺はかぶりを振り、あることを告げた。それを聞いた並四郎は仰天してのけぞった。

「これがわしの考えたダメ押しだ。よき思案であろう」

そう言って山寺はにやりと笑った。その顔が一瞬、白髪頭の老人のものに変じたように見え、並四郎はぞっとした。

「今日のうちに盗むことができればぎりぎり間に合う。余人にはできずとも、おまえならばできるだろう」

山寺の顔はもとに戻っていた。

◇

丶大《ちゅだい》法師は、早飛脚で到着したばかりの一通の書状を手に震えていた。それは、帝による「徳川綱吉討伐の勅許」の写しであった。水戸の徳川綱條《つなえだ》の義挙に協力し、現政権を倒すべし、との主旨である。西国大名のだれかが、柳沢保明の控えの間にひそかに投げ入れたものらしい。同封されていた保明からの手紙によると、徳川綱條は数日まえから病気と称して登城しておらず、屋敷に引き籠っているという。そして、この勅許に関して、丶大法師に京に向かうよう指示してあった。

「大坂での水戸家の動向不穏ゆえ十分注意なさるべく候」

と結ばれた手紙を読み、

（注意するもなにも、だれもいなくなってしまったのだ……）

、大法師はちょうど、野堀が伏姫の扮装《ふんそう》をさせた少女を水戸家がかどわかしたこと、自分と四犬士がその奪還に赴いたが、水戸家の蔵屋敷から御留守居役以下すべての人間が消え失せていたこと、西国大名のきな臭い動き……などなどについて密書をしたため、早飛脚で江戸に送ろうとしていたところだった。

、大法師は四人の犬士に、

「わしは京に行かねばならぬ。もし、わしがおらぬあいだになにかあったら、そのときは網乾左母二郎と心ひとつにして行動せよ。よいな」

「ははっ」

「水戸家がなにかをしようとしている、という明白な証拠はない。それゆえ今のところ我らは表立って動けぬが、もしそういうものを手にしたら、ただちに左母二郎に知らせ、おまえたちは大坂の民を守るためにその下知に従え」

犬山道節が、

「左母二郎の、でございますか」

「そうだ。あやつならばわしらと違《ちご》うて自由に動ける。なにものにも縛られておらぬゆえ、な。大坂城代や上さまの判断を待ってはおれぬ。ひとりも死なせてはならぬ」

犬塚信乃が、

「かしこまりました。上さまのために水戸家の陰謀を阻止いたします」

丶大法師はかぶりを振り、

「上さまのためではない。仁義礼智忠信孝悌のためだ」

四人の犬士は頭を下げた。

◇

川崎東照宮は普段、門が閉ざされ、参詣人は入ることができない。つまり、内も外もあまりひと目がないのだ。その夜、ひとつの黒い影が塀外にしゃがみ込み、通行人が途切れるのを待っていた。並四郎である。頃合いを見計らい、並四郎は境内の隅にある大きな桜の木に、先に手鉤のついた縄を投げた。蜘蛛のようにそれをつたって、塀のなかに入る。縄はそのままにしておき、飛び降りる。東照宮の本殿の入り口には錠がおりておらず、外側から木製の閂が差してあるだけだった。並四郎はためらわずにそれを外した。内部にはかがり火が燃えており、明かりは十分である。

いちばん奥に小部屋があった。扉は、壁と同じ模様になっており、ちょっと見ただけでは見過ごしてしまう。まずは錠前を壊す。錠は扉の最下部にあり、ひざまずかないと開けられない。南蛮式のものが左右にあり、かなりやっかいだったが、半刻ほどかけてなんとか破ることができた。

（これは、わて以外の盗人には無理な仕事やったかもしれんな）

重い鉄製の扉を開くと引き戸があり、内側にいわゆる「落とし」がかかっている。これは、曲がった針金のようなものを鍵穴に突っ込み、その先端を落としに上手く引っ掛けることで開けられる。手の感覚だけでの作業だから、これもけっこう難しい。

引き戸を開けようとすると、カラカラカラカラカラ……という音が鳴り響いた。引き戸の裏側に鈴が付けられていたのだ。

（わてとしたことが……！）

並四郎は小部屋のなかに飛び込んだ。祭壇のまえに素焼きの壺が置いてある。

（これやな……）

抱え上げた瞬間、なぜかその壺が身体にひた、と吸い付いたような気がした。同時に、なんとも名状しがたい悪寒のような感触が全身を駆けまわった。かまわず出口を目指して走る。複数の足音が近づいてくる。神官らしき男たちが入ってくるのが見えた。並四郎は足を緩めず、

「ほうほうほうほうほう……！」

奇怪な声を上げながら、そのまま一直線に先頭の神官に向かって突進した。神官たち

は恐怖に顔をひきつらせて道を開けた。

「おおきに！」

並四郎は本殿から飛び出し、壺を背中にくくりつけると、桜の木をよじ登り、さっきの縄を使って塀の外へ降りた。

◇

「でかした……！　ぎりぎり間に合うたぞ」

壺を盗みとって戻ってきた並四郎に山寺信雄はそう言った。

「淀殿の怨霊が入った壺なんて、なにに使いますのや」

「申したであろう。最後の最後に、ダメ押しに使うのだ」

「ようわからんなあ。そんなもん開けて、淀殿が解き放たれたら、どえらいことになりまへんか？」

「光圀公は徳川将軍家に強い恨みを抱いておられる。淀殿もまた、豊臣家を滅ぼした徳川家を激しく恨んでおられるはずだ。徳川将軍家を憎むふたつの怨霊はたがいに引き合い、合体してひとつになり、強大な魔力をもって将軍家に襲いかかるだろう。そうなれば、公儀の軍勢などひとたまりもあるまい。我らの大勝利は決まったようなものだ」

「それはよろしいけど、そのあとはどないするつもりだす？　光圀公の怨霊ひとつでも調伏するのがたいへんやったみたいやさかい、合体してえげつないことになった怨霊なんぞだれも封ずることがでけまへんで。そんな化けもんが野放しになってたら、新しい国造りもクソもないいんとちがいますか？」

「心配いらぬ。その怨霊は帝の守護霊として朝廷において祀り、代々の皇室を護《まも》ってもらう」

「ずっと思てたんやけど、あんた、皮算用が多すぎるわ。まあ、どうでもええけどな」

「なんとでも申すがよい。淀殿の魂封じたる壺も手に入った。これで、城攻めのためのお膳立てはすべて整った。あとは行動を起こすだけだ」

「えらいことに手ぇ貸してしもたわ。いつもなら盗みが上手いことといったらスカッとするもんやけど、身体が汚れたような気がする」

「ふふふ……さすがは稀代《きたい》の大盗かもめ小僧だわい。礼を申すぞ」

「あの……ほめてもらうのはありがたいんだすけどな、変装もさせたし、壺も盗んできたし、今度こそ放免してもらえまへんやろか」

「なにを申す」

「なにを申す、て……どういうこっちゃ」

「はっはっはっ……おまえの役目は終わった。我らが、おまえたちを生かしておく道理があると思うたか」

「たばかりよったな」

「おまえは知り過ぎておる。あの娘は、おまえをこちらの思うとおりに動かす、という値打ちしかなかったが、もちろん一緒に死んでもらうしかない。心配いたすな。むごたらしい殺し方はせぬ。ふたりとも一撃にてあの世に送ってやるわ」

「ぶっ殺したる……」

歯の根が合わぬほどの憤りに、並四郎の声は震えていた。

「ふさを連れてまいれ」

山寺が言うと、しばらくして戸畑と柴崎がふさを連れてきた。憔悴《しょうすい》しきっており、顔はげっそりとやつれ、腕や脚も細くなっていた。あちこちにぶたれたらしい紫色の痕がついている。山寺は、

「ふたりとも斬り捨てい」

戸畑は、

「なれど……」

「斬れ」

「かしこまりました」

並四郎は、

「わてはええ。この子だけは助けたってくれ。頼むわ」

山寺は、

「その娘を助けてやってもよい」

「ほ、ほんまか！」

「ただし、おまえが我らの仲間になり、生涯水戸家のために尽くすというならば、だ。おまえの七方出の技と盗人としての体術は、正直、失うには惜しい」

「ええっ……」

「どうだ、その条件を呑むならふたりとも助けてやろう。さもなくば死だ。考えるまでもなかろう」

「いや、それ、ちょっと……かなわんなあ……しばらく考えさせてくれ」

「しばらくとはどれぐらいだ」

「そやなあ……五年ほど」

「たわけ！」

山寺は刀の柄に手をかけると、

「かもめ小僧、どちらを選ぶのだ。我らの仲間か、それとも死か」

「どっちも無理やなあ……」

「それが貴様の返答か。残念だがあの世に行ってもらうしかないな」

山寺は戸畑と柴崎に刀を抜くよううながし、みずからも抜刀した。場所は狭い船室で逃げ場はなく、相手は三人、しかも刃物を持っている。こうなるとさすがの並四郎にもどうしようもなかった。

「死ねっ!」

三人は同時に並四郎に斬りつけた。

「おじさま、逃げてっ!」

ふさが並四郎のまえに身体を投げ出し、山寺の刀がその首筋をかすった。ふさは血を流して倒れた。並四郎は絶叫しながらふさのうえに覆いかぶさった。並四郎の背中に戸畑の刀が振り下ろされた。刃先は背骨に当たり、並四郎が激痛に悲鳴を上げたとき、

「待てい!」

だれかが飛び込んできた。

「大坂西町奉行所盗賊吟味役与力滝沢鬼右衛門である。水戸家の方々とお見受けいたす。かどわかしの罪で町奉行所までご同道願いたい!」

鬼右衛門は十手を山寺に突き付けた。

「わしは水戸家家老山寺信雄である。町方風情《ふぜい》が縄打てるような身分ではない」

「身分があろうがなかろうが、そんなことはどうでもよい。わしはやりたいようにやるのだ」

鬼右衛門は十手を振りかざして山寺に飛びかかり、山寺の顔といわず肩といわずめち

やくちゃに打ちすえた。山寺は顔色を変えて、

「痛い痛い……戸畑、柴崎、こやつをなんとかしろ！」

そう言うと、隣の部屋に逃げ込んでしまった。鬼右衛門は、

「うおおおおおっ！」

と絶叫しながら牛のように猛進した。戸畑と柴崎は懸命に刀を振り回したが、部屋が狭いうえに鬼右衛門のまさに鬼のような形相での大暴れに恐れをなし、防戦一方になった。しまいには十手で手首を強く打たれて、刀を取り落とした。鬼右衛門はふたりを縄で縛り上げると並四郎を抱き起こし、

「かもめ小僧、大事ないか！」

「ちょっと斬られただけや。それより、この子を……」

「うむ」

鬼右衛門はふさの傷を検めたが、さほどの深手ではなく、斬られた衝撃で気絶したらしい。並四郎はふさの血止めをしたあと、おのれの手当てを鬼右衛門に頼んだ。鬼右衛門はふたりの侍を引っ立て、並四郎はふさを担いでその部屋から出た。

「どうやって岸まで行くんや」

「大丈夫。わしが乗ってきた小舟がすぐ下に舫《もや》ってある」

縄梯子《なわばしご》を下ろすと、鬼右衛門と並四郎は小舟に戸畑と柴崎、それにふさを先に乗せ、

「おまえはまことにかもめ小僧なのか」

並四郎は少し考えたあと、

「そや。長いつきあいやけど、こうして素顔で会うのははじめてやな。あんたに助けられるとは思うてなかったで。どうやってここにたどりついたんや？」

鬼右衛門は、もう一度水戸家の蔵屋敷に戻ってみたのだ。やはり、猫の子一匹いない。だが、そんなはずはない。なにかを見落としているのだ。持ち前のしつこさを発揮して、鬼右衛門はふたたび御屋形、役所、長屋などをひとつひとつ調べていった。すると、小さな稲荷社の賽銭箱《さいせんばこ》がほんのわずかだがずらした跡があることに気づいた。鬼右衛門は賽銭箱に両手をかけて動かしてみた。すると、驚いたことに賽銭箱の下には大きな穴が開いており、そこから地下へ降りる石段が続いていた。鬼右衛門は思い切って穴に入ってみた。なかは真っ暗かと思いきや、ところどころの壁に燭台《しょくだい》があり、蠟燭《ろうそく》が燃えていた。日常的に使われているようだ。地の底を延々歩くと、今度は上りになった。

「そして、地上に出てみたら、目のまえに水戸さまの千石船が何隻も止まっていた……というわけだ。岸にあった小舟で、とりあえず先頭にあったこの船に入ってみたら、おまえがいたのだ」

「普段は安治川のあたりにつないであるのやが、ひとが出入りするときだけ、水戸家の蔵屋敷のまえまで持ってきよるのや。あんたの来るのがもうちょっと遅かったらわては死んでたわ。おおきに」

「礼を言うことはないぞ。わしはおまえを今から召し捕るのだからな」

鬼右衛門がそう言ったとき、船が大きく揺れた。

「しもた！　船が動くで！」

鬼右衛門は並四郎に、

「おまえが先に降りろ！」

「わてはなんとかする。それよりこれをお奉行さまに渡してくれ」

並四郎はふところから小さく折り畳んだ紙を鬼右衛門に手渡した。

「なんだ、これは」

「今から水戸家が大坂城でしでかそうとしてることを書いてある。手遅れにならんうちに、さあ、早う……！」

「わかった」

「その子を頼むで」

「任せておけ」

鬼右衛門が縄梯子を下りて小舟に乗り、櫂《かい》を手にするのを確かめた並四郎は、背後にひとの気配を感じた。振り返るとそこには四、五人の水戸家の侍がすでに抜刀して立っていた。

「かもめ小僧……貴様を帰すわけにはいかぬのだ」

「そらまあ、そやろな」

彼らはじりじり迫ってくる。並四郎は身を翻し、ざんぶと川に飛び込んだ。侍たちはあわてて船上から川面《かわも》をのぞきこんだが、並四郎の姿はすでに消えていた。

◇

なにか重いものが隠れ家の戸にぶつかるような音がした。

「変な音がしたよ」

寝そべった船虫がふてくされたように言った。すでに夜が明けているようだ。

「おめえ、見にいけよ」

壁にもたれて酒を飲んでいた左母二郎が言った。

「やだよ、面倒くさい。どうせ野良犬かなにかだろ。——あーあ、かもめのやつ、どこへ消えちまったのかねえ」

「消えたといやあ、水戸の連中もどこに消えちまったんだろうな」

「水戸なんかどうでもいいよ。あたしゃかもさんのことが心配なんだよう」

またしても、どすん、という音。

「しゃあねえな」

左母二郎は立ち上がり、戸を開けようとしたが、外から寄りかかっているらしくなかなか開かない。無理矢理に引っ張ると、なにかがごろりと転がり込んだ。

「かもめっ……！」

左母二郎が叫ぶと船虫も弾《はじ》かれたように起き上がった。それは、全身びしょ濡れの並四郎だった。背中には斬られた傷もあるらしく、血止めが施されている。

「どこにいたんだよ、かもさん！」

船虫がすがりついた。

「水戸の……船や」

「船？」

「ああ……寒い寒い寒い……」

並四郎は歯の根が合わぬほど震えていた。

「寒いって、今日は暑いぐれえだぜ」

左母二郎は並四郎の額に手を当てて、

「熱っ……おめえ、熱があるじゃねえか。船虫、そのへんの布団持ってきてくれ。とにかく着替えて、身体を拭きな」

並四郎は、

「そんなもん間に合うかいな。今いちばん欲しいのは、それや」

言うが早いか、左母二郎の湯呑みをひったくるとひと息で飲み干した。二杯、三杯と立て続けに飲んで、

「ああ……やっとあったまってきたわ」

「無茶するな！　いってえぜんてえなにがあったんだ」

並四郎は、これまでの出来事について手短に話をした。

「そうけえ。稲荷社の賽銭箱の下に抜け穴があったとはな……」

「あたしゃあの神社で拝んだけど、まるで気がつかなかったよ」

「しつこい性分のやつやないと気ぃつかへんわ。そんなことより急がんとえらいことになるのや。あいつら、大坂城の焔硝蔵を爆破して、大坂を火の海にするつもりやで。そこに、徳川光圀の怨霊と淀殿の怨霊を合体させて、将軍と公儀の軍勢を襲わせるつもりやねん」

船虫が、

「なにそれ、めちゃくちゃだねえ」

左母二郎が、

「天下を覆すつもりなら、それぐれえやらねえとな」

並四郎がため息をついて、

「まあ……全部わてが悪いのや。とにかく早う止めなあかん。、大法師に知らせに行こ」

左母二郎が、

「まあ、そう焦るな。急いてはことを仕損じるぜ。その、焔硝蔵を爆破させる日ってのはいつなんでえ」

「今日の夜や」

左母二郎は顔を引きつらせて立ち上がった。

◇

「滝沢！　滝沢はおらぬか！」

西町奉行松野助義は足音荒く盗賊方役所に入ってきた。

「これはこれはお頭……」

鬼右衛門が頭を下げると、

「貴様、なんということをしてくれたのだ。水戸家のご家来衆をふたり召し捕って、そのうえ厳しい吟味を行っておるらしいが、どう謝罪するつもりだ」

「謝罪などいたしませぬ。正しきことを行ったつもりでございます」

「西町奉行所として水戸家に申し開きをせねばならぬ。おふたりはいずれにおられる」

「ふたりのものなら、それ、そこに……」

鬼右衛門が指さしたところに、戸畑と柴崎が折り重なるようにして倒れていた。松野

は手で顔を覆い、

「ただちに解き放て。わしはご城代と相談のうえ、水戸家に謝罪に参る」

「そのまえにこれをご覧くだされ」

鬼右衛門は一通の書状を町奉行に手渡した。

「なんだ、これは」

「とにかくお目通しを……」

松野はその文書を、はじめはいい加減に読んでいたが、次第にその顔色が真っ青になっていった。

「滝沢……ここに書かれておることは確かか！」

「ははっ……それは盗賊かもめ小僧が水戸家に脅されて行った自身の所業、水戸家の家老山寺信雄から聞いたる言葉などを逐一したためたるもの。ここなる水戸家の家臣ふたりに問いただしたところ、書かれたとおりの返答でございました」

「容易ならぬことだ……」

松野は戸畑と柴崎に向かって、

「立て！　立たぬか！　拙者は大坂西町奉行松野河内守《かわちのかみ》である。水戸家に謀反の企みあるというはまことか。ありていに申せ。白状せぬときは……拙者が斬る」

ふたりの侍はあわててぴょこんと座り直したが、

「大坂町奉行にそのような権限はござるまい」

「だまれ！　この裁きが間違うておるならば、あとで腹でもなんでもかっさばいてやる」

戸畑と柴崎は顔を見合わせたあと、

「申し上げます……」

そう言った。

◇

「いねえ？　こんな肝心のときにいねえだと？」

犬小屋に駆け込んだ左母二郎は、丶大法師が京に行って留守であることを四犬士から告げられ激昂した。

「あの坊主……なんの役にも立たねえ野郎だぜ、まったくよう……！」

犬村角太郎が、

「もうまもなくご帰着になられるとは思いまするが……法師殿は、おのれが留守のあいだになにかことが起きたるときは、大坂の民を守るため、網乾左母二郎殿の下知に従え、と言い残してご上京なさいました」

犬坂毛野が、

「なにとぞ我らにお指図くだされ」

「お、俺がか……?」

犬塚信乃が、

「さようでございます」

「あのなあ、俺ぁただの小悪党だぜ。そんな柄じゃねえやい」

犬山道節が言った。

「法師殿は、大坂の民をひとりも死なせてはならぬ、と言うておられた。そのために我ら四名、命を投げ出す覚悟でござる」

「馬鹿野郎。他人を死なせねえために命を投げ出すてえのは逆さまだ。まずはおのれが生きることを考えろ」

四人が声を合わせて、

「かしこまってござる」

左母二郎は小鬢《こびん》を搔いて、

「どうもやりにくいな。——じゃあ、こうするか」

左母二郎が言った言葉に一同はうなずいた。

◇

夜のとばりが下りた。大坂城の各門も閉じられ、ほとんどのものは小屋で眠りについた。起きているのは不寝番たちだけである。そんななか、大坂城代土岐丹後守《ときたんごのかみ》は当番の侍に起こされた。

「西町奉行松野河内守さま、急なお越しでございます」

「なに？」

城代はあわてて起き、衣服を整えた。

「かかる夜更けになにごとでござる」

「お人払いをお願いしたい」

しばらく密談がなされた。城代は顔をゆがめ、

「うーむ……にわかには信じがたい。水戸さまご謀反《むほん》とは……」

「拙者も同じ思いなれど、ここに証拠がござる」

そう言って取り出したのは、戸畑、柴崎というふたりの侍の自白の書留であった。両名の署名と血判もあった。

「間違いであればよし。とにかくことは一刻を争いまする。加番の家来どもを取り調べるべきではござらぬか。そのうえでまことに変装しているものがおれば召し捕るのです」

「そういたそう」

城代は隣室に向かって、

「たれかある！　定番《じょうばん》、大番、加番を書院に呼び集めよ。わしも参る」

そして、城代屋敷のなかはにわかにあわただしくなった。しかし、すでに事態は進行していたのだ。

◇

大坂城の京橋口《きょうばしぐち》にある門前で四人の侍が声を上げていた。

「開門せよ！　我らは山里《やまざと》加番松平家家中のもの。理由《わけ》あって帰城が遅れ、かかる時刻となった。開門願いたい。開門、開門、開門！」

その大声は京橋定番の屋敷にまで届いた。

「なんだ、騒々しい。——見てまいれ」

定番付き与力は同心のひとりを呼んで、そう命じた。同心は同僚とともに急いで門まで行くと、

「夜半ゆえお静かになされよ。なにごとでござるか」

「我らは松平家家中のもの。蔵屋敷まで使いにいった帰りに暴漢に襲われ、なんとか撃退いたしたが、怪我をしたものもおり、治療などしているうちに今に至った。なにとぞ疾く開門いただきたい」

「なにを申される。加番のご家来衆は四家とも全員帰城しているのを確認してござる。

なんの冗談《てんごう》かは知らぬが、お帰りなされ」

「全員が帰城？　そんなはずはない。そやつらは我らの名を騙る偽者だ。ご貴殿、定番付き同心ならば我らの顔に見覚えがござろう。ここまで来て確かめていただけぬか」

同心たちは顔を見合わせた。

「よろしかろう。狭間《はざま》のところまで参られよ」

塀に設けられた鉄砲狭間をのぞき込んだ同心たちは、あっと叫んだ。

「たしかに松平家のご家来衆。お顔を拝見した覚えがござる」

「申したであろう。今おる連中は偽者なのだ。急いで開門せよ」

「ただいまお開けいたす」

門が開けられると、四人の侍が雪崩《なだ》れ込んできた。

「かたじけない」

そう言った侍はいきなり刀を抜き、同心ふたりを峰打ちにした。同心たちはその場に倒れた。

「悪う思うな。網乾氏をなかに入れねばならぬからな」

顔は違うが、その声は明らかに犬村角太郎のものだった。あいかわらずの黒い着流し姿の左母二郎は門をくぐると、珍しそうに城内を見渡したあと、

「さあ、急ごうぜ」

五人は走り出した。

◇

漆黒の闇のなかを四隻の巨大な船が進む。安治川から堂島川を遡り、八軒屋のあたりから大川へではなく大和川《やまとがわ》へと入って、京橋の手前に停船した。先頭の一隻の舳先《へさき》には山寺信雄が鎧兜《よろいかぶと》に大太刀を佩《は》くという、合戦にでも赴くような恰好で乗り込んでいる。両手で大事そうに抱いているのは素焼きの壺だ。ほかの侍たちもそれぞれ甲冑《かっちゅう》に身をかためたり、鉢巻をしたりしている。そして全員、なぜか白目を剝いている。

「よいか……」

山寺は言った。

「まずは城内に入り込んだものたちが武器庫を襲い、鉄砲と大砲などを奪う。成功したら空に向けて鉄砲を撃つ。それが合図だ。彼らは三カ所ある火薬庫のうち、伏見櫓《ふしみやぐら》近くにあるひとつを鉄砲を持って襲撃し、火を放つ。おそらく大爆発が起きるに違いない。混乱に乗じて我らは筋鉄門《すじがねもん》と京橋門を壊して三の丸へと侵入する。これが手はずだ」

侍たちは白目を剝いたまま、こくり、とうなずいた。彼らの背後には枯れ木のように痩せこけた老人がざんばら髪を振り乱し、口から長い舌を垂らして、両手の爪をまえに突き出している。その姿は、まるで大坂城に向かって襲い掛からんとする猛禽類《もうきんるい》のようだった。

◇

深夜の本丸を十個の影がひたひたと走っていた。影たちは「月見櫓」という三層の櫓のまえで止まった。本丸内には保管庫を兼ねた十一の三層櫓があり、月見櫓には主に鉄砲が収納されていた。また、三の丸の外側にある多くの多聞《たもん》櫓も武器庫として使われていた。月見櫓のまえにはふたりの侍が不寝番として警戒に当たっていた。影たちは彼らに近づいていった。

「不寝番、ご苦労」

影のひとつが声をかけた。

「どなたかな」

「我ら、大坂鉄砲奉行の命により、武器検めに参った。早々に櫓の門をお開けなされよ」

「かかる夜中に武器検めとは解せませぬが……」

言いかけた不寝番は、目のまえの男たちが皆、白目を剝いていることに気づきぞっとした。一歩退きながら、

「なにか書き付けのようなものはお持ちでござるか？」

「ある。――これだ！」

　先頭の男は抜き打ちに斬りつけ、ふたりの不寝番は悶絶《もんぜつ》して倒れた。その腰から鍵を抜き取ると、門を開け、櫓のなかに乱入する。木箱を叩き壊すと、細筒、中筒、大筒、長筒……などさまざまな鉄砲が大量にしまわれていた。弾丸や火薬、火縄なども備蓄されていた。そのうちの一挺に弾と火薬を込め、火皿にも少し火薬を載せると、提灯のなかの蠟燭を使って火縄に火を点けた。そして、空に向かって引き金を引いた。タン！という乾いた音が大坂の夜空にこだました。

　その少しあとである。

「これこれ、どちらへ参られる」

　二の丸の見回りをしていた侍は提灯を上げた。伏見櫓の近くを十人ほどの侍が通るのを見かけたからだ。

「我らは怪しいものにあらず。青屋口加番を務める細川《ほそかわ》家の家臣にて、俳諧に心を寄せるもの。今宵《こよい》の月がまたとない美しさゆえ、発句でもひねろうかと散策しておった次第。今宵ばかりはお見逃しくだされ」

「風流は結構なれど、この伏見櫓は近くに焰硝蔵もあり、また、ご定番の上屋敷もござるゆえ、月見ならばどこかほかでなされたほうがよかろう」

「ご助言かたじけない」

そのとき見回りの侍は、相手が皆、白目を剝いていることに気づき、震え出した。そして、そろそろと後ずさりしようとしたのを先頭の侍が、

「我らの顔になにかついておりますかな」

「い、いえ……なにも……」

そう言った途端、「細川家の家臣」のいちばん後ろのものが火縄銃を撃った。弾は見回りの侍の左胸を貫通した。

「急げ。弾の音を聞いてほかの見回りが来るかもしれぬ」

大坂城の焔硝蔵は伏見櫓、二の丸東帯曲輪《ひがしおび》、西の丸の三カ所にある。なかでも西の丸にある石造りのものは、かつて青屋口にあった焔硝蔵が落雷で大爆発を起こし、城内はおろか大坂市中にまで多大な被害を与えたときに莫大《ばくだい》な金をかけて新築したもので、天井、壁、床……すべてが分厚く頑丈な石でできている。その三つが同時に爆発すれば大坂中がたいへんなことになるのは疑う余地もない。しかし、西の丸のものは三重の金属扉と強固な石壁で守られており、爆破するなら二の丸東帯曲輪か、ここ伏見櫓近くのものか……である。伏見櫓は、山寺たちが入ってくるはずの京橋門からも近い。

焔硝蔵のまえにも不寝番が立っていた。不寝番は侍たちに気づき、呼子《よびこ》を吹こうとしたが、鉄砲の餌食になった。侍たちはうなずき合い、不寝番の持っていた鍵で錠を開け

た。蔵の内部には、火薬が入っていると思われる黒塗りの木箱がぎっしり積まれていた。

一同は松明《たいまつ》に火を点け、

「よいな。我らは光圀公の悲願を成就させるための捨て石となるのだ」

「日本の主《あるじ》を皇室に戻し、水戸家がそれを支える誉れを得られるならば、喜んで命を投げ出そう」

「よし……やるぞ！」

白目の男たちは焔硝蔵のなかに松明を投げ入れようとした。だが、彼らの後ろから声がかかった。

「ちょい待ち。それを放り込まれちゃあ困るんだ」

侍たちは振り返ると、

「なにやつ」

そこには五人の男が並んでいた。

「我ら四人、将軍家に仕えるもの！」

犬塚信乃が言った。そして、左母二郎は、

「それと、将軍家にゃあ仕えてねえただの浪人とくらあ」

「ふざけるな！」

水戸家の侍たちは一斉に鉄砲を放った。左母二郎は地面に身体を投げ出し、ごろごろ転がりながら侍たちの構えていた鉄砲の下側に入り込み、その姿勢から居合いを放った。三人が倒れ、残りのものたちは抜刀した。四犬士も刀を抜き、派手な斬り合いがはじまった。はじめは犬士たちのほうが優勢だったが、侍たちのひとりが隙を見て松明を掴み、焔硝蔵に駆けこんだ。

「しまった……！」

犬山道節が小柄《こづか》を投げた。それは侍の背中に命中したが、すでに遅し。松明の火はめらめらと棚に燃え移り、木箱をも包んでいった。

「爆発するぜ。逃げろ！」

左母二郎は叫んだが、犬塚信乃が、

「私にお任せあれ！」

そう言うと、蔵のなかに飛び込んだ。

「あっ……馬鹿っ！」

止める間もなく信乃は刀を炎に向かってかざした。

「だあっ！」

犬塚信乃が村雨丸を一閃《いっせん》させると大量の水がほとばしった。村雨丸は熊野那智大社《くまのなちたいしゃ》の大滝の神から、神官の家柄である犬塚家の先祖が授かったもので、刀身が那智の大滝と感応してそこから際限なく水が届くのだ。刀から噴き出す清浄な水は次第にその量を増し、ついには滝そのものが流れ出ているほどの怒濤《どとう》となって、火薬箱を覆わんとした炎をかき消してしまった。

「大丈夫か、おい」

左母二郎が駆け寄ると、

「少し火傷《やけど》をしただけです」

「急に飛び込んだから驚いたぜ。それにしても、うめえ手妻《てづま》のタネを持ってるもんだ」

左母二郎が言うと、信乃は憮然《ぶぜん》として、

「手妻ではありませぬ。那智の飛瀧《ひろう》権現さまのお力なのです」

そう言ったとき、彼らの頭上から禍々しい笑い声が降ってきた。

「我こそは……我こそは……徳川光圀が怨霊……」

一同が空を見ると、そこには「虚空」が広がっていた。出ていたはずの月も星も掻き消え、ただの黒々とした「無」だけがあった。そして、その虚空全体に老人の顔が広がっていた。

「憎い……憎い……綱吉が憎い……紀州が……尾張が……憎い……」

その声は上空からだけでなく、地の底からも、前後左右からも聞こえてくるかのようだった。

「知るけえ、そんなこと！」

左母二郎が叫ぶと、

「憎い……左母二郎が憎い……大坂が……大坂が憎い……」

巨大な徳川光圀の顔に向かって、左母二郎は刀を構えた。

◇

「どうなっておるのだ……！」

山寺信雄は苦虫を嚙み潰したような顔で城を見つめていた。

「遅い……遅すぎる！　鉄砲の合図は聞こえたが、そのあといつまで経っても爆発が起こらぬではないか。あのものども、まさかおじけづいたのではあるまいな……」

家臣のひとりが、

「鉄砲が鳴ったのだから武器は入手できておるはず。焰硝蔵の爆破にしくじったのかもしれませぬ。いかがいたしましょう。かくなるうえは、我ら一同大坂城に突入し、決死の覚悟で斬って斬って斬りまくり、最後は潔く腹かっさばいて……」

「いや……まだ最後の切り札がある。わしはこれに望みを賭ける。上手くいけばまだ勝ち目はあるぞ」

そう言って山寺は壺を撫でると、大声で下知を下した。

「皆のもの、下船せよ。京橋門に向かうのだ！」

四隻の千石船に分かれていた水戸家のものたちが続々と船を降り始めた。白目を剝いた大勢の侍たちは、一糸乱れぬ足取りで大坂城に向かって行進をはじめた。

◇

一軒の呉服屋の戸が激しく叩かれた。

「なんでおます、今時分。着物やったら明日にしとくなはれ」

丁稚《でっち》が眠そうな声で応じた。

「西町奉行所のものである。火急の用件ゆえ、ここを開けろ」

「ひえっ、お奉行所……！」

丁稚はあわててくぐり戸を開けた。立っていたのは確かに町奉行所の同心らしき侍だった。

「なんでおますやろ」

「よいか、一度しか言わぬゆえ、よう聞け。今夜、大坂城の焔硝蔵が爆発するかもしれぬ」

「えーっ！」

「それゆえ谷町筋《たにまちすじ》から松屋町筋《まつやまちすじ》までのあいだにある商家、民家などの住人を一時避難させることにした。あわててはならぬ。主に申して、ただちに移動するのだ。財産などはすべて置いていけ。焔硝蔵の無事が確かめられたら町奉行所から知らせるゆえ、それまで戻ってはならぬぞ」

城の西側の一部で、時ならぬ住人の避難が行われていた。西町奉行所、東町奉行所の与力、同心はじめ役木戸、長吏、小頭などの手下たちも総動員で、一軒ずつ声をかけている。なかには、

「冗談やろ？」

と取り合わぬものもおり、そういうときは十手を見せて信用させねばならず、時間がかかる。長屋などは家守に言いつけ、住人同士で声を掛け合えばよいが、商家などは数が多すぎて町役に言うだけでは朝までかかってもすべてに伝えきれない。だからこうしてこつこつと回るしかないのだ。

西町奉行と大坂城代は苦渋の選択を迫られた。町奉行所の人数を、水戸家の侍たちを召し捕るために動員すべきか、それとも大坂の町人たちの安全を図るために動かすべきか……。結局、後者が選ばれたのである。

（これでよい。これでよいのだ……）

そう思った同心は大坂城の方角に顔を向け、思わず目をこすった。城の上空に怪しい「顔」のようなものが浮かんでいるように見えたからだ。

（気のせいか……）

その同心は次の店へと足を向けた。

◇

山寺たち百五十人ほどの侍は筋鉄門と京橋門を破壊して城内に侵入すると、二の丸の伏見櫓へと向かった。彼らがそこで見たものは、焔硝蔵のまえで同志数人と対峙する五人の武士だった。そのなかのひとりに見覚えがあった。

「貴様……網乾左母二郎！　またしても邪魔立てするか！」

「たまたまこうなっただけさ」

「ううむ……将軍家の犬めが！」

「一番言ってほしくねえことを言いやがったな。将軍家の犬はこっちの四人さまだ。俺ぁただの浪人よ」

「ご家老！」

左母二郎たちと切り結んでいた侍のひとりが、

「申し訳ござらぬ！　武器は手に入れたものの、この焔硝蔵に火を入れようとしたところ、刀から水が川のごとく注ぎ出し……」

「なにをわけのわからんことを申しておる！　たかだか五人相手に手間取るな。早う斬り捨てよ」

そのとき、

「大坂城代土岐丹後守である。この曲輪は我らが手のものが幾重にも取り巻いておる。もはや水戸家に勝ち目はない。あきらめて降伏いたすがよい」

左母二郎が、

「だそうだぜ。とっとと降伏したほうが身のためだぜ。俺もこれまでいろいろ悪事を働いてきたけどよ、てめえみてえな悪いやつぁ見たことねえ。俺も含めて、悪は滅びるのさ。今夜がてめえの潮時だ」

山寺信雄は顔をひきつらせて笑い、

「そうかな？　わしはまだ負けたわけではないぞ」

「へへへ……負け惜しみだな。たいがいの悪党は最後の最後にそんな負け惜しみを抜かすもんだ」

「負け惜しみにあらず。――左母二郎、これがなにかわかるか？」

山寺が差し出したものは、建国寺で見た素焼きの壺だった。

「そりゃあおめえ……淀殿の……」

山寺はにやりとして、

「そうだ。徳川家を恨んで死んだ淀殿の怨霊が入っておる。この封印を開けるとどうなるかな」

「くだらねえことはやめろ」

「ふふふ……我らが光圀公の怨霊と淀殿の怨霊がひとつになり、その恨みが大坂の町に降り注ぐであろう」

左母二郎はちらと空を見た。そこにはさっきよりもいっそう大きくなった老人の顔がこちらをにらんでいた。

「そんなことをしたら、大坂はおろか日本中がめちゃくちゃになるぜ。それでもいいのか」

「わしらはもうあとには引けぬのだ」

山寺は素焼きの壺を地面に叩きつけようとした。左母二郎は腰をかがめて走り、山寺の腕に斬りつけようとした。しかし、つぎの瞬間、たあん……という音がして左母二郎は前のめりに倒れた。水戸家の侍のひとりが火縄銃を撃ったのだ。弾丸は左母二郎の脇腹に命中した。壺は割れ、そのなかから黒い雲のような瘴気《しょうき》が凄まじい速さで上空に向かって立ちのぼっていった。

「ははは……あははは……はっははは……どうだ左母二郎、わしの……水戸家の勝ちだ。はははははは……」

哄笑する山寺に左母二郎は倒れたまま、

「くそったれ……」

とつぶやいた。

◇

大坂城の上空を覆う徳川光圀の怨霊に向かって、稲妻を発しながら煙のようなものが上昇していく。それは突然大きく広がったかと思うと、老人よりもはるかに巨大な中年女の姿に変じた。

「我こそは太閤秀吉殿下の愛妾《あいしょう》にして大坂城の主豊臣秀頼の母茶々なり」

老人の怨霊は、

「おお、淀殿……わしじゃ。徳川光圀じゃ。ともに手をたずさえ、大坂城と大坂の町を滅ぼそうではないか。我らが一体となればこの世に怖いものなし。かの崇徳院《すとくいん》の怨霊よりも強大な力を得ることになろう。憎しみの心で大坂を火の海にせん」

そう言うと光圀の怨霊は淀殿の怨霊にゆっくりと近づいていった。しかし、光圀が淀殿に触れようとした瞬間、淀殿の怨霊はさらに数倍の大きさに膨れ上がった。

「汚らわしい。寄るな！」

「な、なに……？」

「徳川家康の孫ごときがわらわと一体となるなど笑止千万！　貴様などわらわの足もとに寄るべくもなき身の上と知れ。わらわは八十年余の眠りから覚め、当初はわが子秀頼が生きておるものと思うてその行方を探したが、すでに死去しておると知った。今、わらわがなすべきことは貴様らごときものの小賢《こざか》しい企てに加担することにあらず」

淀殿の亡霊は四方八方に稲妻と炎を発しながら、絶叫するような声でそう言った。

「わが最愛のお方太閤殿下は大坂の地を愛しておられた。わらわもまた同じ。死地に選んだ大坂城を貴様らごときに蹂躙《じゆうりん》されてはたまったものではない。わらわは太閤殿下の遺志を継ぎ、貴様らの汚れた手から大坂を護らねばならぬ」

「さにあらず。我らの考えは……」

「たとえ徳川の手により再建されたものといえど大坂城はわが城。指一本触れるでない！」

淀殿の怨霊は光圀に摑みかかった。その目は真っ赤で、口は耳まで裂けており、長い牙が伸びていた。淀殿の長い爪が光圀の目をくりぬこうとする。

「やめぬか……これ、淀殿！」

「光圀、大坂から疾く去れ！」

淀殿の身体が長く伸び、光圀の怨霊にからみつき、締め上げた。

「苦しい……やめてくれ」

もがく光圀を見つめていた淀殿は突然大きく口を開け、光圀の喉笛に嚙みついた。

「ぎゃあああああっ」

鋭い牙が喉に突き刺さる。必死で淀殿の顔を押しのけようとする光圀だが、淀殿の牙はますます食い込んでいく。悲鳴を上げながらのたうち回る光圀の身体のあちこちから黒い煙が噴き出した。そして、空を覆っていた光圀の姿は次第に縮んでいき、糸の切れた凧《たこ》のように旋回をはじめた。

「うがあっ……うがあ……うがあああっ」

叫びながら光圀の怨霊は消え失せてしまった。淀殿の怨霊はそれを見定めると地上に降り、みずから壺のなかに入った。割れた破片もそれぞれが生きているかのようにひとりでに動いてくっつき合い、もとの形に戻った。

「わらわを大坂城のいずこかに神として祀るがよい」

その言葉とともに、最後に蓋が閉まった。

「どういうことだ！」

山寺信雄は元どおりになった壺を愕然《がくぜん》と見つめた。

「淀殿と光圀公の怨霊が決裂したのか……」

山寺のまえにゆっくりと歩を進めたものがいた。ヽ大法師である。ヽ大はひとりの男を伴っていた。その顔を見て山寺は叫んだ。

「か、関白殿下……！」

それは、関白近衛基熙であった。

「山寺、とんでもないことをしでかしてくれたのう」

そう言うと近衛は一通の書状を山寺に示した。徳川綱吉討伐の勅許である。

「帝はかかる勅許はお出しになっておらぬ。これはそちが偽造したものであろう」

「いや……それは……」

「帝はお怒りでおじゃるぞ。今から御所に参って申し開きをいたせ」

近衛がそう言ったとき、山寺は脇差《わきざし》を抜いて腹に突っ込んだ。

「これが……それがしの……申し開きでござる」

近衛は地面にうずくまった山寺を冷ややかに見下ろし、

「これじゃから武家というものは……」

そうつぶやいた。〻大法師が京橋門の方角に向かって、

「そのあたりでお聞きになっておられるであろう西国大名家の間者の方々。勅許についてはかくのとおりでござる。国に戻り、さよう報告なされよ」

ばらばらという足音が遠ざかっていった。山寺の死骸をまえにして、水戸家のものたちは呆《ほう》けたような顔で立ち尽くしており、動こうとしない。その目は、白目から普通の目になっていた。光圀の怨霊の呪縛が解けたらしい。彼らは、大坂城代の家臣たちにたやすく召し捕られてしまった。

〻大法師はそのときはじめて倒れている左母二郎に気づいたらしく、蒼白になって駆

け寄り、

「左母二郎！　左母二郎！」

「なんだよ……うるせえな」

「おお……生きておったか」

「俺ぁ鉄砲玉ぐらいじゃ死なねえんだ」

丶大法師は涙を流しながら、

「左母二郎、ことはすべて終わったぞ。おまえの手柄だ」

「へっ……なに言って……」

やがるんでえ、という言葉は聞き取れなかった。もはやしゃべる力がないのだ。

「まもなく医者が来る。もう少し我慢せよ」

左母二郎は横を向いて、目を閉じた。

◇

数日後、弥々山の床几に左母二郎の姿があった。並四郎と船虫、丶大法師と四犬士も一緒だ。酒を運んできた蟇六が、

「夜中に町奉行所の役人が来て、大坂城が爆発するかもしれんから逃げろ、て言われたときは肝冷やしたけどな、なにごともなのうてよかったわ」

「たまには町奉行所もまともな働きをするってことだな。——今日は右衛門七はいねえのか」

「もうじき来るはずや」

そう言うと蟇六は酒を置いて去っていった。丶大法師が左母二郎に、

「まずはよかった。おまえが血を流して倒れているのを見たときは驚いたぞ」

「馬加先生の診立てだと、あとほんのちょっとずれてたら急所に当たってたらしい」

「運がよかったのだ。——酒などもう飲んでもよいのか」

「馬加の野郎は当分飲むなって言うんだが、あいつ、飲みながら俺を治療しやがるんだ。そんなやつの言うこと、聞く気にゃならねえよ」

そう言いながらも脇腹を押さえて顔をしかめている。並四郎もまだ本調子ではないようで、ちびちびと盃《さかずき》をなめている。がぶがぶ飲んでいるのは船虫ぐらいのものだ。並四郎が声を低めて、

「徳川光圀の怨霊はどうなったんや?」

丶大法師が、

「淀殿の怨霊との戦いに敗れて逃げたらしいが、はてさてどこへ行ったやら。ただ、天下をわがものにしようという大きな力はもう残っておるまい」

左母二郎が、

「野堀善左衛門とかいう野郎は？」

「やつらはとうに江戸に戻った。伏姫さまが大坂におられぬことはほぼ間違いない、とのことで、柳沢さまから引き揚げるよう命じられたのだ。我らも明日、旅立つ。犬小屋もさきほど引き払《はろ》うたし、もう大坂に来ることもない。長いあいだいろいろ世話になったが、これでお別れだ」

ヽ大法師と四犬士は左母二郎たちに頭を下げた。ヽ大法師は左母二郎に、

「まえにも申したが、わしは水戸家の件と伏姫さまの件が片付いたら、職を辞するつもりだ。ようやく水戸家の件はなんとかなった。あとは伏姫さまさえ見つかれば、おまえとも対等の付き合いができるだろう」

「へへ……」

それから八人はかなりのあいだ痛飲した。ヽ大法師は湯呑みを置くと、

「よし、明日は暗いうちから旅立たねばならぬゆえ、これでおつもりといたそう。左母二郎、並四郎、船虫、堅固で暮らせよ。おまえたちとの関わりは愉快であった」

五人は口々に礼を言って去っていった。それと入れ替わるようにして、

「並四郎氏《うじ》！」

矢頭右衛門七がものすごい速さで走ってくると、泣きながらひざまずき、

「妹を……ふさを……ありがとうございました！　並四郎氏が身を挺《てい》して救うてくれた、

と聞きました。このご恩は……このご恩は一生……」

「どいつもこいつも湿っぽいなあ。そないに泣かんでもええ。あんたの妹やから助けたわけやないさかい気にせんといて」

右衛門七は涙と鼻水を着物の袖でぐいと拭った。船虫が、

「よく京都に用事があるねえ。大石内蔵助ってひとに会ってるのかい？」

「はい、そのとおりです」

「討ち入りの相談やな」

並四郎が言ったとき、左母二郎が堀沿いの柳の木をちら、と見た。右衛門七も一瞬そちらに視線を向け、すぐに戻すと、

「いえ、大石殿は討ち入りをする気持ちはまったくありません」

「えーっ、そうかいな。世間では近いうちに浅野の浪人百人ほどが吉良邸に乱入して、ジジイの首を取る、てもっぱらの評判やけどな」

「はじめはそのような考えもありましたが……もう疲れました。私も父親には、かならず亡君の恨みを晴らせ、と言われ続けておりましたが、老母と妹三人を放り出すわけにはまいりませぬ。ほかの浪士たちも同じような境遇のようで、ひとり抜け、ふたり抜け……今ではすっかり数が減ってしまいました。大石殿も京の水が性に合ったらしく、連日祇園《ぎおん》や島原で遊び暮らしておられます」

左母二郎がうなずいて、

「そうさ。人間なんてそれでいい。他人の恨みを晴らす、なんて馬鹿なことをするよりも、自分の楽しみのために生きてりゃいいのさ」

「私もつくづくそう思います。いまだに討ち入りなんてことを言っているのは堀部安兵衛殿ぐらいのものです。同志のもとを訪れては、大石殿抜きで討ち入りをしよう、と誘いをかけておられますが、相手にするものはおりませぬ。あのお方はこれまでにも二度仇討ちをなさっているので、我々とは考えが違うのでしょう。もしかしたらたったひとりで討ち入るかもしれません」

「そりゃいい。高田馬場で十八人斬ったてえから、吉良邸の連中全員相手にしても勝てるかもしれねえなあ。——まあ、飲めよ、右衛門七」

左母二郎が酒をすすめると、

「仕事がありますからまたのちほど……」

「なんだと？　俺の酒が飲めねえってのか！」

「ははははは……わかりました。じゃあ一杯だけ……」

右衛門七は左母二郎に逆らわぬように一杯だけ飲み干すと、

「それではまたのちほど」

そう言って蟇六たちのところに戻っていった。そんな様子を柳の陰からじっと見つめめていたものがいた。右衛門七と同じ長屋の大須賀治部右衛門である。彼は、長屋から右衛門七をつけてきたのだ。

（こんなところで働いていたのか……。しかし、今の話だと大石は討ち入りをする気がないようだな。よいことを聞いた……）

大須賀はその場から去った。気配が消えたのを察した左母二郎は、

「行きやがったか……」

とつぶやいた。

◇

綱吉は、徳川綱條を江戸城に呼び出した。綱條は以前とは打って変わったおとなしい態度で綱吉のまえに控えた。

「綱條殿……」

綱吉は重々しい声で言った。

「ちと、やんちゃぶりが過ぎたのではないかな」

「ははっ……まことに申し訳なく……」

「公儀にそむくとも朝廷に弓引くべからず、というのが光圀公以来の水戸家の家訓だと承っておるが、その帝の勅許を偽造する、というのは朝廷を侮辱する重大な罪であろう」

「あれは……家老の山寺と申すものがおのれひとりの裁量でなしたることにて……」

「大坂城を乗っ取り、西国大名を扇動するために、帝の勅許を利用するなどもってのほか」

「ははっ……まことに……その……」

「余は、水戸家を取り潰すことも考えた」

「………」

「だが、此度だけはさし許すことにする。水戸家の企ては、余の腹にしまっておこうと思う。二度と馬鹿なことを考えぬようにしてもらいたい。つぎはないぞ」

「ははーっ！　ありがたき幸せ！」

綱條は額を畳にぎゅうぎゅうとこすりつけた。顔を上げた綱條に綱吉は、

「綱條殿、退出なさるならば顔を洗《あろ》うてからにするがよい」

「なぜにござります」

「額に畳の目がついておる。そのまま廊下でだれかにすれ違うたら笑われよう」

綱條はさんざん油を搾られて綱吉のまえから下がった。そのすぐあとに柳沢保明が入ってきた。隣の小部屋で聞いていたのだ。

「あれでよろしいのですか」

「余もいろいろ悩んだが、やはり水戸家は神君以来の御三家の一。取り潰しや減封など

を行えば、いったいなにがあったのか、と世間も騒ぎ立てよう。水戸家が謀反……ということが知れれば、徳川家の根太《ねだ》にガタがきている、という印象も与えかねぬ。光圀公の亡霊も去り、綱條殿も悪夢から覚めたような神妙な態度であった。当分はおとなしくしておるだろう」

「それならばよいのですが……」

保明の顔は晴れなかった。

（注）

徳川光圀が開始した『大日本史』編纂《へんさん》事業に端を発するいわゆる「水戸学」と尊王思想はその後も綿々と受け継がれ、幕末に至った。孝明《こうめい》天皇による「戊午《ぼご》の密勅」は水戸家の陰謀による偽勅とされ、関係者は大量に処罰された（「安政《あんせい》の大獄」）。そして、水戸家元家臣たちを中心とした一団により、安政の大獄を実行した大老井伊直弼《いいなおすけ》を桜田門《さくらだもん》外《がい》において討ち果たしたのである。それによって公儀の足もとは大きくゆらぎ、尊王攘《じょう》夷《い》運動の激化、大政奉還、明治維新……とつながっていくのである。光圀の怨霊の野望は、遥かのちに実現したのかもしれない。

◈第二話

討ち入り奇想天外

一

かくして水戸《みと》家の事件は落着した。当主綱條《つなえだ》や家臣たちもすっかりもとに戻り、政務に励んでいるという。徳川光圀《とくがわみつくに》の怨霊の憑依《ひょうい》がなくなったからだと思われた。禁裏《きんり》に対しても公儀が内々に働きかけ、すべては「なかったこと」になった。しかし、伏姫《ふせひめ》の行方がわからぬことに変わりはない。八犬士《はちけんし》と、大法師《ちゅだいほうし》は日夜諸国を駆けまわり、情報を収集していた。「おおさか」が「大坂」ではなく「逢坂《おうさか》」や「相坂《あいさか》」「尾坂《おさか》」「大崎《おおさき》」「大澤《おおさわ》」……などの誤記の可能性があることから、全国にあるそういう地名の場所を中心に探索していたが、手がかりの片鱗《へんりん》すら見つからなかった。

ひーひひひひ……

ひょーひょー……

ひひひひ……ひひ……

「聞こえる……」

西の丸御殿の一室で、綱吉《つなよし》は顔をしかめた。

「また鵺《ぬえ》が鳴いておる。頭《つむり》がきりきりと痛む」

柳沢出羽守《やなぎさわでわのかみ》は、

「隆光大僧正《りゅうこう》も申しておられたとおり、あれは実体のない虚《うつ》ろなるもの。弓で射ることも鉄砲で撃つこともかないませぬ。放っておくより仕方ないかと……」

「隆光は、悪《あ》しきことが起きる前触れだと申しておったぞ。水戸家の企《たくら》みは潰《つい》え、怨霊は鎮まったというになにゆえまだ鳴くのだ」

「さあ……それは……」

「不吉だ。どのような災いが起こるのか……余はそれが心配でならぬ」

「水戸家が起こしたであろう災厄も未然に防ぐことができました。ならば、鵺は凶兆と申すより、災厄を前もって教えてくれる予言の鳥ではございませぬか」

綱吉は苦々し気に、

「どのような災厄が起きるのかわからねば防ぎようがない」

「ごもっともでございます」

そこへ八房《やつふさ》が駆けてきて、綱吉にじゃれついた。綱吉は締まりなく顔をゆるめ、

「おお、おお、八房。かわいいのう。はるばる大坂まで行かせてすまなかったが、おまえの飼い主は浪花《なにわ》の地にはおらぬようじゃ。しかし、いったいどこにおるのかのう。余はまだ会《お》うたことはないが、おそらくおまえに似てかわいい娘にちがいない」

綱吉はそう言って八房の頭を撫《な》でた。八房は綱吉の手をなめまくる。

「ひゃっひゃっひゃっ……くすぐったいわい。ぶひゃひゃひゃひゃ……」

「上《うえ》さま……」

柳沢保明《やすあきら》にとがめられた綱吉は真顔になって咳払《せきばら》いし、

「各地の八犬士からはなんのつなぎもないか」

「はい……今のところは……」

「余は『おおさかのじい』なる言葉に囚《とら》われていたかもしれぬ。考えてみれば、小児の脚では江戸からそう遠くまでは行けまい」

「さようでございますな。水戸は別として、江戸の周辺である関八州《かんはっしゅう》、武蔵《むさし》、相模《さがみ》、上総《かずさ》、下総《しもうさ》、安房《あわ》、上野《こうずけ》、下野《しもつけ》、常陸《ひたち》あたりをもう一度念入りに探させせまする」

「そうしてくれ。八国ゆえ、八犬士をひとりずつ派遣すればよかろう」

「かしこまりました」

綱吉は少し考えていたが、

「じつはのう、出羽。伏姫が所持しているはずの八つの水晶玉をつないだ数珠、余が知るべのものからもろうたのだが……あれはただの数珠ではないのだ」

「それは初耳でございます」

綱吉は遠い目になり、

「余は将軍職に就くまえ上野館林《たてばやし》城の城主であった。父家光《いえみつ》公がご逝去なされたあと、兄家綱《いえつな》が四代将軍となり、余は十六歳で館林の宰相《さいしょう》となった。かつて、同じく上野の板鼻《いたはな》に里見忠重《さとみただしげ》殿という一万石の大名がおられてな、大坂の役《えき》の少しまえにある罪を得て改易になったが、そののち仏門に入り、衆生救済のために即身仏になってご遷化《せんげ》なされた。そのお方のご子息が当時、館林にお住まいで、縁あって余も幾度か家を訪れ、親しく言葉を交わしたが、そのとき見せてもろうたのがあの水晶玉の数珠じゃ。細工物としての美しさもさることながら、仁義礼智忠信孝悌《じんぎれいちちゅうしんこうてい》という仁義八行《はっこう》の文字が浮かび上がっている。余はひと目で惚《ほ》れ込み、どうしてもその数珠が欲しゅうなったのじゃ」

仁義八行というのは、孔子《こうし》の精神を表した八つの言葉である。綱吉は、父である徳川家光の方針で儒学を学ばされ、儒教精神が骨の髄まで染みついていた。林大学頭《はやしだいがくのかみ》と専門的な討論を行ったり、諸大名をまえに四書五経《ししょごきょう》をみずから講義したり、孔子を祀《まつ》る湯《ゆ》島《しま》聖堂を建てたりするほど熱心な儒学好きだった綱吉が、仁義八行が浮かんだ数珠を欲しくなったのも当然である。

「余がねだっても、そのお方は『代々伝わるお家の重宝ゆえ』と拒まれたが、再三再四せがむと、ついに根負けして、そこまでおっしゃるなら、と譲ってくれたのじゃ。そのときに聞いた話では、その数珠は安房里見家の始祖である里見義実《よしざね》公が役行者《えんのぎょうじゃ》から授かったもので、強大な霊力が籠っているらしい。玉が八つというのは関八州を守るという意味合いがある、という。余はその数珠を、生まれてくるわが子伏の護身のために珠《たま》に与え、後日の証拠の品としたのじゃ」

「さようでございましたか……」

「里見家には、初代義実公安房入りののち関東管領上杉定正《かんとうかんれいうえすぎさだまさ》との合戦の折、犬という字が苗字《みょうじ》についた八人の勇士が活躍した、という言い伝えが残っており、余はそのことが念頭にあったゆえ、伏を探すために八人の若者を選ぶようおまえに命じたとき、犬という字がついたものにせよ、と言うたのだ」

「なるほど……」

「もし、伏が里見家ゆかりの数珠の霊力によって守られているならば、関八州のいずれかにいても不思議はない。隆光大僧正を呼び、居場所を占わせよ」

「また隆光でございますか」

「嫌か……」

「あのものの占いは明日の日和《ひより》を卜《ぼく》するにも護摩壇《ごまだん》を使い、大層な火を焚《た》きまするゆえ、熱うてかないませぬ」

「熱いぐらい我慢いたせ」

保明は家臣のひとりに、隆光を呼び寄せるよう命じた。しばらくすると隆光が現れ、

「上さまにおかれましてはご機嫌うるわしくあらせられ……」

「そのような挨拶はよい。伏姫が大坂におらぬならば、関八州のいずれかにおるのではないか、という気がするのじゃ。すぐに占《うらの》うてくれ」

「関八州とはまた近場でござりまするな」

「うむ。近すぎてこれまでは考えの外であったが、余が珠に与えた水晶玉の数珠には、まことかどうかはわからぬが、安房の太守であった里見義実公が役行者から関八州の守り神として授かったものだという言い伝えがある。また、伏がひとりだったとすれば、小児の脚で江戸から大坂まで行くのはむずかしい」

「なるほど。愚僧も大坂にばかり気持ちが向いておりました。灯台下《もと》暗しとはこのこと。関八州なら江戸からも近く、この場から『観《み》る』ことができるはず。さっそく占うてみましょうぞ」

二の丸の納戸に預けてある簡易な護摩壇を設置して火を焚き、独鈷杵《とっこしょ》と数珠を持って座す。

「ナウボバギャバテイ・タレイロキャ・ハラチビシシュダヤ・ボウダヤ・バギャバテイ。タニャタ・オン・ビシュダヤ・ビシュダヤ・サマサマサンマンタ・ババシャソハランダ

ギャチギャガナウ・ソハバンバ・ビシュデイ……」
尊勝仏頂仏母陀羅尼《そんしょうぶっちょうぶつもだらに》である。あらゆる罪業、障害を粉砕し、妖怪変化《へんげ》に出会っても
この陀羅尼を唱えれば難を逃れられるという。
「バラチニバラタヤ・アヨクシュデイ・サンマヤ・ジシュチテイ・マニマニマカマニ。
タタータボタクチ・ハリシュデイ・ビソホタ・ボウジシュデイ・シャヤシャ・ビジャヤ
ビジャヤ……」
陀羅尼の言葉に感応して炎が生きもののようにゆっくりと蠢《うごめ》いている。頃はよし、と
隆光は護摩壇に向かって独鈷杵を突き出し、
「尊勝仏頂、その大いなる霊験《れいげん》をもって伏姫さまの居場所を教えよ。関八州のいずれか
におられるのか、もしくはほかの地か……我に示せ！」
炎がごう……と唸《うな》り、真《ま》っ直《す》ぐうえに噴き上がった。そのなかに一瞬浮かんだものを
見て、綱吉は「おお……！」と叫んだ。それはひとりの少女がしゃがんでなにかをして
いる姿……のようであった。まばたきする間に少女の姿は見えなくなり、炎は綱吉に向
かって押し寄せようとした。それはまるで抱きつこうとしているようであった。隆光は
あわててそのまえに立ちはだかり、
「ご免！」
そう叫ぶと、独鈷杵で炎を突いた。炎は隆光の身体《からだ》を包み込んだが、つぎの瞬間には

消えていた。隆光は独鈷杵と数珠を握りしめたまま、その場に倒れた。

「医者を呼べ！」

柳沢保明が叫び、駆け付けた医者が隆光の介抱をした。焦げた僧衣を脱がせ、水を飲ませると隆光はすぐに意識をとり戻した。綱吉が、

「余は見たぞ。炎に浮かんだる小児……あれがおそらく伏であろう」

その目には、生まれてはじめてわが子の姿を見た感激からか、涙が浮かんでいた。隆光も、

「さようでございましょう。上さまのお子さまなればこそ、炎は上さまに近づこうとしたに違いありませぬ」

「そうか……そうか……」

隆光は居住まいを正し、

「それよりも上さま……伏姫さまの居所がわかりましたぞ」

「なに？　まことか！」

「はい」

「関八州のいずれにおる。安房か、上野か、それとも……」

隆光はかぶりを振り、

「伏姫さまは江戸においでです」

◇

丶大法師と八犬士、それに八房が江戸に去ったあとも、網乾《あぼし》左母二郎《さもじろう》と鴎尻《かもめじり》の並四《なみし》郎《ろう》、それに船虫《ふなむし》は相変わらずの暮らしぶりだった。ただ、並四郎が滝沢鬼右衛門《たきざわおにえもん》に素顔を知られてしまったので、念のために隠れ家をべつの場所に移した。もちろんそこも、持ち主を刀で脅してタダで借りたのだ。胆《きも》が縮み上がるぐらい心底ビビらせておいたから町奉行所にたれこまれる気遣いはないし、そもそもまえの隠れ家同様半壊のボロ家なので、案外家主も迷惑には思っていないかもしれない。不便になったことといえば「弥々山《やややま》」から少し遠くなった、ぐらいのものだ。

左母二郎と並四郎はほとんど外に出ず、隠れ家に潜んで酒を飲みながら、時間をかけて怪我《けが》を治した。ようやく身体が元どおりになり、左母二郎は居合いが、並四郎は跳んだり跳ねたりができるようになった。

「ねえねえ、そろそろ外に出てもいいだろ？　久々に弥々山にいかないかい？　毎日、家のなかで飲んでるとくさくさしてきちまうよ」

船虫が言った。並四郎が、

「そやな。たまには蟇六親爺《ひきろくおやじ》の顔を見て一杯飲みたいもんや。なあ、左母《さも》やん」

しかし、左母二郎は無言で酒を飲んでいる。

「なんや？　あんまり行きとうないみたいやな」

船虫が、

「わかるよ、左母二郎。右衛門七《えもしち》のことだろ？」

並四郎が、

「右衛門七がどうかしたんか？」

「にぶいねえ。弥々山に行くと右衛門七と会うだろ？　世間じゃ、赤穂《あこう》の浪人が討ち入りするってもっぱらの噂《うわさ》だよ。もし、それがほんとになったら、右衛門七《えもし》っちゃんは吉良《きら》の付き人に斬り殺されるかもしれないし、上手《うま》く吉良の首を取ったとしても、公方《くぼう》さまのお膝もとを騒がしたってことでお咎《とが》めを受ける。磔《はりつけ》になるか、切腹か……とにかく命はなくなっちまう。左母二郎はそれが嫌なのさ。——そうだろ、左母さん」

左母二郎はぶすっとして、

「あの馬鹿野郎の面《つら》見ると、近頃、腹立って仕方ねえんだ」

並四郎が、

「わかるで、その気持ち。あいつになにかあったら、ふさが悲しい目見るからなあ……あんなにいいおふくろさんや兄弟がいてはるのになあ……」

「右衛門七をあのクソみてえにくだらねえ仇討《あだう》ちの党から抜けさせて、なんとか死ぬのを思いとどまらせてえんだが、あいつも頑固だから首を縦にゃあ振りやがらねえ。すぐに嫌ーな雰囲気になっちまって酒飲んでも美味《うま》くねえから、弥々山にはあんまり顔出したくねえのさ」

並四郎が座り直して、

「そらそうやけど……あのな、左母やん、おまえは常平生《つねへいぜい》、だれからも指図されとうないさかい、仕官もせんとこんな貧乏暮らしをしとるのやろ。右衛門七が『こうする』て決めたことなんやさかい、自由にさせてやったらどや。当人が納得ずくでやろうとしてることに、はたからあれこれ口を挟むのはようないで」

左母二郎はスルメを嚙《か》みながら、

「そうだよな……そういうことだ」

ぽつりとそう言った。船虫が、

「わかってるのならどうして……」

「病で死ぬとかだれかに殺されるとかならまだしも、『主君のため』に死ぬ、てえのが俺にはわからねえんだ。その主君ってやつぁもう死んじまってるんだぜ。今更家来たちが代わって恨みを晴らしたって仕方あんめえ。どうしても恨みを晴らしてえなら、当人が化けてでて自分でやりゃいいじゃねえか。生きてりゃひでえ目に遭うこともあるが、いいことだってていろいろあらあね。いつも右衛門七にそう言い聞かすんだが……」

船虫が、

「左母二郎にお説教は似合わないよ。いつもなら『生きようと死のうとそいつの勝手だ。ほっとけよ』って言ってるあんたが、どうして右衛門七っちゃんにだけおせっかいを焼くんだろうね」

「たまたま右衛門七と知り合ったってえだけで、あいつにかぎらず、俺ぁ、馬鹿な殿さまの尻ぬぐいのために、親兄弟や嫁、こどもにもつらい思いをさせて死んでいくことを美談にしようってのが気にいらねえんだ」

「わてもそれはわかる。そんなアホなことがまかり通ってる侍の世の中はそのうち終わるで。――けどな、ここでぐだぐだ話してるあいだにも、右衛門七は江戸に行ってしまうかもしれんのやで。たまには顔を見たらんかいな」

「そりゃそうだな」

やけにあっさりうなずいた左母二郎は湯呑《ゆの》みに残っていた酒を飲み干すと、

「行くか」

そう言って立ち上がった。船虫が、

「そうこなくちゃ」

三人は弥々山へ向かった。歩きながら並四郎が、

「今日は右衛門七がいても討ち入りの話はご法度やで」

左母二郎は横を向いて、

「わかってるよ」

まだ夕刻なので、蟇六は仕込みをしていた。

「おう、来てやったぜ」

「左母二郎に並四郎どん、船虫、三人揃《そろ》い踏みやな」

「右衛門七はいるけえ？」

「おるけどな……」

「けどな？」

「あいつが来とるのや」

そう言うと蟇六は目顔で「向こうを見ろ」と三人に教えた。左母二郎はそちらに顔を向け、

「あいつか……」

そう言って舌打ちした。床几《しょうぎ》に座って右衛門七に熱心に話しかけているのは、堀部安《ほりべやす》兵衛《べえ》だった。もうすでにかなり酔っているらしく、顔が赤く、目がとろんとしている。しゃべっているのはもっぱら安兵衛で、右衛門七は盆を持って横に立ったまま、じっと話を聞いている。蟇六が、

「関わり合いにならんほうがええで。しばらく顔見んかったけど、ここ何日か毎日来よるのや。右衛門七にずっとしゃべりかけてるさかい、あいつも仕事ができんと迷惑やろ。

けど、酒癖が悪うてなあ、なんぞ言うたらすぐに刀振り回しよる。そこにある柳の木の幹がノコギリみたいにガタガタになっているやろ。あいつがしょっちゅう斬りつけよるのや。うちの婆《ばあ》さん（亀篠《かめざさ》）なんぞ怖がってしもて、あいつが来たらどこかへ雲隠れしてしまうのや。なじみの客も減るし、ほんま、かなわんで」

左母二郎が、

「よし、俺が右衛門七を助けてやろう」

蟇六はあわてて、

「あかんて！　左母二郎が行ったら酔いどれがふたりになって、話が余計にややこしなる。まえみたいに斬り合いになったら、わしは知らんで」

「心配《しんぺえ》いらねえ。今日はまだそれほど飲んじゃいねえんだ」

左母二郎はつかつかとふたりに歩み寄った。右衛門七はすぐに左母二郎の顔を見てほっとしたような表情になったが、安兵衛は気づかず、まだ熱弁をふるっている。

「大石《おおいし》はダメだ。あいつは殿の恩義を忘れ、日夜酒食にふけっておる。討ち入りをする気などないのだ。拙者がいくら懇々と理を説いてもどこ吹く風だ。あのような没義道《もぎどう》な腰抜けは見限って、我々だけで討ち入りを果たし、亡き殿のお恨みを晴らそうではないか。どうだ、矢頭《やとう》。拙者たちの同盟に加わらぬか」

右衛門七は下を向いて黙っている。

「それともおまえも大石同様の腰抜けか？　見損なったぞ、矢頭。おまえは若いのに骨のあるやつだ、と思うていたのは拙者の僻目《ひがめ》か」

右衛門七は顔を上げると、

「私は腰抜けではありませぬ」

「おお、ならば拙者たちの仲間になるのだな。今のところ、早急に討ち入りたいと考えている同志は、江戸にては拙者のほか、奥田孫太夫《おくだまごだゆう》、高田郡兵衛《たかたぐんべえ》、上方《かみがた》にては原惣《はらそう》右衛《え》門《もん》、潮田又之丞《うしおだまたのじょう》、中村勘助《なかむらかんすけ》、進藤源四郎《しんどうげんしろう》、大高源吾《おおたかげんご》の八名だが、まだまだ人数が足らぬ。おまえが加わってくれれば助かる」

右衛門七はかぶりを振り、

「早急に討ち入りたい気持ちはございますが、ご家老抜きにしての決行はお断りいたします」

「なに？　なにゆえだ」

「私の父は亡くなるまえに、今後は何ごとも大石殿の下知に従うようにせよ、と私に命じました。それゆえいかに暮らしが窮乏しようと耐えて大石殿の指図を待つつもりです」

「ならば、大石が『討ち入りはせぬ』と決めたらどうする」

「討ち入りはしません」

「馬鹿め！　貴様のようなやつがいるから皆の士気が下がるのだ」

安兵衛は右衛門七の胸ぐらを摑《つか》み、顔を殴りつけようとした。その腕を後ろから左母二郎が摑んだ。

「そのぐれえにしておけよ。右衛門七が働けねえとこの店が困るんだ」

「貴様はたしか……」

「さもしい浪人網乾左母二郎」

安兵衛は刀の柄《つか》に手をかけた。左母二郎は笑って、

「やるか？」

安兵衛は血走った目で左母二郎をにらんでいたが、

「でやあっ！」

裂帛《れっぱく》の気合いを喉からほとばしらせ、刀を一閃《いっせん》させた。ぴん……とその場の空気が凍りついた。床几が音も立てずに真っ二つになり、左右に倒れた。安兵衛は「ほう……」と息を吐いて刀を鞘《さや》に収めると、

「今日はやめだ。明日は原惣右衛門殿とともに京に上り、態度を明らかにしておらぬ残りのものたちの説得をせねばならぬ。ここで、貴様のような食い詰め浪人の相手をしている暇はない」

「俺は暇なんだがね。――おめえ、どうしてそんなに仇討ちがしてえんだ。今なら殿さ

まひとりが死んだだけだが、おめえらがガタガタすると何十人も死ぬことになるんだぜ。馬鹿馬鹿しいじゃねえか」

「拙者は三度目の仇討ちをなんとしてもやり遂げたいのだ。貴様などには我ら誇り高き武士《もののふ》の気持ちはわかるまい。武士は、誇りのために死ぬのだ。それが忠義だ」

「仁義礼智忠信孝悌ってか」

「なに……？」

「なんでもねえよ」

安兵衛は右衛門七に、

「また来るからな。それまでもう一度よう考えておけ」

言い捨てるとふところから摑み出した金を床几に置き、足早に立ち去った。

「なんでえ、ありゃあ」

左母二郎が呆《あき》れたように言うと右衛門七は、

「堀部氏《うじ》はとにかく討ち入りを決行して吉良の首を取ることにこだわっておられるのです。亡き殿の恩に報いる道はそれしかない、と……。ただ、ご家老の考えは違います」

床几に腰かけた左母二郎、並四郎、船虫に右衛門七は酒とあり合わせの肴《さかな》を出すと、

「ご家老はたしかに『大きな石』です。いくら堀部氏たちが早く討ち入りをして殿の無念を晴らしたい、とせっついても動きませぬ」

「なんで動かへんのや？」

並四郎がきくと、

「ご公儀からの浅野大学《あさのだいがく》さまの処分がどうなるかを聞かぬうちは軽挙妄動を慎むおつもりなのです」

浅野大学は浅野内匠頭《たくみのかみ》の弟だが、八年まえに内匠頭の養子になった。つまり、播州《ばんしゅう》浅野家の跡取りなのだ。しかし、内匠頭の吉良上野介《こうずけのすけ》への刃傷によって領地三千石を没収《もっしゅ》され、今は蟄居閉門《ちっきょへいもん》の身のうえである。大石は、公儀に働きかけてなんとか大学の閉門を解いてもらい、浅野家を再興することこそが内匠頭への最大の忠義と考えていた。島原《しまばら》で遊んでいると見せかけながら、その裏では、広島浅野本家の当主や京都普門院《ふもんいん》の住職、そして、隆光大僧正にまで「お家再興」がなるように画策していたのだが、なかなかその努力は功を奏さなかった。

「もし、お家再興が叶《かな》ったら大石は討ち入りはしねえつもりなのか？」

「それはわかりませぬが、ご公儀のお許しの沙汰が下ったすぐあとに我ら旧臣が上さまのお膝もとを騒がせたならば、今度こそ厳しいお咎めがあるに相違ありませぬ。ただ、お家再興だけでなく、同時に吉良殿にもなんらかの処分が下されねば、腹が収まらぬ同志もおりましょう」

船虫が、

「お侍の世界はややこしいし面倒くさいし鬱陶しいし血なまぐさいし……碌《ろく》なもんじゃないねえ。あたしゃ侍でなくてよかったよ」

右衛門七が、

「私もです。つぎに生まれるときは町人になりたい……」

そうつぶやいたので皆は黙ってしまった。三人は無言で酒をがぶがぶ飲んだ。やがて、右衛門七が、

「堀部氏のおっしゃることにも理があるのです。もし、大学さまの処分がどうなるかを待っていたら、吉良殿は米沢《よねざわ》の上杉家に引き取られてしまうかもしれません。そうなると、他国ものは目立ちますし、武器の調達もむずかしくなる。討ち入りなどほぼ無理でしょう。討ち入るならばそうならぬまえ、吉良殿が江戸にいるあいだに行わねばなりません。すでに、吉良殿の隠居願いは認可されておりますゆえ、米沢に出立《しゅったつ》するのは遠からぬことと思われます」

左母二郎は、

「それであんなに焦ってやがるんだな」

「ですが、小人数であわてて討ち入って、返り討ちにでもあったら、それこそ亡き殿の名を汚すことにもなりますし、世間への恥さらしになります。成功しようが失敗しようが、討ち入ることが大事なのだ、と考えるものもいるようですが、私はそうは思えませ

ん。やる以上は絶対に成功しなければ意味がありません。殿は殿中で吉良殿を討ち取ることができませんでした。お家は改易になり、そのうえ討ち入りにも失敗した、とあっては恥の上塗りですから」

左母二郎は、右衛門七がこう見えていろいろなことを理解し、考え、悩んでいるのだな、と思った。そして、十八歳になったばかりの若者が「恨みを晴らす」ことや「他人の首を取る」ことの是非について考えねばならぬ理不尽な「侍」の世界に腹を立てていた。

「堀部氏たちもそのことはよくわきまえておられて、とにかく大石殿が動かぬなら、自分たちに同調するものを集めねばならぬ……とああいう風に上方の同志たちを説得しに回っておられるのです」

「どうしても三度目の仇討ちがしてえ、って言ってやがったな。仇討ち番付にでも載るつもりかよ。そのために他人を巻き添えにするんじゃねえやい」

しかし、右衛門七は、

「人生で三度も仇討ちを成し遂げるなんてすごいですよ。お酒さえ飲まなければ立派な方です」

「じゃあ、おめえはどう思うんだ」

「——え？」

「討ち入りしてえのかしたくねえのか」

「私は……まえにも申しましたとおり、万事大石殿のお指図に従うつもりです。ご家老が討ち入るといえば同行しますし、やめるといえばやめます」

左母二郎はずばり言った。

「なあ、右衛門七。仇討ちなんぞやめちまえよ」

「…………」

「おふくろさんと妹たちを残しておめえは死んじまうんだぜ。それでいいのか？　生きてりゃ酒も飲めるし、こうしてひとと話もできる。なあ……死ぬなよ」

右衛門七はじっと下を向いていたが、よく見るとその目からは涙がこぼれている。

「網乾氏……どうしてそんなことを……言うのですか……。私も……死にたくありません。母上や妹たちとともに……皆さんとともに生きていたい。でも……そうはいかぬのです……」

そして、拳で涙を拭うと、

「もうここへは来ないでください。私の決心を鈍らせないでください。お願いです」

「わかった……」

左母二郎は立ち上がった。

「もう来ねえよ。ただ……俺に黙って江戸に行くんじゃねえぞ。行くなら、そのまえに一言言ってからにしろ」

「それは……約束できません」

右衛門七はそう言うと、盆で涙を隠しながら屋台のほうに戻っていった。

◇

綱吉は将軍という立場を忘れて吠《ほ》えるような声で叫んだ。隆光は額に汗を光らせて両手を突き、

「それはまことかあっ！」

「ただいまの占いの結果でございます」

「なにゆえ今までわからなかったのだ」

「大坂とばかり思うておりましたので……」

「江戸のいずこじゃ」

「そこまではわかりかねまするが、少なくともご府内のうちかと……」

「うーむ……」

綱吉は柳沢出羽守に、

「各地に派遣したる八犬士を呼び戻し、江戸市中をくまなく探させるのじゃ。よいな！」

「ははっ……。上さま、もはや水戸家の企てを気遣うこともございませぬ。御台所《みだいどころ》さまにさえ知られぬよう動けばよろしいのです。南北町奉行所にひそかに命を下し、与力《よりき》、

同心などを動員して……」

「それはいかん」

さすがに綱吉には将軍としてのわきまえがあった。

「町奉行所は江戸の町民たちを守るためのもの。将軍が私《わたくし》に用うることは許されぬ」

「では、旗本ならば……」

「信用ならぬ。旗本は将軍家直属の家臣ということになっておるが、内密のことまで託せるような間柄ではない。八犬士ならば、余のことはすべてわかってくれておる」

「かしこまりました。ただちに八犬士に召集をかけまする」

「頼むぞ」

そこまで言って綱吉は、ほう……と息を吐き、

「まさか伏姫がかかる間近におるとは迂闊《うかつ》であった……」

八房が「みゃん」と鳴いた。綱吉はその頭を撫でた。柳沢保明が、

「おめでとうございます。伏姫さまとの対面《たいめ》、おそらく近日中に成就するかと……」

「ははは……おめでたを申すのはまだ早いわ。だが、そうなってもらいたいものだ」

柳沢保明は、八犬士とゝ大法師を呼び寄せるために御前を下がり、本丸中奥にある側《そば》用人《ようにん》の控えの間に向かった。途中、

「出羽殿ではござらぬか。これはよきところで会うたわい」

と声がかかった。そちらを見ると、白髪の老武士……吉良上野介である。鷲鼻《わしばな》に尖《とが》った頤《おとがい》、深く刻まれた皺《しわ》、ふさふさとした白い眉毛、薄い唇……上品そうな顔立ちである。にこにこと笑みをたたえ、好々爺《こうこうや》然としている。

「これはこれは、吉良殿。一別以来でござるな。お身体の具合はいかがでござる」

そう言いながらも保明は内心驚いていた。上野介は昨年末に隠居願いを出し、家督は義周《よしちか》に譲っている。つまり、江戸城にはなんの用もないはずなのである。

「額の傷はもう癒えましたが、背中はなかなかの深手であったらしゅうて、まだ夜中になると痛みまする。あとは日にち薬、と医者も申しておりますゆえ、ゆるゆる養生するつもりでござる」

「今日はなにごとでござるか」

「じつは上さまにちとお願いの筋がありましてな、老体に鞭《むち》打って登城した次第」

「で、その願いの筋とは？」

「すでに隠居した身ゆえ直《じか》に上さまにお目にかかることもできず、委細はこれにしたためてござる」

そう言って上野介は書状を取り出した。

「ご貴殿に仲立ちを頼むつもりでござったが、ちょうどよい。よろしくお願いいたす」

「ここでそれがしがなかを検《あらた》めてもよろしゅうござるか」

「無論」

保明は廊下に立ったまま上野介からの書状を開封した。綱吉の目に触れる書状の類は公のものも私のものもすべて側用人が事前に確認することになっていた。ざっと目を通したあと、保明は眉根を寄せ、

「吉良殿、これはむずかしゅうございまするぞ」

「それは承知のうえでござる。なにとぞ上さまによしなにお取り次ぎくだされ。今や城中にその権勢鳴り響く出羽殿のお口添えがあらば、上さまの心も動くと申すもの」

保明は顔をしかめると、

「権勢鳴り響く、などとはお戯れを……。それがしはただの側用人。ご老中と上さまの間を取り持っているつなぎ役にすぎませぬ」

「はっはっはっ……世間では出羽殿のことを陰将軍、裏将軍などと称しておるのを知らぬわけではあるまい。とにかくよろしくお願いいたす」

吉良上野介は一礼して去っていった。柳沢保明は首を左右に振ると、ため息をついた。

「また、ややこしいことを持ち込んでこられたものだ……」

上野介の書状には、自分は長年高家肝煎《こうけきもい》りとして将軍家と朝廷を結ぶ役割を続けてきた。殿中での思いもかけぬ内匠頭の無法によって受けた傷の療養のため、此度《こたび》の隠居を機に米沢に引き込むつもりであるが、そのまえに生涯一度の宿願として、自分の屋敷に

将軍家の「御成《おなり》」を賜りたい、と記されていた。もう二度と大恩ある懐かしき上さまにお目にかかることもあるまい。老いの身勝手と思われるかもしれぬが、どうしてもこのこと成就したし。諸大名家屋敷への御成のように莫大《ばくだい》な金をかけて屋敷を改修するわけにもいかず、鷹狩《たかが》りのついでなどに本所《ほんじょ》のわが屋敷を訪れていただければ幸いだ、自慢の茶道具などご覧いただき、手ずから茶の一杯もたててさしあげたい、という。

話の筋は通っている。しかし、問題は多々ある。「御成」というのは将軍が江戸にある大名の屋敷をみずから訪問することを言う。徳川家康以来、将軍の御成はたびたびあった。大名たちは将軍の御成をたいへん名誉なことと考え、こぞって御成を望んだ。しかし、御成には莫大な費用がかかる。綱吉がそこまでのことを望まなくても、大名たちは、「〇〇家は御成のために豪奢《ごうしゃ》な御殿と茶室を建て、敷地を拡《ひろ》げて大きな庭園を造り、そこに上さまに能をご覧いただくための能舞台まで作ったそうな。当家のもてなしが〇〇家に劣り、上さまを失望させるようなことがあっては末代までの恥だ」

と争って豪奢な饗応《きょうおう》を演出しようとした。つい先日、加賀《かが》の前田《まえだ》家への御成に当たって前田家ではなんと三十六万両を費やしたという。なにしろその日随行して前田家御成御殿を訪れた綱吉の家臣が七千人である。なかには老中やほかの大名、高僧なども多数おり、彼らには相応の土産《みやげ》を渡さねばならぬ。

もっと簡素な御成もある。上野介が書いているように、鷹狩りの帰りに寵臣《ちょうしん》の屋敷をちょっと訪れる、というのも御成のひとつである。また、数寄屋《すきや》御成といって、数寄屋（茶室）での一対一の対面もあり、家光の時代には盛んだったが、綱吉の代になるとほとんど行われなくなっていた。綱吉は、御成の際にはその大名と家臣たちを集めて儒教の講義をすることを好んでいたからである。

（なにか断る口実はあるまいか……）

立ち止まったまま保明は考え込んだ。なぜ断りたいのかというと、吉良上野介が話題の人物だからである。浅野内匠頭の刃傷の折、綱吉は即日切腹を命じたが、上野介へのお咎めはなかった。しかし、その後、世間では、あの裁量は喧嘩《けんか》両成敗に反する、浅野が可哀《かわい》そうだ、などと言い立てるものが多く、大名のなかにもそのような意見を口にするものがいる。浅野家の遺臣たちの吉良邸への討ち入りを待ち望む無責任な連中もいると聞く。そんななかで綱吉が吉良邸に御成をしたら、世間はなにかと邪推するに違いない。

（吉良殿は従四位《じゅしい》上《のじょう》と身分は高いが大名ではない。大名以外のところに御成をする、というのはあまり例がない、ということで押し切れぬか……。いや、あのお方は高家だ。徳川家の故実に通じておられる。家光公のときには、旗本で茶人の佐久間将監《さくましょうげん》やお気に入りの小姓たち、また、僧である天海《てんかい》僧正のところにもたびたびの御成があったではないか、ときには女人である春日局《かすがのつぼね》宅へも御成をしておいでだ……と先例を挙げて反

論されれば返す言葉はない）

正直なところ、綱吉がもっとも多く御成をしている場所は柳沢屋敷なのである。

（あとで上さまのお耳に入れて、お考えを聞くしかあるまい）

そんなことを考えながら保明が寺沢門《てらさわもん》をくぐると、見知ったものの姿を見つけた。公儀や諸大名御用達《ごようたし》の魚問屋鯉屋《こいや》の主《あるじ》であり、松尾芭蕉《まつおばしょう》門下の俳諧師でもある杉山杉風《すぎやまさんぷう》である。

「市兵衛《いちべえ》（杉風の通称）ではないか。今日はなにをしに参った」

「表の台所に魚を納めに参りました」

保明は少し軽口を叩《たた》きたい気分になり、

「商売に精が出るのう。稼ぎに稼いで、また蔵を建てるつもりか」

「めっそうもございません。我々商人は日々身を粉にして働かねばなりませぬ。少しでも気を緩めると商いを仕損じることになりまする。毎年毎年、暮れになるとその年に何本の袴《はかま》を穿《は》き潰したか、と思うとげっそりいたします」

「ははは……すまぬすまぬ。商人には商人の苦労があるというものだ」

そのとき、保明はふと思いついたことがあった。

「市兵衛、たしかおまえの草庵は本所深川《ふかがわ》にあるそうだな。吉良上野介殿の屋敷の近くだ。吉良殿を見知っておるか？」

杉風は苦笑いを浮かべ、

「私の店は日本橋《にほんばし》でございますが、風流のためのささやかな庵《いおり》である採荼庵《さいとあん》は、吉良さまが先日越してこられた本所のお屋敷のすぐ側ゆえ、その縁で近頃は時折、魚を納めさせていただいておりまする」

「やはり、そうか。ならばたずねたい。吉良上野介とはどういう人物だ」

「さて……」

杉風は首をひねり、

「巷間《こうかん》では、金に汚い卑怯未練《ひきようみれん》の老人、などと悪しざまに言われておるそうですが、とんでもない話でございます。我々出入りのものにまで優しくお声をかけてくださいますし、魚の代を値切られたことも、支払いが滞ったこともいちどもございませぬ。まあ、それはご用人さまがしっかりしておいでだからかもしれませぬが……。茶道具の収集に余念がなく、敷地内に茶室を設け、親しきともがらを招いて茶の湯三昧。いたって風流なお方でございます」

「なるほど……」

「ご領内も見事に治め、新田を開発し、川の堤防を築くなど、領民に慕われているとも聞いております。それゆえ、さきの刃傷の一件には驚きました。まことのところ、浅野さまと吉良さまのあいだになにがあったのでございましょう?」

保明はかぶりを振り、

「なにがあったかはわからぬ。それは今更詮議しても仕方のないことだ。いや……詮議すべきではない」

柳沢保明は、そう考えていた。斬りつけたほう、斬りつけられたほう、双方の言い分を聞いて裁定を下したのではない。あのとき綱吉は一時の怒りにとらわれて、内匠頭の言い分を聞かず、切腹させてしまった。真実は葬り去られてしまったのだ。掘り返すことは無益である。綱吉の落ち度を言い立てることにもなろう。巷間にてささやかれているように、上野介が内匠頭をいじめたことへの怒りのせいか、ただの乱心ゆえか、おそらく浅野家の浪人たちも、吉良上野介当人も、真実は知らぬはずである。ましてや保明たちには永久にわかるまい。肝心なことは、片方が死に、片方が生きており、死んだ側の家臣たちが恨みを持っている、という事実である。

「吉良さまがなにか……？」

「いや、先ほどばったりと会うたゆえ、な。たしかおまえは以前、わしに浅野家の浪人たちの討ち入りはあるかないか、とたずねたことがあったな」

「はい、ございました」

「あのときわしは、主君の無念を晴らすと申しても、城のご定法を破って刀を抜き、斬りかかったのは浅野殿のほうであり、遺臣たちが吉良殿に報復するのは筋違いゆえ、浅野家浪人がまともな考えの持ち主であれば討ち入りなどすまい、と申した」

杉風はうなずいた。

「ところが近頃、ちと風向きが変わってきた。世間は討ち入りを待ち望んでおるようだ」

「さようでございますか?」

「うむ。そういう『義挙』は、世のなかの声に押されて決行されてしまうことがある。――おまえは浅野家旧臣の大高子葉《しよう》(源吾)というものと面識がある、と申していたな」

「はい、水間沾徳《みずませんとく》という俳諧師の門下で、其角《きかく》とも親しゅうございます。また、富森春帆《とみのもりしゅんぱん》(助右衛門《すけえもん》)さまは其角の弟子、神崎竹平《かんざきちくへい》(与五郎《よごろう》)さまとおっしゃる方も句会に加わったことがございます」

「おまえに頼みがある。今おまえが名を挙げたものたちが上方から下ってくるような話を耳にしたら、わしに教えてもらいたい」

「かしこまりました。其角にも伝えておきましょうか?」

保明は少し考えて、

「いや、おまえの腹にとどめておいてくれ」

以前の、大法師の報告では、宝井《たからい》其角は一時、徳川光圀の怨霊に憑《つ》かれていた形跡がある。今はもう離れていると思われるが、念には念を入れねばならぬ。

「吉良殿を誹謗《ひぼう》する声が巷《ちまた》にあふれてきた。浅野殿があそこまでするとは、よほど吉良殿に酷《ひど》い目に遭わされたにちがいない、片方が切腹ならば、公儀は吉良殿にもなんらかの咎めをするべきだ……そう申す連中が町人だけでなく大名のなかからも現れた。しかも、朝廷までがそれに同調しているらしい。どうやら帝《みかど》は吉良殿がお嫌いだったようだ」

「さようでございましたか」

「そのうえ、上さまも、内匠頭にすぐに腹を切らせたるは早計であったかも……などと言い出された」

当初は、浅野の遺臣が城を枕に討ち死にするのではないか、あるいは全員で切腹するのではないか、などと噂するものもいたが、大石はあっさりと城を明け渡し、粛々と残務を片付け、赤穂を去っていった。これはおかしい、なにか企んでいるのではないか……そう勘ぐるものたちは、浅野の遺臣が復讐《ふくしゅう》のために吉良邸に討ち入るのでは、と言い出したのである。

「もしかしたら、赤穂の浪人たちの討ち入りを帝も上さまも待っているのではないか……わしはそんな気がしてならぬのだ」

「不謹慎ではございますが、騒ぎごと好きな江戸っ子のひとりとして、私もじつは、そういう期待をしないでもございません」

「ははは……ならば、商売そっちのけでその採茶庵に泊まり込んでおれ。そのうち目のまえで討ち入りが見られるかもしれんぞ」

「柳沢さまこそ不謹慎なことを……。残念ながら、今、採茶庵はひとに貸しておりますのでな、泊まり込むことはかないませぬ」

「さようか。——今の頼みごと、くれぐれもよしなにな」

「心得ました」

杉風は一礼して去っていった。

二

「これで貴殿らもおわかりになられたであろう」

鴨川《かもがわ》の橋にもやってある小さな屋形船のなかで、堀部安兵衛が言った。彼の後ろには大石を除くと浪士の頭目格である原惣右衛門が座っている。原は、もともと大石の右腕として活動しており、仇討ち決行を急ぐ堀部たち急進派をなだめるために江戸に派遣されたが、堀部の説得にあって急進派に転じた人物である。

ふたりと向かい合って座っているのは早水藤左衛門《はやみとうざえもん》、近松勘六《ちかまつかんろく》、神崎与五郎の三人である。堀部は口から唾を飛ばしながら、

「大石は、殿の仇討ちをする意志など最初《はな》からなかったのだ。大学さまが浅野家再興を果たせたならそれで役目は終わったということで、あとは呑気《のんき》に隠居暮らしを送るつもりなのだ。切腹のときも籠城のときも城明け渡しのときも、上手く言いくるめられた。我々はだまされていたのだ」

「だまされていた、とは言葉が過ぎよう」

早水藤左衛門が言った。

「なんの過ぎるものか。大石と思うていたが、芝居に使う見掛け倒しのはりぼて石だったわい。貴殿ら、存知おるか？　やつは城明け渡しの折に預かった公金七百両を元手に金貸しをして、ずいぶんと儲《もう》けているそうだ。我らが困窮を極めておるというのに許せぬとは思わぬか」

三人は顔を見合わせた。神崎与五郎が、

「それは今後かかるであろう我らの東下《あずまくだ》りの費用として、公金を少しでも増やそうとしておいでなのではないか。大学さまのご赦免を願うために公儀への働きかけを行っておられるが、それにも金がかかっているはずだ」

安兵衛は吐き捨てるように、

「島原で遊興するために決まっておる」

そう言うと、酒をがぶりと飲んだ。近松勘六が、

「堀部氏は討ち入り、討ち入りと言うが、泉下の殿がいちばん望んでおられることは浅野家の再興ではないか。今の世の中、なによりも『家』が大事だ。ご家老は、大学さまの閉門が解かれるのを待っておいでだ。それこそ家臣の取るべき忠義の道であり、なにも間違《まちご》うてはおらぬ、とそれがしは思う」

「ならばきく。公儀がいつ大学さまについて裁定を下すのかは我らにはわからぬ。このままずるずると待ち続け、ようやっと下った裁きがお家再興ならず、であったとしたらどうする。そのころには吉良は米沢の上杉家に引き取られ、我らはひとりふたりと脱盟するか、ひもじさゆえに飢え死にしておるかのいずれかだ。そのようなありさまで討ち入りをしても負け戦《いくさ》になることは必定。お家再興もならず、殿の意趣も晴らせぬ、となっては良い物笑いではないか」

近松勘六が、

「もし、大石殿抜きで討ち入りをするとしたら、どなたが指揮を執るのでござる」

安兵衛は、

「こちらにおいでの原惣右衛門殿は殿の刃傷を江戸表から早駕籠《はやかご》にて真っ先に伝えたるお方。総登城の折、籠城か切腹かあるいは……と家臣一同が議論していたときの采配も堂々たるものであった。また、この堀部安兵衛はこれまでに故郷越後《えちご》で義母の仇討ち、江戸の高田馬場《たかだのばば》にて伯父《おじ》の仇討ちと二度の仇討ちを成し遂げ、名を挙げたるもの。討ち入りの頭目としては十分。それとも我らでは不足と申されるか」

「いや、そんなことは……」

安兵衛はまた酒をがぶりと飲んだ。

「ならば、原惣右衛門殿を頭目と仰ぎ、拙者がその介添え役を務めるということにいたそう。各々方《おのおのがた》、わが党に加わり、大石殿抜きで討ち入って吉良の素っ首取ろうではないか」

三人はふたたび顔を見合わせた。早水藤左衛門が、

「やはりそれがしは、討ち入るならば浅野家再興がなるかならぬかを見届けてからにしたい」

近松勘六も、

「我らは殿の刃傷の日以来、ご家老の下知に従《したご》うておる。此度もそうする所存だ」

神崎与五郎も、

「ご家老抜きの討ち入りなど考えられぬ。やりたければ堀部氏たちだけでやればよろしかろう」

安兵衛は飲んでいた酒の湯呑みを床に叩きつけ、

「では、どうあっても大石抜きの討ち入りはせぬ、と言うのだな！」

神崎与五郎が顔をしかめ、

「それがいかぬのだ。失礼ながら堀部氏、かかる大事を酒を飲みながら議論するという態度がそもそもよろしくない」

早水藤左衛門も、

「堀部氏は仇討ちで名を挙げられ、武芸に秀でておられるとは思うが、頭領と仰ぐにはふさわしからず。お帰りくだされ」

「なにい？」

安兵衛はぎろりと三人をねめつけ、

「この腰抜けめら！　大石も腰抜けだと思うておったが、ほかのものも揃いも揃って腰抜けばかりだったとは……」

近松勘六が、

「堀部氏、口が過ぎるぞ。そこまで言うなら我らにも考えがある」

「ほほう、どのような考えだ」

早水、神崎、近松の三人は腰のものに手をかけた。安兵衛はにやりと笑い、

「うふふふ……剣で拙者に勝つつもりか。面白い。相手になるぞ」

安兵衛は刀の鯉口《こいぐち》を切った。空気が一気に張り詰めた。原惣右衛門が、

「やめておけ。狭い船中、皆で白刃を振り回すのも異なもの。死人が出たりすると、それこそ討ち入りに差し障るぞ」

その言葉に一同は肩の力を抜いた。安兵衛は、

「はっはっ……命拾いなされたな。――原氏、帰ろう。このようなところに長居すると臆病がうつる」

そう言うと、原惣右衛門とともに船から下りていった。神崎与五郎が、

「あいつめ……」

舌打ちして安兵衛の折敷《おしき》のうえを見た。

「どうしたのだ」

近松勘六が言うと、

「今日の船代と酒代の割り前を払わずに帰った。原氏はきちんとここに置いていかれたというに……」

早水藤左衛門が、

「まえも集会のときの割り前を払わなかった。拙者が催促すると、刀を抜こうとしたので、仕方なく拙者が立て替えたのだ。あれも返してもろうておらぬ」

神崎が、

「今日も、酒はあの男がほとんどひとりで飲んだのだ。酒癖が悪く、金に汚い。あちこちに義理の悪い借金があり、義父の堀部弥兵衛《やへえ》殿もてあましておられるそうだ」

近松が、

「それにしても、どうしてあそこまで討ち入りにこだわるのだろう。あの男が浅野家の家臣となってまだ七、八年だ。譜代の家柄でもなく、殿にそれほどの恩を受けたとも思えぬ。よほど忠義の心が強いのか、それともほかになにか理由があるのか……」

早水が、

「いずれにしても大学さまのご処分、一日も早《はよ》う決してもらいたいものだな」

ほかのふたりもうなずき、飲み残しの酒を飲んだ。

「皆さま方はまだよろしゅうございますか」

外から船頭が声をかけた。

「うむ、我らはまだしばらく飲む」

神崎与五郎が答えた。頬かむりをした小柄な船頭は小声で、

「よいことを聞いた……」

とつぶやいた。船頭は大須賀治部右衛門《おおすがじぶえもん》だった。

「堀部安兵衛があれほど焦っているということは、これは討ち入りはない、とみてよかろう。ああやって必死に説得して掻《か》き集めたとて、おそらく大石抜きでの討ち入りに同意するものは十五人にもなるまい。殿へのよい土産ができたわい」

京、大坂にて浅野旧臣の動向を探っていた大須賀は、船頭に小遣いを渡して入れ替わっていたのだ。

「そろそろ江戸に帰るとするか。すっかり上方の水にもなじみ、美味い酒や瀬戸内の魚に舌鼓を打つ暮らしを満喫しておったのだが、残念なことだ。だが、早う殿に報《しら》せに戻れと親父《おやじ》がうるさく手紙を寄越《よこ》すからな。ああ、帰ってまたあの口うるさい親父のもとで暮らさねばならぬのかと思うと憂鬱だ……」

大須賀の父親は今年六十一歳になる大須賀定斎《じょうさい》である。かつて上杉家江戸屋敷に勤め、吉良上野介の親しい友人で俳人でもある。隠居した今は、吉良邸の敷地のなかに小さな庵を建ててもらい、そこに住んでいる。吉良邸が昨年九月に呉服橋《ごふくばし》から本所に移ったとき、庵も移転した。大須賀が吉良家に戻れば、父親と顔を突き合わせねばならぬわけである。

（まあ、討ち入りがないならあわてて帰らずともよい。そうだ、頭目の大石を探る、という口実で島原へ行って、しばらく命の洗濯といくか……）

大須賀はそうつぶやいて頬かむりを取った。

◇

左母二郎は荒れていた。矢頭右衛門七がいつ江戸に行くのかが気になっているのだ。隠れ家でごろごろしながら酒を飲んでいても気が晴れない。飲めば飲むほどどんよりとした気分になる。することがないから博打《ばくち》を打ちにいっても丁と張れば半と出、半と張れば丁と出る。

「網乾の旦那、今夜はそのあたりでやめといたほうがよろしいで。このあと、なんぼやっても勝てまへんわ」

貸元の毒河豚《どくふぐ》の長治《ちようじ》にやんわりと止められるありさまだ。

「なんだと？　ははあん、わかったぜ。おめえんとこの賭場はイカサマしてやがるな」

知り合いの貸元は笑って、

「アホなことを。賽子《さいころ》も盆も茣蓙《ござ》も気の済むまで調べてもろてもよろしいで。けど、博打ゆうのはもっとゆったりと落ち着いてやらな勝てまへん。旦那みたいに気持ちが入らんまま続けてたら、賭場のええカモだっせ」

「ちっ……おめえに博打の講釈聞かされるたぁ思わなかったぜ」

左母二郎は伸びた爪で頰をばりばりと掻いた。

「心ここにあらず、ゆう感じに見えまっせ。なんだす？　コレだすか？」

毒河豚の長治は小指を立てた。

「馬鹿野郎！　そんなんじゃねえよ」

「今夜は一杯飲んで寝なはれ。あんまりぎょうさん飲んだらあきまへんで。どうせ金ないやろけど」

「大きなお世話だ。――また来らあ」

左母二郎はぶらりと博打場を出た。まだ夕刻だ。あれだけの啖呵《たんか》を切ったのだから弥々山には顔を出せない。仕方がないから居酒をさせる酒屋に入った。

「酒を五合ばかりくれ」

床几に座ってそう言うと、坊主頭に鉢巻をした主が、

「お侍さん、うちはフグの煮ものが名物だすのや。とろっとして美味《おい》しおまっせ。お酒と一緒にどうだす？」

「金がねえ」

「さよか」

主は酒を置き、そそくさと去っていった。左母二郎は面白くもなさそうな顔で酒を飲んでいたが、聞くともなしにほかの客の会話が耳に入ってきた。

「赤穂の浪人衆てえのはたいしたもんや。殿さまの意趣遺恨を晴らすために力を合わせて吉良の屋敷に討ち入るらしいがな」

左母二郎は憂鬱になった。また、その話だ。近頃では居酒屋、煮売り屋は言うに及ばず、床屋へ行っても湯屋に行っても寄ると触ると赤穂義士の話題がはじまる。

「この大坂にも何人か住んではるらしいな。会うてみたいもんや」

「会うてどないするねん」

「半紙になにか書いてもらうのや。討ち入ったらどうせ死罪やろ。そうなったら、ええ

値で売れるで」

「けど、ほんまに討ち入りなんかするのやろか。相手は、討ち入りに備えて強い侍をいっぱい揃えて待ち構えてるはずや。そんなところに浪人の寄せ集めが飛び込んでいっても勝てんやろ。それに、吉良には上杉家がついとるさかい、なんぼでも腕の立つ侍を送り込んでくるやろ」

「そやな。屋敷に入った途端、取り囲まれて全員殺される、いうこともあるわな。けど、それでも半紙の値は上がるさかいかまへんわ」

ムカついた左母二郎は、

「おい……！」

そう言って立ち上がろうとしたが、べつの町人が、

「アホなこと言うな。浅野側が勝つ、とわては思う」

「なんでや」

「浅野家にはめちゃくちゃ強いやつがおるのや。このおひとには吉良の付け人はおろか、宮本武蔵《みやもとむさし》も塚原卜伝《つかはらぼくでん》もかなわんわ」

「だれや？」

「堀部安兵衛や。このひとは強いでえ。なんちゅうたかて故郷の越後新発田《しばた》で伯父菅野《すがの》六郎左衛門《ろくろうざえもん》から馬庭念流《まにわねん》をみっちり仕込まれとるさかいな」

左母二郎は座り直した。右衛門七を大石内蔵助抜きの討ち入りにしつこく誘っている安兵衛のことがどうも気になっていたからだ。

「おまえ、なんでそんなこと知っとるのや」

「わては浅野贔屓《びいき》やさかい、いろいろ調べとるのや」

「物好きやな」

「安兵衛先生は大酒飲みやけどとにかく強いし、えらい人気者や。高田馬場の決闘のときは江戸だけやのうて大坂でも続きものの読売《よみうり》（瓦版）が出てたぐらいやで」

「ふーん……」

「高田馬場の決闘のこと、知ってるか？　なに、知らん？　ほな、教えたるさかいよう聞けよ。江戸に出てからは伊予西条《いよさいじょう》の松平《まつだいら》家に剣術指南役として仕えてた菅野六郎左衛門は殿さまの命令で同じく指南役の村上《むらかみ》兄弟ゆうのと試合することになったのやが、菅野があっさりとふたりとも片づけてしもた。村上兄弟は指南役をクビになり、そのことを根に持った村上兄弟は菅野に果たし合いを申し込んだのやな。安兵衛が酔いつぶれて家に帰った翌朝、隣の糊《のり》屋の婆さんがことづかってた手紙で伯父が村上兄弟と正四つ刻《どき》に高田馬場で決闘することを知り、『今、何刻だ』『四つだよ』『南無三、刻限に遅れたか！』それから婆さんの家にあった飯を手づかみで平らげてから、八丁堀《はっちょうぼり》から高田馬場まで走りに走った。ようやく決闘の場所に着いたときには、伯父菅野六郎左衛門と若党四人はすでに斬り殺されてこの世のひとやなかった！」

その町人は扇子で床几をパーン！　と叩いた。

「おまえは講釈師か」

「伯父上、安兵衛が参りましたぞ。この仇《かたき》はかならず……と男泣きに泣いたあと、その場に落ちていた荒縄を襷《たすき》にしようとしたが、見物のなかから現れたひとりの娘、仇討ちにお縄は不吉にございます、これをお使いくださいい、と自分の赤いしごきを安兵衛に手渡した。千万かたじけなし、とそのしごきを襷とし、憎《に》っくき村上兄弟は、と見ると、酒宴の真っ最中。おのれ、と刀を抜いて、やあやあ我こそは……」

「もうええ、ちゅうねん。普通にしゃべれんか」

その男によると、安兵衛は村上兄弟たち二十二人を相手に大立ち回りをして、ついにはそのうち十八人を斬り殺した、という。村上兄弟というのは卑怯な連中であるとしても、兄は剣術指南役、弟は槍術《そうじゅつ》指南役として仕えていた身である。かなり腕は立つ。しかも、中津川祐範《なかつがわゆうはん》という薙刀《なぎなた》の大名人が助太刀《すけだち》として加わっているうえ、人数も圧倒的に多い。それを十八人も倒したのだから、とてつもない強さである……。

「それだけの人数をやっつけたあと、馬場下の酒屋へ入って、一升五合の酒をごっくごっくと飲み干した、ちゅうのやから、胆が据わっとる。安兵衛がおるのやさかい、どんなに吉良方が強かろうとも、浅野家方の勝ちは間違いないわ」

「なるほどなあ、わてもそう思えてきたわ。けど、その安兵衛ゆうのは、腕は達者かもしれんけど、人間としては大石のほうがうえとちがうか」

「そんなことあらへん。安兵衛先生はご立派な人格者やと思うで。酒飲みに悪人はおらん、て言うやろ」

「そんなこと言うか?」

「言う言う、たぶん言う。きっと安兵衛はわてらみたいな町人とも気さくに話して、一緒に酒飲んでくれるようなええお人柄の方やろ」

そのとき、すぐ近くの床几に腰をかけて飲んでいたひとりの武士が、

「はっはっはっはっはっ……知らぬということは恐ろしいものだのう」

総髪を後ろに撫でつけたその武士は、ぎろり、と町人たちをにらんだ。着物はつぎはぎだらけで、左母二郎同様の食い詰め浪人のように思われた。

「なんやと?」

「おまえは今、堀部安兵衛が立派だと申したな。どこが立派だ。申してみよ」

町人たちは顔を見合わせていたが、そのなかのひとりが、

「そらまあ、まず腕が立つ。十八人もやっつけられるもんやおまへんで。そんな大勢が待ち構えてるなかにひとりで飛び込んでいく勇気もすごいやおまへんか。伯父さんの仇を討つ、という孝行の心もおます。堀部弥兵衛というお方も、そのあたりを見込んでご

養子になさったのやろ。縁あって浅野家に奉公することになって、殿さまが亡くなりはったら、またその仇討ちをする……えらいお方やと思いまっせ」

「馬鹿め！　あんなやつのどこがえらいのだ！」

総髪の武士は怒鳴った。目をよく見ると充血して真っ赤だ。よほど飲んでいるのだろう。

（面白くなってきやがった。それにしても安兵衛といい、こいつといい、酔っ払いの侍ばかりだぜ。ひとのこたぁ言えねえが……）

左母二郎はちびちびと酒を飲みながらそう思った。

「馬鹿とはなんやねん、馬鹿とは！」

「馬鹿を馬鹿と申してなにが悪い。よう考えてみよ。連日酔いつぶれて、大恩ある伯父からの助太刀所望の書状を読まなかったことがまずよろしくない。前日の夜に読んでおれば、あのような惨事は防げたはずではないか」

「う……」

「果たし合いの刻限は昼四つ（午前十時頃）だ。翌日の昼四つに書状を読み、そこから高田馬場に駆けつけるならば一刻の猶予もならぬはず。糊屋の老婆の飯など食うておる暇があったら、ただちに飛び出すべきであろう」

「けど、腹が減っては戦ができん、というやおまへんか。飯食うたおかげであっぱれ仇討ちがでけましたのやで」

「安兵衛が書状で頼まれたのは助太刀だ。仇討ちではない。飯を食うておるあいだにも伯父が斬り殺されているかもしれぬし、実際そうなったではないか。伯父たちの命と引き換えにおのればかり勇名を挙げ、浅野家への仕官の話も転がり込んだ。堀部安兵衛なぞどうせ碌なやつではないわ」

「あんた、えろう安兵衛先生を悪う言いなはるけど、会うたことおまへんやろ。それやったら黙っときなはれ」

「安兵衛に会うたことは……ある。わしは安兵衛の知己だ」

「あははは……嘘《うそ》言いなはれ。安兵衛先生は元二百石の馬廻《うままわ》り役やで。あんたみたいな貧乏浪人と知り合いのはずがない」

「貧乏浪人と抜かしたな！」

「そやないか。こっちは機嫌よう、赤穂のご浪人衆の討ち入り話で盛り上がっとるのやさかい、首突っ込みなはんな。あっち行きなはれ」

「ふん……馬鹿どもめが……」

　総髪の侍は立ち上がると千鳥足でふらふら去っていった。左母二郎はあとをつけようかとも思ったがやめた。鉢巻をした主のところに行くと、

「お勘定だすか。お酒五合で三十文いただきます」

「そうじゃねえよ。今帰った野郎、どこのどいつだか知ってるか」

「さあ……ときどき来るご浪人やけど、あんな風にぎょうさん飲んでさんざんくだを巻いて帰っていきはります。いつも堀部安兵衛さんのことをボロカスにののしって、浅野贔屓の連中とよう喧嘩《けんか》してはりますわ。本人の言うには、武芸の達人で、江戸で道場を開いてたそうだすけど、なにかをしでかして江戸におれんようになって、上方で逼塞《ひっそく》……ゆうことになったらしい」

「そうけえ。ありがとよ」

左母二郎が立ち去ろうとしたので、

「ちょ、ちょ、ちょっと待っとくなはれ。お勘定がまだだっせ」

「おめえ、俺から金を取ろうってのか、この盗人《ぬすっと》め」

「アホなことを……。三十文おくなはれ」

左母二郎はさっき安兵衛について熱く語っていた町人を指差して、

「あいつは俺のダチなんだ。あいつからもらってくれ」

「へえへえ、承知しました。ご浪人さんも安兵衛贔屓だすか?」

左母二郎は、

「もちろんだ」

そう言ってにやりと笑い、酒屋をあとにした。

（なにが安兵衛だ。なにが浅野の浪人だ。なにが仇討ちだ……）
左母二郎の足はいつのまにか堂島《どうじま》へ……矢頭右衛門七一家の住む長屋へと向かってい
た。遠くからそれとなく様子を見て、右衛門七たちの所在を確かめているのだ。
（お、いるみてえだな……）
家のなかから妹たちの声が聞こえてくる。
「これ、おまえたち、すぐに手を出すなどはしたない。右衛門七に知れたら叱られます
よ」
母親の声もする。
「はーい」
「ごめんなさい」
そのあと聞こえてきた声に左母二郎は驚いた。
「ええねん、ええねん。あんたがたに食べてもらおうと思て買《こ》うてきた饅頭《まんじゅう》や。右衛
門やんが帰ってくるまえにみな食《く》てしもてもええで」
並四郎ではないか。
「元服したとは申せ、あの子は酒よりも甘味を好みまするゆえ、饅頭を私どもが食べて
しまったと知れたら大ごとになります」
「ははは……あんたの口ぶりやと、矢頭右衛門七も小さい子どもみたいに聞こえるな」

「親にとってはいくつになっても子どもは子ども。今日はどこに行ったのか、怪我でもしてはおらぬか、と心配ばかりしております」

「右衛門七、今日は京都か？」

「はい、そのように聞いております。大石さまとなにやら仕官について打ち合わせをする、と申しておりました」

「仕官？　どこぞの大名家から話が来とるんかいな」

「あの子は詳しいことを明かさぬのでようわかりませぬが、どうやらそのようでございます。私は、忠臣は二君に仕えず、亡き夫もそのように考えているはずだ、と申したのですが、あの子は、私たちの暮らしのことを考えておるようでございます」

「ふーん……どこの大名やろな」

「それは聞いておりませぬ。まだ、たしかな話でもないのでございましょう」

「近々江戸へ行くようなこと、言うてへんかったか？」

「いえ、そのようなことはなにも……」

左母二郎が思わず入り口に近づいていくと、

「ほな、わてはこれで帰るさかい、右衛門やんによろしゅう言うといてな」

「まあまあ、今、お茶を淹《い》れますゆえゆっくりしておいでなされませ」

「今日はこの饅頭を届けにきただけや。また来るわ」

そう言って、並四郎がいきなり外に出てきたので左母二郎は隠れようがなかった。

「よう、左母やん、妙なところで会うたな」

「お、おう……。このあたりにちいとばかり野暮用てえか散歩が博打で飲みに……」

「ははは……左母やんがちょいちょいこの長屋に来てるの、わては知ってたで」

「…………」

「わてもなあ、おふさちゃんのことが気になって、あれからときどき様子見に来とるのや」

左母二郎は舌打ちをした。バレてたか……。

「まだ、右衛門七は江戸に行く気配はないみたいや。もしかしたら討ち入りをやめたのかもしれんな」

「さあ、どうだかな。世間の連中はあいつらに討ち入りをさせようさせようとしてやがるようだぜ」

ふたりは長屋のなかの路地を歩いた。ある家のまえで並四郎は、

「ここに住んでた大須賀ゆう侍もおらんようになったな」

「あいつぁたぶん吉良の回し者だ。討ち入る気があるのかどうか、右衛門七の様子を探ってたんだろうぜ」

「それやったら大石を見張らなあかんやろ」

「京都にゃ大石をはじめ浅野家の浪人たちがたくさん住んでるらしいから迂闊な真似《まね》はできねえが、大坂は二、三人だ。そのなかでも歳《とし》が若《わけ》えとあなどって右衛門七に目をつけたんだろうな」

ふたりは長屋を出た。並四郎が、

「どないする？　弥々山に行くか？　今日は右衛門七はおらんらしいし……」

「ほかの客の討ち入り話が耳に入るとカリカリしてくるからな」

「そやな、喧嘩になっても困るし、家で飲もか」

ふたりはしばらく黙って歩いた。やがて、並四郎が、

「なあ、左母やん……もし右衛門七が江戸に行くことになったらどうする？」

「どうするって……どうもしねえよ」

左母二郎はぶっきらぼうに言った。

「江戸まで追いかけていって、討ち入りをやめさせる……とかはせえへんのか？」

「するわきゃねえだろ。だれもあいつを縛ることなんざできねえ」

「そらそやな……」

そのあとふたりはふたたび無言になった。

◇

「それでは、大石たちは討ち入る気がない、と申すのだな」

　本所にある吉良家江戸屋敷の奥の間で、吉良上野介は言った。上野介のかたわらには同じぐらいの年恰好《としかっこう》の老人が座っている。ふたりと相対して座っているのは大須賀治部右衛門である。

「それがしの調べではそのように思われます。ほとんどのものは浅野大学の赦免によって家が再興されたあかつきには再出仕を望んでおるようで、仇討ちを主張しておるのは堀部安兵衛、高田郡兵衛、原惣右衛門などごくわずかな急進派のみ」

　上野介ともうひとりの老人はなぜか顔を見合わせて笑った。大須賀にはその意味がわからなかったが、上野介は、

「続きを申せ」

「ははっ……多くの浪士には親があり妻子があります。そういったしがらみを捨て去り、亡き主君への忠義を貫くのは難しいようでございます。また、大石の遊蕩《ゆうとう》は世間をあざむくための芝居ではないか、というものもおるようですが、島原のみならず祇園《ぎおん》、伏見《ふしみ》の撞木町《しゅもくまち》、奈良の木辻《きつじ》、大坂の新町《しんまち》などに熱心に通い、金を湯水のように使っております。芝居ではなかなかあのようには参りますまい」

　上野介の側に座っている老人が、

「貴様、大石を見張るという口実で色里《いろざと》で遊び惚《ほう》けていたのではあるまいな」

大須賀はぎくりとしたが、

「ち、父上、お戯れを……。それがしはあくまで大石の身辺を探るため……」

老人は、大須賀の父で上野介の友人大須賀定斎であった。

「ふん、どうだか……」

大須賀治部右衛門は上野介に向き直ると、

「大石は、妻女を離縁したにもかかわらず、祇園のお軽《かる》という遊女を身請けして妾《めかけ》として側に置くなど、いやはや呆れ果てたる没義道ぶりでございます。とても主君の仇討ちなどできそうにありませぬ」

「そうか……。ならば、そろそろあの件を先に進めることにしようかのう」

「あの件とおっしゃいますと……？」

「おまえにつぎの役目を与えよう。これはなかなか大仕事になるぞ」

「なんなりと仰せつけくだされ」

そう言いながらも大須賀は落ち着かなかった。しばらく江戸を離れているあいだに、吉良邸の雰囲気ががらりと変わっていたからだ。まえとどこがどうちがうのかと問われても答えられないが、現当主の吉良義周や家臣たちの顔つきがおかしい。白目を剝《む》いているものもいる。また、いくら灯《あか》りの数を増やしてもどの部屋もなんとなく薄暗い。そして、その暗さの根源が目のまえにいる吉良上野介そのひとではないか、と大須賀は感じていた。

「まずは、おまえに会わせておきたいものがおる」

上野介はそう言うと、手を二度、叩き合わせ、

「たれかある」

隠居付きの用人がやってきた。

「あのものを呼んで参れ」

しばらくして戻ってきた家臣は、ひとりの少女を連れていた。年齢は十歳にもなるまい。少女はちらと大須賀を見たが、その目が怪しく光ったように思えた。大須賀は怪訝《けげん》そうに、

「この娘は……？」

すると、大須賀定斎が、

「わしの知り合いの娘だ。理由《わけ》あってわしが預かっておる」

「知り合いとはどなたです？」

「名は明かせぬが、さる高貴なお方だ。おまえも粗相のないようにな」

すると、少女は定斎に向かって、

「爺《じい》、鞠《まり》突きがしたい」

「よしよし」

定斎は立ち上がると上野介に、

「では、少し遊んで参ります」

そう言うと、少女とともに部屋を出ていった。ふたりを見送った大須賀は首をひねり、

「あの娘をなにゆえそれがしに会わせたのでございます？」

上野介は、

「あれは餌だ。大きな魚を釣り上げるためのな」

「大きな魚とは……？」

「いずれわかる」

そう言って上野介はにやりと笑った。大須賀は、

「ひっ……！」

と声を立てた。上野介の顔がふたつに割れ、そのなかからべつの顔が現れたように見えたからだ。その顔は上野介と同じく老人だが、白い顎鬚《あごひげ》を生やし、乱杭歯《らんぐいば》を剝き出し、口のなかは血を吸ったように真っ赤な化けものだった。大須賀が目をこすると、一瞬にして顔はもとに戻った。上野介は、

「ふふふふ……なにか見たか……？」

「い、いいえ……なにも……」

大須賀は強くかぶりを振った。途端、大須賀の頭上から熱い大量の汚物が浴びせかけ

られたような感触があった。

「ああ……ああああ……あああ……」

大須賀はなにか忌まわしいものを身体に流し込まれ、そのまま昏倒《こんとう》した。上野介は微動だにせず、脇息《きょうそく》に寄りかかったまま、

「憎い……綱吉が憎い……水戸家が天下を取る思惑は潰えたが……綱吉だけは許さぬ……なにがあろうと……あのものだけは……」

荒い息を吐きながら上野介は倒れた大須賀をじっと見つめていた。

◇

「その後、上野《こうずけ》からはなにも言うて参らぬか」

綱吉は柳沢保明に言った。

「はい、あれ以来、そのことについてはなにも……」

「ならばよいが……。隠居して米沢に引き込むゆえ、そのまえに生涯の想《おも》い出として御成を、と言われると、その願い叶えてやりたいが、今、世情は吉良憎しに傾いておる。赤穂浪人の討ち入りを望む声もあると聞く。内匠頭を切腹させ、吉良を咎めなかった当時の余の裁定をえこひいきだと公言するものもおるそうだ。そのような折に余が吉良の屋敷に御成をすると、口さがないものどもが騒ぎ立てよう」

「いかさまさよう」

「だが……上野介の頼みとなると、断りにくいところもあるのだ」

「わかっております。綱教《つなのり》さまのことでございましょう」

綱吉はうなずいた。綱吉には正室信子《のぶこ》とのあいだには子がない。側室であるお伝《でん》の方《かた》（三《さん》の丸《まる》さま）が産んだ鶴姫《つるひめ》と徳松《とくまつ》が公に認められたこどもである（珠は側室ではないので、伏は今のところ隠し子扱いである）。しかし、嫡男である徳松が五歳で夭折《ようせつ》したため、綱吉の跡継ぎをどうするかで二派にわかれた。綱吉の兄にあたる徳川綱重《つなしげ》の子、綱豊《つなとよ》を推す声がもっとも多かった。その筆頭はあの水戸の光圀公であった。しかし、綱吉自身は娘である鶴姫の嫁ぎ先である紀州《きしゅう》家当主徳川綱教を後継者にしようと考えていた。光圀が亡くなった今、綱吉は綱教を次期将軍にするべく動き始めていた。そして、それを後押ししている筆頭が吉良上野介なのである。上野介と徳川綱教は血縁関係にあるからだ。

「このまま御成の件を蒸し返すことなく、吉良殿がおとなしゅう米沢に行ってくださることを願《ねご》うております」

「余もそう思うておる。――ところで、伏の行方についてなにかわかったか」

「八犬士を江戸に集結させ、日々探させてはおりますが、今のところはなにも……」

「そうか……」

綱吉は暗い顔つきになり、

「大坂にては水戸家の動きを気に掛けねばならなかったが、ようやくその憂いがなくなった。しかし、伏姫が江戸におる、となると、今度は奥の目を気にせねばならぬ」

綱吉の御台所（正妻）信子は嫉妬深い性質《たち》で、綱吉の子であるとわかったら、なにをしでかすかわからない。信子とのあいだに子はなかったが、側室である伝とのあいだに生まれた徳松が死んだのも、病気ではなく信子の仕業ではないか、という噂があり、綱吉もそう思っていた。

「伏のことはくれぐれも奥の耳に入らぬようにせねばならぬ。犬士たちにはくれぐれも慎重に探索せよ、と申し伝えよ」

将軍の正室は、夫が先に亡くならないかぎり、大奥から出ることのない身ではあるが、どこから話を聞きつけるかわからない。綱吉はため息をつき、

「将軍職というものは心休まる暇もないものだな。たまにこうして犬と戯れるのが唯一の息抜きじゃ。江戸中、いや、日本中の犬猫たちが日々無事に暮らせておるならば、余が発した『生類憐みの令《しょうるいあわれみのれい》』にも効があったと言えようが……」

それに応えるように八房がわんわんと鳴いたとき、保明が顔を曇らせ、

「それについて気になることがございまする。生類憐みの令発布の効により、お膝もとの江戸市中では犬猫にむごい仕打ちをするものはほとんどおりませぬ。ただ……」

「この数日、市中にて野良犬を斬り殺しているものがおる、との報せが南町奉行松前伊豆守《まつまえいずのかみ》から届いております」

「ただ……?」

「なに?」

綱吉は気色《けしき》ばんだ。

「たとえ野良犬であろうと犬を殺すのはひとを殺すも同じこと。生類憐みに逆らうそのような真似をしておるのはなにものじゃ」

「覆面をしており面体《めんてい》確かめられてはおりませぬが、その場を見たものの言によると、浪人体なれど裕福そうな武士に見えた、とのこと。いずれ傾奇者《かぶきもの》などと称する連中のしわざと思われまするが……」

傾奇者というのはひとを驚かす奇矯《ききょう》な服装、奇矯な髷《まげ》、奇矯な太刀などの風体で江戸の町をのし歩くものたちである。多くは武家の若党や中間《ちゅうげん》たちであったが、なかには旗本の次男、三男が、戦乱の世が終わって世に出られぬ鬱憤を晴らすために自暴自棄で傾奇者になることもあり、身分があるにもかかわらず下品な言葉を使い、無頼な行動をする彼らは「旗本奴《やっこ》」と呼ばれて、傾奇者たちの束ねであった。それに対して町人の傾奇者も少なからずおり、旗本奴と町奴はつねに対立していた。

「そういう連中は犬を殺し、その肉を炙《あぶ》って食べたり、皮を剝いで袴の継ぎ当てにするなどして、自分たちは法に縛られておらず、役人など歯牙にもかけていない、と世間に示そうとしておるのです。そのうち召し捕られて罪に問われましょうゆえ、お気になさらぬよう……」

「犬どもが可哀そうじゃ。江戸市中の野良犬たちを至急『御用屋敷』に収容するように犬小屋支配の役人に命じよ」

「かしこまりました」

「しかし……気になる」

「なにが、でございます？」

「いや……余の思い過ごしかもしれぬ。とにかく、その犬殺しの件、詳細を調べ、続報についても気に留めるようにいたせ」

綱吉は声を震わせた。

◇

堀部安兵衛の同志集めは難航していた。浅野家旧臣のなかでも、江戸詰めで内匠頭の側近くに仕えていたものと、国詰めで代々浅野家の禄《ろく》を食《は》んできたものとは、主君や「家」についての考え方が違っていた。上方に居を構える浪士たちは、「家」の存続、つまり、浅野家の再興をもっとも重要なことと考えていた。大石という存在は彼らにとって絶対的なものだったのである。

堀部安兵衛は、たびたび京、大坂へ足を運び、原惣右衛門、大高源吾らと密談を交わしていた。その結果、大石抜きでの討ち入りを強行した場合、参加者は十人ほどであることがわかった。

「十人か……。少なすぎる」

原惣右衛門は天を仰いだ。

「わしに人望がないせいだ。やはりご家老には勝てぬ……」

安兵衛は、

「十人でもよいではないか。上方の腰抜けどもにまことの武士の意地を見せてやろうぞ」

「うーむ……吉良方は百五十人はおるだろう。そこに十人で斬り込んでも本懐を遂げることはできまい」

「そのときは邸内で皆で腹を切ればよろしい」

大高源吾が、

「それは乱暴すぎる。もし、捕まって縄目の恥辱を受け、評定所《ひょうじょうしょ》に引き渡されたらどうする。それこそ亡き殿の顔に泥を塗ることになる」

安兵衛が、

「なに？　貴公らも腰が砕けたか。へなへな武士か。こうなったら拙者ひとりでも討ち入るぞ」

原惣右衛門が、

「まあ、そういきり立つな。ご家老抜きで討ち入りをするなら、もう少し同志の数を増やすべきだ」

「あと何人口説けばよいのだ」

「何人……とは言えぬが、できればあと十人ほどは欲しい。それならば、やり方によっては吉良を討ち取ることができよう。上野介でなくてもよいのだ。現当主の左兵衛《さひょうえ》義周の首でもよい」

「二十人か……。それだけの人数を口説き落としているうちに、上野介が江戸を離れてしまったらどうする。ことは一刻を争うのだ」

「わかっておる。かならず二十人とは言わぬ。たとえひとりでもふたりでも味方を増やす努力をしようではないか」

「原氏がこれほどにのろまだとは思わなかった。拙者が高田馬場で伯父の仇を討ったときは、相手が何人いるとか考えることなく敵のただなかに飛び込んだのだ。勇士というのはそういうものだ」

大高源吾が、

「堀部氏、口を慎まれよ。のろまとはなんだ」

「のろまではないか。そんなことでは討ち入るまでに十年も待たねばならぬぞ」

原惣右衛門が、

「まあまあ、両所ともカッカいたすな。わしは今からご家老と会い、大学さまご赦免の働きかけがどのようになっているか聞いて参るゆえ、貴公らは同志を口説きにいくがよい」

安兵衛が、

「大学など蟄居のままでよい。そうなれば討ち入りができるというものだ」

原惣右衛門が怪訝そうに、

「堀部氏……なにゆえそこまで討ち入りにこだわるのだ。忠義にもいろいろな形があろうに」

安兵衛は一瞬言葉に詰まったが、

「仇討ちが拙者の人生だからだ。浅野家再興などどうでもよいのだ」

そう言い切った。

◇

夕刻、隅田川《すみだがわ》は燃えるように赤く染まっていた。犬飼現八《いぬかいげんぱち》は深川を歩いていた。このあたりは草原《くさはら》も多く、閑静な場所である。

（たしか芭蕉庵があったあたりだな……）

犬飼現八はそう思った。俳聖と呼ばれる松尾芭蕉が日本橋からこの地の草庵に移り住んだ、という話を現八は聞いたことがあった。その草庵はもともと、門人の杉山杉風が営む魚問屋の生《い》け簀《す》があったところだという。

「今日は隅田川沿いに探してきたが、収穫はなかった。情けないことだ……」

現八は伏姫探索に行き詰まっていた。彼だけではない。八犬士のだれも同じ状態だった。隆光は「伏姫は江戸にいる」と占ったが、「江戸のどこにいるか」まではわからない、と言った。

（役に立たぬド坊主め……！）

現八が内心毒づきながら歩みを進めていると、

ギャン……！

犬の吠える声だ。そちらに目を向けると、一匹の野良犬をまえにひとりの侍が刀を抜いて立っていた。覆面をしており、着物も帯も上等で、身分のあるものと思われた。犬は侍に吠えかかっており、侍は今にも刀を振り下ろそうとしている。しかし、現八には、犬に襲われたので侍が防御のために刀を抜いているようには見えなかった。

「もし……そこのお武家」

現八は声をかけた。侍は現八のほうを向いて、

「なんだ」

侍は白目を剝いており、現八は不気味に感じながら、

「近頃、江戸市中にて野犬を斬り殺しているものがいるそうですが、あなたでしたか」

「それはそれがしではない。このクソ犬が急に吠えついてきたゆえ、護身のために刀を抜いたのだ。文句があるか」

「さようでござるか。しかし、今は生類憐みの令が発布されております。たとえ護身のためとはいえ、犬猫を斬り殺したら死罪になるやもしれませぬぞ。ご自重あれ」

侍は舌打ちをして、

「おせっかいな男だな。犬が『お犬さま』などと人間より威張っておるような世の中は間違うておる。そうは思わぬか」

「思いませせぬ。犬の命もひとの命も重さは同じ。正当な理由なくして斬って捨てることは許されませせぬ」

侍は凄《すご》みのある笑みを浮かべた。

「今日のところはおとなしく帰ってやろう。命拾いしたな、犬も……おぬしもな」

現八はその侍がかなりの腕であると見てとった。侍は刀を収めると、飄然《ひょうぜん》としてその場を去った。犬飼現八にはその侍が吉良家に仕える大須賀治部右衛門であると知る由もなかった。

◇

むっつりした顔で脇息にもたれかかる綱吉のまえで、柳沢保明と隆光が激論を戦わせていた。浅野大学の処分をめぐって、である。保明は隆光に、

「ご坊は、大学殿を赦免すべき、とお考えか」

「さよう。じつは、浅野家に縁ある遠林寺《おんりんじ》という寺の住職祐海《ゆうかい》から元浅野家国家老大石内蔵助《くらのすけ》の書状を預かったのでございます。祐海僧都《そうず》は拙僧の古い知己にて、書状には、『大学の閉門を解いていただき、徳川家にご奉公させていただきたい。面目が立つようにしていただきたい』と書かれておりました。先だっての殿中での刃傷については、すでに内匠頭殿の切腹、家名断絶により、つぐないはすんでおると考えまする。浅野家旧臣の切なる願い……大学殿の蟄居閉門を解き、没収《もっしゅ》した所領をふたたび安堵《あんど》して、浅野家復興を許してもかまわぬのではございませぬか」

「なにを申される、大僧正。内匠頭は、江戸城の法を知る身でありながら殿中にて抜刀、しかも、勅使饗応の日にあのようなふるまいをした大罪人。いかなる重き仕置きをなさ

れても仕方なきところを、上さまの寛大なるお心にて、切腹という侍としての一分《いちぶん》が立つ処分になったのでござる。浅野家復興などありえぬことと存ずる」

「出羽殿はさよう申されるが、世情では浅野家浪人が吉良邸に討ち入るのではないか、ともっぱらの噂でございます。もし、浅野家復興が許されぬとなれば、上野介殿への恨みがいや増して、その噂、まことのものになるのではないかと思いまする」

「赤穂の旧臣がどう考えようが、政《まつりごと》は仁義礼智忠信孝悌に基づいて正しく行われねばならぬ」

「政はすべての民に平たく執り行われまする。ならば、赤穂の旧臣もまた同じくそれを享受することができるはず」

「言うは易《やす》い。坊主ごときに実際の政のことはわからぬ」

「側用人にはおわかりになるとでも？」

「わかる。浅野家の再興を許せば、あの折の上さまのご裁定が誤りであったかと世間は受け取りましょう。将軍は決して間違った裁きをせぬ。そのお言葉はすべてが正しいのだ」

　黙って聞いていた綱吉、

「余とてただの人間だ。ときに誤りを犯すこともある。だが、『論語《ろんご》』にも、過ちては改むるに憚《はばか》ることなかれ、とあるぞ」

保明が、

「いけませぬ。そのようなことをなさいますと、世情の憎しみが上さまにかかって参ります。今後の政にもかかわってくることでございますれば……」

綱吉はかなり長い時間考えたあと、憮然《ぶぜん》として言った。

「わかった。浅野大学の蟄居閉門処分を解き、広島本家預かりとする」

◇

かくして浅野内匠頭の弟であり、浅野家の跡継ぎであった浅野大学の広島本家預かりが正式に決定した。大石たちの宿願浅野家再興はならなかったのである。京都の円山《まるやま》にある安養寺《あんようじ》の塔頭《たっちゅう》「重阿弥《ちょうあみ》」に同志たちが急遽《きゅうきょ》集まった。小野寺十内《おのでらじゅうない》、岡野金右衛門《おかのきんえもん》、大高源吾、間瀬久太夫《ませきゅうだゆう》、武林唯七《たけばやしただしち》、不破数右衛門《ふわかずえもん》、矢頭右衛門七、三村次郎左衛門《みむらじろうざえもん》ら十九名という顔ぶれであった。堀部安兵衛が大笑いしながら、

「見たか！　公儀のやることというのはこんなものだ。武士の面目というものをまるで考えておらぬ。かくなるうえは、その考え違いを正すため、討ち入りをするしかない。拙者がずっと主張していたことだ」

武林唯七も、

「それがしも堀部氏と同じ考えだ。浅野家再興ならずと決した今、亡き殿の恩に報いる

には仇討ちしかない」

　小野寺十内が、

「いや、待て。上さまお膝もとの江戸でことを起こすというのはいかがなものか。殿がそのようなことを望んでおられただろうか。上野介が米沢へ参ってからのほうがよろしいのでは……？」

　間瀬久太夫が、

「喧嘩両成敗の評定に異議を唱えるための決起だ。公儀の顔色を窺《うかが》う必要はない」

　三村次郎左衛門が、

「もし討ち入りが上手く運び、我らが吉良の首を取ることができたら、各大名家も黙ってはおるまい。我らを高く買うてくれて、再仕官への道もひらけるのではないか」

　大高源吾が、

「馬鹿め！　討ち入りは功利のために行うものではない。我らは死を覚悟のうえで討ち入るのだ」

　安兵衛が、

「そのとおり、そのとおり。討ち入りをすることに意義があるのだ。――右衛門七、おまえはなにも言うてはおらぬな。存念があれば申すがよい」

「私は……わかりませぬ」

「なに？　この場に及んでおのれの存念がないというのか」

右衛門七は安兵衛をきっと見て、

「私は死にとうはありませぬ。腰抜け武士と言われるかもしれませんがそれが本心です。私には家族や友がおりますから……。でも、亡くなった父は殿の遺恨をかならず晴らしてくれと言い残しました。私も父の末期《まつご》の願い、叶えるべきかと思うております」

安兵衛は鼻で笑い、

「命を惜しむものは仇討ちに向いてはおらぬ。足手まといになるだけだ。家で妹たちと遊んでおれ」

不破数右衛門が、

「そのようなことを言うてやるな。皆、それぞれに多くのものを抱えながら、討ち入りという目標に向かおうとこの場に臨んでおるのだ」

「ふん、おまえも腰抜けの仲間入りか」

「なんだと？　暴言聞き逃せぬぞ」

安兵衛と数右衛門が立ち上がったとき、それまで黙っていた大石内蔵助が、

「ふたりとも黙れ！」

その一喝に安兵衛と数右衛門は座り直した。大石は一同に向かって、

「各々方、大学さま広島本家お預けが決まった以上、浅野家の再興の願いは潰えた。し

かも、いまだ吉良上野介に対する処罰はない。それゆえかねての打ち合わせどおり、討ち入りを行う」

皆、おお……という声を発した。ついに、という思いがその声にこもっていた。

「ただ、吉良の屋敷に討ち入ればよい、というものではない。やる以上はかならず成功させねばならぬ。本日より心をひとつに合わせてそのために動くものとする」

一同は頭を下げた。

「今のところ、神文《しんもん》を提出している同志は百二十名ほどだが、まずはこのうちどれだけが討ち入りに賛成なのかを絞り込まねばならぬ。そして、上方に住まいするものは、近いうちに東《あずま》へと下り、あちらで暮らすことになる。あまり固まって旅をすると目立つゆえ、多くとも数人ずつ、日時もたがえて江戸に向かうこと。ただし、親兄弟にもその理由を秘してもらいたい。討ち入りの日は、一同が江戸に揃い、吉良邸の様子を検分したあと、決することとしよう。よろしいな」

皆は口々に、

「やっと決まったか」

「これで泉下の殿によき報せができる」

「武士としての面目が立つ」

などと晴れやかな顔で話している。堀部安兵衛がにやにやしているのを見て大高源吾

が、

「堀部氏、うれしそうだな」

「おお、うれしい」

「三度目の仇討ちができるからか？」

「そのとおり。こうなったら四度目、五度目もやってやるか」

「馬鹿を言うな。そんなに何度も仇討ちされてたまるか」

大高源吾も討ち入りを望んでいたひとりだが、そんな彼にも安兵衛の真意は見抜けなかったのである。

さっそく「神文返し」がはじまった。横川勘平《よこかわかんぺい》、貝賀弥左衛門《かいがやざえもん》、大高源吾の三人が同志をひとりずつ訪ね、討ち入りは取りやめになった、と言って神文を渡す。喜んで受け取ったものは同志から外し、

「たとえひとりでも討ち入りをする」

と怒るものにだけ真実を話し、盟約に加える。これによって、百二十名いたはずの同志が半数以下になった。奥野将監《おくのしょうげん》、小山源五右衛門《おやまげんごえもん》、進藤源四郎という大石の親類までもが脱盟した。それだけ皆が「浅野家再興」に期待していたということだ。

こうして「吉良邸討ち入り」の支度が次第に整っていった。

三

左母二郎が隠れ家で酒を飲みながらごろごろしていると、並四郎が戻ってきた。

「右衛門七の長屋に顔出してきたけど、元気そうやったで」

「ふーん、俺の知ったこっちゃねえよ」

「右衛門七からおまえに伝言があるで」

「なんだと？」

左母二郎は起き上がって座り直した。

「ははは……やっぱり気になるか。たいしたことやない。近頃、お越しがないさかい、今晩あたり来てもらえんやろか……そない言うとったで」

「ちっ……安女郎《やすじょろう》じゃあるめえし、なに言ってやがんでえ」

そう毒づきながらも左母二郎はどこかうれし気である。

「どや、今から弥々山に顔出さへんか」

「そうだな。船虫も誘うか」

三人は連れ立って弥々山へ行くと、右衛門七が、

「来てくださいましたか！」

顔を輝かせて明るい声で言った。左母二郎は小鬢《こびん》を掻きながら床几に座り、

「かもめの野郎がどうしても来てえってから、仕方なくついてきただけだ」

「へへへ……ありがとうございます」

「なんでえ、やけにうれしそうじゃねえか」

「皆さんにお知らせがあります」

左母二郎はぎくりとした。

「それって、まさか、おい……討ち入りの……」

日どりが決まったのか、と思ったのだ。

「そうです。討ち入りはやめることになりました！」

「え……？」

左母二郎たちは顔を見合わせた。

「お、おい、マジか……？」

「はい。徳川家に仕える身として、将軍お膝もとを騒がすことは許されない、とご家老が決定しました。堀部氏や大高氏はどうしても討ち入りがしたい、とおっしゃっておられましたが、人数が揃わず、とうとう断念なさいました」

「そうけえ、そうけえ。おめえらが江戸で派手な騒動を起こすのを見れずに残念だが、しゃあねえな」

そう言いながらも左母二郎は笑みがこぼれてくるのを抑えられなかった。

「よし、今夜は酒が口からあふれるまで飲むぜ。右衛門七、おめえも飲め」

「私は仕事がありますから……。お客さんが途切れたら……」

「うるせえっ。今日の仕事はあのジジイとババアにやらせときゃいい。飲めったら飲め」

それから四人での大酒盛りがはじまった。左母二郎は終始うれしそうにはしゃぎながらがぶがぶ酒を飲んだ。つられて並四郎と船虫もいつもよりかなり飲んだ。右衛門七は盃《さかずき》をなめる程度だったが、ずっとつきあっていた。やがて、蟇六が来て、

「ええ加減にせえ。いつまで飲んどるのや。酒、みんななくなってしもたやないか」

「じゃあ、今から買ってこい」

「アホ！　こんな夜中にどこの酒屋も閉まってるわい」

「叩き起こしたらいいじゃねえか」

「そんなことしたら、つぎから売ってくれんようになる！」

というわけで、長かった酒宴もついに散会となった。

「また来らあ」

左母二郎は上機嫌でよろよろ歩き出した。そんな左母二郎を、右衛門七は頭を下げていつまでも見送っていた。

◇

翌日、二日酔いの左母二郎のところに蟇六が飛び込んできた。

「なんでえ、朝からバタバタうるせえな。昨日のツケなら今度払うから待ってくれ」

「それどころやないのや。これを見てくれ」

そう言って差し出したのは二通の手紙だった。

「右衛門七から今朝届いたのや。一通はわし宛で、事情があって大坂を引き払わんとあかんさかい今日で店を辞めさせてもらう、と書いてある」

「なんだと……！」

「もう一通は左母二郎に渡してくれ、となっとるのや」

蟇六は手紙を左母二郎に手渡した。左母二郎は頭痛をこらえながら手紙を読んだ。その顔色が変わった。そこには、討ち入りをすると正式に決まったこと、母と妹たちを陸奥国《むつのくに》にいる祖父に託すため、今朝、家を出立すること、陸奥に家族を預けたら自分はその足で江戸に向かうこと、長いあいだの交情には感謝しかないと思っていること、討ち入りのことは親兄弟にも秘密にする掟《おきて》だが左母二郎にだけ打ち明ける……などが書き連ねてあった。左母二郎は手紙をふところに押し込むと、隠れ家を飛び出した。そして、駆けに駆けた。途中で吐きそうになったが必死でこらえ、堂島の裏通りにある長屋までたどりついた。右衛門七の家はもぬけの殻になっており、家財道具もひとつとして残っていなかった。

「あの野郎……！」

激昂《げきこう》した左母二郎は刀を抜いて、空中をめちゃくちゃに斬りまくった。

「俺を……だましやがった……！」

しばらくすると馬鹿馬鹿しくなってきたのでやめた。刀を抜き身のまま土間に放り出すと、上がり框《がまち》に腰を下ろした。

「俺ぁ……なんて間抜けだったんだろう。うっかりあいつの言うことを信じちまった……。あいつが昨日、俺たちにつきあったのは、暇乞《いとまご》いのつもりだったんだな。そんなことにも気づかねえとは……俺ぁほんとに馬鹿だ」

左母二郎は情けない思いに押しつぶされそうになりながら長屋をあとにした。

「ちっ……！」

左母二郎は唾を道に吐くと、わざとふらふら蛇行しながら歩いた。

「どいつもこいつも俺から去っていきやがる。いつかかもめや船虫とも離れちまうようになるかもな……」

そのとき、向こうから走ってきた男の肩が軽く左母二郎の身体に触れた。道具箱を担いでいるから大工だろう。

「おう、待ちな」

「なんや、浪人」

「今、俺にぶつかっただろ。ただじゃおかねえ」

「ぶつかった、て……ちょっと当たっただけやがな」

「うるせえ！　俺にとっちゃ、あれは『ぶつかった』んだよ」

「どないせえちゅうねん。謝ったらええのか」

「謝ってすむか。いくらかよこしな」

「なんや、あんた、ゆすりかいな。わて、急いどるのや。からっけつ浪人の相手してる暇ないねん」

「なんだと？　てめえ、これが目に入らねえか！」

左母二郎は刀を抜こうとして腰に手をやり、

「ありゃ？」

「あんた、刀ないやないか。鞘だけや。目に入れとうても入らんわな」

左母二郎は、

「そりゃそうだ。取ってくるから待ってろよ」

そう言うと、長屋にとってかえした。右衛門七の家のまえでだれかが悄然《しょうぜん》として立っている。まさかと思って顔を見ると、

「え、右衛門七……！」

右衛門七は顔を上げ、

「網乾氏《うじ》……戻って参りました……」

「この馬鹿野郎！　どういうことでえ」

「網乾氏こそどうしてここに……？」

「刀を忘れちまったから取りにきたんだよ！　脅しをかけようとしたら刀がねえ。『かたなし』だ。間抜けな話だぜ」

「これでしょうか」

右衛門七は土間に落ちていた抜き身の刀を左母二郎に手渡した。左母二郎は刀を受け取ると、

「それに、昨日、おめえの芝居にも気づかなかった。俺も甘《あめ》えな。大間抜けだ！」

「間抜けなら私のほうがうえです……」

右衛門七の声は暗かった。

「今度という今度は自分で自分が嫌になりました。――たしかに私は昨日、網乾氏たちをたばかりました。でも……今日旅立つことが決まっていたので、どうしても最後にお顔を見たかったのです。でも、本当のことを言うと引き止められると思ったので、勝手な話ですが、仇討ちをやめたことにしたのです。ひとのいい網乾氏はまんまと私の嘘を

信じてくださいました……」

「俺ぁ『ひとがいい』なんてことを言われたのは生まれてはじめてだぜ」

「私は家族を連れ、母方の祖父がいる陸奥国白河《しらかわ》に行って皆を預け、そのまま江戸に向かうつもりだったのです。ところが、私は生まれてから今までに旅をしたのは赤穂から大坂に出てくるときが最初で最後でした。あのときは父が存命で、旅のだんどりをすべてやってくれたので知らなかったのですが、女が旅をするときには『女手形』というものが必要だそうですね」

右衛門七たちが三十石に乗ろうと八軒家《はちけんや》の船着き場で待っているとき、たまたま隣り合わせた侍が退屈しのぎに話しかけてきた。世間話のなかで、

「白河に行かれるのか。女人を四人連れておられるが、女手形はお持ちであろうな」

と言われ、それはどういうものかと問い返すと、

「なに？　持っていない？　入り鉄砲に出女と申して、公儀は武家の女人の往来にはすこぶる厳しい。それがなければ関所を通ることは許されぬ。お手前は浪人だろう。ならば、住まいが上方なら京都所司代《しょしだい》に発行を頼まねばならぬが、すぐにもらえるようなものではないぞ」

右衛門七にとっては青天の霹靂《へきれき》で、

「関を通るにはどうしてもその手形が必要なのでしょうか……」

「当たり前だ。箱根《はこね》はまだ緩いが、新居《あらい》の関はことに女人の詮議が厳しいゆえ、手形なしでの通過は無理だな」

右衛門七は呆然《ぼうぜん》としたが、このままでは今日から住むところがない。仕方なくもとの長屋に戻ってきたのだ、という。

「ひゃひゃひゃ……そりゃあたしかに俺より数段うえの間抜けだな」

右衛門七はぼろぼろ泣きながら、

「私はとんだ世間知らずでした。関所のことに考えが及ばなかったとは情けない……」

「元服したばかりで城勤めもしたことがねえ。親父さんはすぐに死んじまったし、あとは貧乏暇なしで暇がなかったんだから仕方ねえよ」

右衛門七はその場に両手を突き、

「網乾氏……その刀で私を斬ってくだされ」

「な、なんだよ、藪《やぶ》から棒に……」

「私は網乾氏に嘘をつきました。討ち入りは決行するのです。私は江戸に参らねばなりません。ですが……網乾氏に斬られて死ぬなら本望です」

そう言って右衛門七は顔を土間に伏せた。左母二郎はしばらくじっと右衛門七を見下ろしていたが、

「俺がいくら止めようと討ち入りはするんだな?」

「はい……先日、同志の皆と誓い合いました。百二十名が五十五名に減ってしまいましたが、結束はより固くなったと思います」

「わかったよ、もう止めねえ。――で、いつ行くんだ？」

「わかりません。今から京都所司代に女手形を申請していては間に合わないので、大坂にいる知り合いに母や妹たちを預けたいのですが、そんなことを引き受けてくれるものがいるかどうか……」

「そうけえ……。江戸へでもどこへでも行っちまえ。そのかわり今度は、今から行く、てえときに俺に言え。だまし討ちはするなよ。もし、また昨日みてえな真似をしたら、そのときゃ本気で叩っ斬るからな」

「はい。誓って嘘はつきませぬ」

右衛門七はやっと笑顔になった。左母二郎は長屋を出たが、さっきの大工は当然のことながらもういなかった。

◇

かくしてその約一カ月後、ようやく母親たちの面倒を見てやろう、というひとが現れたので、右衛門七は家族を託し、千馬三郎兵衛《せんばさぶろべえ》、間 十次郎《はざまじゅうじろう》とともに江戸に向かって出発した。その前日、右衛門七は左母二郎、並四郎、船虫に、

「明日、旅立ちます。いろいろお世話になりました」

と挨拶に来た。並四郎と船虫は、

「がんばって活躍しいや」

「仇討ちが上手くいくといいねえ」

などと声をかけたが、左母二郎はずっと無言を貫いていた。

「網乾氏はお怒りだと思います。無理もありませんが……一言だけでもお言葉をいただけないでしょうか」

左母二郎はじろりと右衛門七を見て、

「怒ってなんかいねえよ。おめえが決めたことなんだから勝手にするがいいさ。だが、今でも俺は殿さまの仇討ちなんてこたぁ意味がねえと思ってる。だれの得にもならねえ。おめえがやろうとしてるのはどうしようもなくくだらねえことなんだぜ」

並四郎が、

「左母やん、それは言い過ぎやろ……」

「いえ、私もそう思っています。父上に、どうしても自分に代わって仇討ちをしてくれ、と遺言されたので、私も一途《いちず》にそう思って参りましたが、亡き殿の仇討ちがくだらないことだと思えるようになったのは、ひとえに網乾氏のおかげです。――ありがとうございました」

「けっ……！」

左母二郎は横を向いて酒を飲んだ。なぜか右衛門七は終始うれしそうだった。右衛門七が帰ったあと、船虫が言った。

「左母さん、江戸まで行って、討ち入りのときに助勢してやったらどうなんだい？　吉良のところには上杉家から腕の立つ連中がたくさん護衛に来てるそうじゃないか」

「行くわきゃねえだろ。俺ぁ義挙とか義士とかいう言葉がいちばん嫌《きれ》えなんだ」

左母二郎は吐き出すように言った。

◇

吉良上野介からの御成の嘆願はその後も数度に及んだが、綱吉はそのたびに無視を決め込んだ。御成をするというと世間への聞こえが悪いし、しないというと吉良家とのあいだで角が立つ。しかし、綱吉に御成をする意思はなかった。問題を先送りにしているだけなので、その真意は、

「早く米沢へ行ってほしい」

ということだった。そんな折、上野介からにわかな招待があった。今日、屋敷に来てほしい、というのだ。それも、綱吉にではなく柳沢保明に、である。保明は、

（老人、返答がないのでしびれを切らしたな……）

そう思って、保明は本所の吉良邸に赴いた。隠居所の客間で保明は上野介と対面した。

上野介はいつものにこにこ顔で、

「突然の招待、上さまのお世話でご多忙のところ、さぞ戸惑われたことと存ずるが、この歳になると年々気が短《みじこ》うなって、なにか思いついたらすぐに成さねば気がすまぬのだ。お許しくだされ」

「それはよろしいが、いったい何用でございます」

「出羽殿に折り入ってお願いしたい儀がござる。例の御成の件じゃ」

やはりそのことか、と保明は思った。とにかく綱吉はまるでその気はないのだ。もっともな話である。どちらかというと悪い意味で話題になっている吉良家への御成は見合わせるのが当然だろう。

「拙者は米沢に引き込む身。なんとしても今生の想い出に上さまのご尊顔を間近に拝見し、お言葉を賜りたい。もし、実現したならば一代の名誉でござる」

「それはそうですが……御成にはそれ相応の支度がいります。御成御殿を建て、茶室も新築し……」

「いや、そのような派手で贅沢《ぜいたく》な饗応をするつもりはござらぬ。できれば、上さまには『忍び』で御成願いたい。人数も身の回りの世話をするもの程度をお連れいただければよろしかろう」

たしかにそのような御成もある。鷹狩りの帰りに喉の渇きを覚え、お気に入りの家臣の屋敷や、寺院などを不意に訪れて茶を点《た》てさせ、しばらく雑談して帰城……ということも幾度もあった。しかし、保明は綱吉の意向をすでに知っているのだ。

「上野介殿の願いの筋、明日にでも上さまに言上《ごんじょう》つかまつるつもりではござるが、どのような返答になるかはそれがしにはわかりかねます」

「おお、それでけっこう。よき返事をお待ちしております。もし、上さまがお忍びで来られるならば、今、わが屋敷には大須賀定斎と申すものが滞在しておりましてな、このものに茶を点てさせまする」

「大須賀定斎殿とは聞かぬ名ですが、茶の宗匠でございますか」

「さよう。拙者も卜一《ぼくいち》流の始祖などと名乗っておりまするが、茶の湯では定斎には遠く及びませぬ。拙者と親交ある茶人には名のあるものも多く、それらを招き、秘蔵の茶器や掛軸をもって上さまをもてなしたく存ずる。茶会なれば、さほど支度もいらず、上さまにもご満足いただけましょう」

たしかに綱吉は茶の湯もたしなんではいるが、名もなき茶人の侘茶《わびちゃ》を悦《よろこ》ぶとは思えぬ。

「定斎はかつて上杉家に仕えていたころからの拙者の知己で、おのれの功をひとに誇らぬ気性ゆえ、あまり知られてはおらぬが、千宗旦《せんのそうたん》四天王の一人山田宗徧《いちにんやまだそうへん》殿も『大須賀殿は茶を極めておられる』と感嘆しておられた。今は、この屋敷の敷地のなかに小庵を作り、そこで暮らしております」

「ほう……」

どうでもいい話である。そのとき、隠居所の窓から見える小庭に鞠が転がった。それを追いかけるようにひとりの少女が走ってきた。年のころは九つか十ほどだ。首に、水晶とおぼしき数珠をかけている。上野介は、

「あの娘が定斎の孫でござる。もっとも孫というても、知り合いの娘で両親《ふたおや》が死んで身よりがなくなったのを引き取ったとか……。名前はたしか『お伏』と申しましたな」

保明は眉根を寄せた。

「上野介殿、その娘のこと、もう少し詳しゅう聞かせてはくださらぬか」

まさかとは思ったが、問いただすしかない。

「お伏がどうかいたしましたかな？」

「いや、その……それがしの知り合いにも伏なる娘がおりましてな、ひと違いではありましょうが……」

「あのお伏は、大須賀が上杉家に仕えていたころに雇うていた町人の孫でな、たしか母親は御台所さま付きの奥女中としてお城に奉公にあがっていたこともあったとか……」

「なに……！」

保明が大声を出したので上野介はいぶかしげに、

「どうなされた」

「い、いや……お続けくだされ」

「そういう縁があり、小さい時分からよく遊び相手をしておったので、すっかり大須賀も懐かれてしまい、『大須賀の爺と遊びたい』とよくだだをこねていたとか……」

大須賀の爺……おおすがのじい……おおさかのじい……こどもゆえのまちがいにちがいない。

「上野介殿、あの数珠は……？」

「ああ、あれは母親の形見だとか。いつも肌身離さず首にかけておりまする。――どうなされた、出羽殿。顔色が悪《あ》しゅうございますぞ」

「上野介殿、御成の件、もしかしたら貴殿の願い叶うやもしれませぬぞ」

「ほほう、それはありがたいが……なにゆえ急にそうお考えになられたのかな。お伏がなにか……？」

「いやいや、そうではございませぬ」

保明はあわただしく席を立った。綱吉に報告するためである。

（やはり江戸にいたのか……！）

保明は呆然として吉良邸を去った。

◇

右衛門七は江戸に到着し、南八丁堀の長屋に住むことになった。ほかにも続々と同志が江戸入りしてくる。彼らは変名を使い、仕事を偽り、ときには町人になりすまして各所に潜伏した。大石内蔵助は垣見五郎兵衛《かきみごろべえ》と名乗り、息子の主税《ちから》とともに日本橋石町《こくちょう》の裏店《うらだな》に住まいした。堀部安兵衛は本所に剣術の道場を開き、前原伊助《まえはらいすけ》は米屋に化けて吉良邸の様子を探った。討ち入りに向けての機運は徐々に高まりつつあった。

「おや？　お珍しい。子葉さんではございませんか」

鯉屋杉風は頰かむりをしたひとりの浪人がまえから歩いてくるのを見て、そう声をかけた。しかし、男は無言でそのまま行き過ぎようとしたので、聞こえなかったのか、と思った杉風は、

「お見忘れですか。芭蕉先生の門人の杉山杉風でございます。大高子葉さんでございましょう」

男はかぶりを振り、

「ひと違いです」

「これは失礼いたしました。知人に似ておられたのでつい……」

杉風が謝ろうとした言葉も半ばに聞き捨てて、浪人は足早に行ってしまった。杉風は

首をひねり、

「たしかに子葉さんだと思ったのだが……」

旧浅野家の俳人を江戸で見かけたら知らせるように、と柳沢保明に言われてはいたが、当人がひと違いだというのだから仕方がない。杉風は広小路《ひろこうじ》で買い求めた風車と飴《あめ》を手に、深川にあるおのれの草庵「採茶庵」に向かった。

「いかん、いかん……危うくバレるところであったわい」

大高源吾は橋のたもとまで来て振り返り、杉風が去っていったことを確かめた。

「そうか……吉良邸のあるこのあたりは杉風殿の草庵があるのだったな。気を付けねばならぬ」

そうつぶやくと、大高源吾は堀部安兵衛の道場へと足を向けた。定例のつなぎをつけるためである。道場といっても狭い場所で、門人もいつかない。なぜならば、道場主が酒浸りで一向に稽古をしないので、皆辞めていくのだ。

「また飲んでおるのか。いい加減にせぬと討ち入りを寝過ごすことになるぞ」

道場の羽目板に寄りかかり、手酌で酒を飲んでいた安兵衛に大高が言うと、

「ははははは……心配いらぬ。この安兵衛抜きで討ち入りなどできるわけがない」

「天下の豪傑気取りはよいが、酔って足をすくわれぬようにしろ」

大高はそう言うと安兵衛のかたわらをちらりと見た。そこには三段の重箱が置かれ、

贅沢な料理が詰められている。大高源吾はごくりと唾を飲み込んだ。

江戸にいる浪士たちは皆、貧困にあえいでいる。磯貝十郎左衛門《いそがいじゅうろうざえもん》は家賃が払えなくなり、追い立てを食っていた。間喜兵衛《はざまきへえ》たちは食費が捻出できず、すきっ腹に水を飲んでいた。大石瀬左衛門《せざえもん》は、袷《あわせ》の着物を買う金がなく、寒空に薄い単衣《ひとえ》だけで過ごしていた。病気に罹《かか》っても薬代も払えぬものもいた。それなのに……。

（こいつはなにゆえ金があるのだ。義父の弥兵衛殿から小遣いをもろうておるのか……？）

浪士たちのなかにも貧富の差はあった。身分が高かったものは、城明け渡しのときの分配金とはべつに個人の財を蓄えていたから、それを取り崩すことができるが、身分が低かったものはもらっている俸禄もわずかで、貯《たくわ》えなどありようはずがない……。そんな大高の内心など知らぬ気に、安兵衛はぐびぐび飲んで、がつがつ食べている。酒も下りものの上酒《じょうしゅ》のようで香りがよい。大高は腹が鳴りそうで困った。安兵衛は、

「しかし、いったいいつになったら討ち入りの日どりが決まるのだ。大石の優柔不断ぶりにはほとほと呆れかえるわい。ようよう江戸に出てきたと思うたら動かず様子見ばかりとはのう」

「上野介が屋敷にいる日がはっきりせぬゆえ仕方がないのだ。左兵衛に家督を譲ってからは吉良邸におらず、上杉屋敷にて過ごすことも多いらしい」

「拙者もそう聞いた」

「吉良邸ではしばしば茶会が開かれるらしい。その日時をつきとめることができれば、上野介の在宅日がわかる。そう思って拙者は吉良邸に出入りする茶人に弟子入りするつもりなのだが……」

「ふふふ……太平の世が長く続くとおぬしのような惰弱な武士が増えて困る」

「なに……？」

「くだらぬ俳諧をひねっていたかと思うと、今度は茶の湯か。なんとも風流でけっこうだ。武士なら湯を沸かしておる暇に剣を磨け」

「やる気か！」

大高は腰のものに手をかけた。安兵衛はせせら笑って、

「拙者に勝てると思うか」

「やってみなければわからぬ。おまえは今酔いどれだ。手もとも危なかろう。拙者は死ぬ気で斬りかかる」

安兵衛はにやりとして、

「拙者は酔っぱらっていてもおぬしには勝つ。これを見よ」

そう言うと、座ったまま左手で刀を取り、飲んでいた湯呑みを右手で空中に放り上げると、

「えいっ！」

刀が閃《ひらめ》き、茶碗《ちゃわん》は真っ二つになった。大高は青ざめた。

「ふふふ……どうだ、まだやるつもりか」

「………」

「討ち入りの日どりがわかったら教えてくれ、宗匠」

大高は道場を出たが、怒りはなかなか鎮まらなかった。

（なんという傲慢《ごうまん》無礼な男だ。しかし……やつがおらぬと討ち入りは成就せぬのだから我慢するよりほかない……）

大高は韓信《かんしん》の股くぐりの心境でつぎの同志のところへ向かった。

◇

「そうか……そうであったか！」

柳沢保明の報告を聞いた綱吉は興奮して立ち上がった。

「名前がお伏で見かけが九つから十……大須賀の爺……母親が御台所付きの奥女中……母の形見の数珠……間違いない！　余は上野介のところに御成いたすぞ」

「お待ちくだされ。たとえ『忍び』であっても、上さまが家臣のところへ御成するにはそれなりの支度が必要です。茶室にしろ座敷にしろ、上さまの身になにかあっては大ごとゆえ、建物が堅牢《けんろう》で安全であるか、将軍の御成にふさわしいかどうかを事前に検分し、もし、危ない造作《ぞうさく》や貧相な箇所があれば改めさせせねばならず……」

「そのような悠長なことは言うておれぬ。余は伏に会いたいのじゃ！」

そのとき、八房がなぜか激しく吠えたてた。

「そうか、そうか。八房、おまえも伏に会いたいのか」

そう言って綱吉は八房の頭を撫でた。

「そもそも上野介殿の申される娘がはたしてまことに伏姫さまであるかどうかを、御成のまえに確かめなければなりませぬ。ご老中や三奉行による厳重な取り調べを行ったうえで、ご対面の儀を行わぬと、もし、あとで違うているとわかったら一大事でございます」

「厳重な取り調べだと？　相手は十に足らぬ小児ではないか。重罪人でもあるまいし、そのようなことはせずともよい」

「ならば、八犬士たちに調べさせましては……？」

綱吉はかぶりを振り、

「ヽ大《ちゆだい》と八犬士には、伏が江戸市中にて見つかったゆえ、一旦伏姫探索の役目を解く、とだけ申しておけ。伏が吉良邸におることは明かしてはならぬ。無論、老中、町奉行、御三家などにも隠しておけ。今のところは余とそのほうだけの秘密ということにしよう。

上野介も大須賀 某《なにがし》も、その娘が余の子であるとは気づいておるまい」

「せめて、上野介殿にはお知らせしたほうがよろしいのではございませぬか？」

「いや……そのままにしておけ。適当な口実をもうけて伏を吉良邸からわが手もとに無事引き取ったあと、はじめて将軍の子であることを皆に告げ知らせるのじゃ。でないと、伏が政争の道具にされたり、身に危険が及びかねぬゆえ、な」

「適当な口実と申しますと……？」

「余が吉良屋敷でたまたま見かけ、御台所付きの小姓にちょうどよさそうじゃ、召し出せ、と命じるのはどうじゃ」

「はあ……たまたま、でございますか」

「余は長くは待てぬ。今日にでも会いたいのじゃ。正直、上野介などどうでもよい。余は……余は伏に会いたい！」

綱吉は駄々っ子のように叫び、地団駄を踏んで暴れた。柳沢保明はため息をつき、

「わかりました。さすがに吉良殿とおふたりだけ、というのはいかがかと思われまするゆえ、こういたしましょう。吉良殿は米沢に参られるまえに名残りの茶会を催されるとか。それにかこつけて吉良殿の屋敷にお忍びで御成なさりませ。茶会のあと、その娘の姿を遠目からご覧いただく……というのではいかがでございます。それならば、吉良殿にもなんの支度もいりますまい。ただし、お声をかけたりしてはなりませぬぞ。綸言汗《りんげん》

のごとし、と申します。上さまが一度、その娘をわが子と認めるお言葉を吐かれたら、取り消すことはむずかしゅうございますゆえ」

　綱吉は地団駄をやめ、

「わが子に決まっておる。さっきも言うたが、名がお伏、見かけが九つから十、大須賀の爺、母親が御台所付きの奥女中、形見の数珠……なにもかも平仄《ひようそく》が合うではないか。

——御成の件、上野介に伝えておけ」

「かしこまりました」

　柳沢保明は頭を下げながらなにやら釈然としないものを感じていた。たしかに平仄は合う。合いすぎるのだ。

「八房、鳴くでない。今日はどうも落ち着かぬようじゃな。久々に飼い主に会えるので興奮しておるのかもしれぬ」

　綱吉はしばらく八房をあやしていたが、

「そう言えば、例の犬殺しの件はどうなっておる」

「町奉行所や犬役人に命じて調べさせておりますが、今のところはまだ下手人は捕まっておりませぬ。ただ、八匹目以降ぴたりとやんでおります」

「なに？　八匹とな……？」

　聞きとがめた綱吉は顔をしかめた。

◇

右衛門七が江戸に行ってから三月《みつき》近くが経《た》った。そのあいだ左母二郎は腑抜《ふぬ》けのように過ごしていた。生活もすさみ、路上や食い物屋、芝居小屋などで刀を振り回して金をせびり取るという雑な金儲けばかりしているので、いつ町奉行所に召し捕られるかわからない。並四郎と船虫が咎めても、

「いいんだよ、俺ぁこれで」

と自暴自棄な言葉ばかり吐く日々だった。

右衛門七からは一度だけ手紙が来た。南八丁堀湊町《みなとちょう》の平野《ひらの》屋重左衛門《やじゅうざえもん》裏店に、片岡《かたおか》源五右衛門《げんごえもん》、貝賀弥左衛門、大高源吾、田中貞四郎《たなかさだしろう》らと同居している、と書かれていた。狭い長屋に五人なので窮屈だが、江戸の賑《にぎ》わいにはじめて接し、興奮しているらしい。討ち入りの日はいまだ定まらず、ともあった。一同だれも飛脚を頼む金がなく、手紙もなかなか送れず、申し訳ない、などと書かれていた。

そこにゝ大法師から思いがけぬ手紙が届いた。江戸で伏姫が見つかったらしい、というのだ。江戸のどこにいたのかは教えられていないが、とにかくやることがなくなり、暇になってしまった、とあった。

「ほんまかいなあ、これ……」

左母二郎は馬鹿にしきったように笑い、

「マジだとすると、あいつらが大坂でやってたことは全部無駄だった、てえわけだな。くだらねえ！」

「でも、よかったねえ、公方さま。自分の子どもに会えることになって……」

船虫が言うと左母二郎は、

「これで八犬士の役目も一旦は果たすことができたんで、丶大の坊さんは城勤めを辞めちまって自由な身分になるつもりだとさ。俺たちにも江戸に遊山がてら顔を見せにこないか、と書いてあらあ。気楽な坊主だぜ」

船虫がぱっと顔を輝かせて、

「いい話じゃないか。行こうよ、江戸に」

左母二郎は即座に、

「嫌だね。行くんならおめえらふたりで行けよ。俺《おら》ぁてこでも動かねえ」

「右衛門七に会えるで。あと、八犬士の連中や丶大の坊さんにも」

「馬鹿野郎！」

左母二郎は大声を出した。

「右衛門七に会って、なにを話せってんだよ。いつ死ぬんだ、ときくのか？」

船虫が暗い顔で、

「たしかにそうだね……。会ったって仕方ない。会わないほうがいいね」

並四郎が、

「そやろか……。わては会いたいなあ、みんなに……」

「ちっ……」

左母二郎は舌打ちをして立ち上がり、

「家で飲んでてもどうにも気鬱だ。ちょっと出かけてくらあ」

「どこ行くのさ。弥々山かい？」

「さあね」

「あたしも行くよ」

「わても行く」

「おめえら金魚の糞《ふん》か」

三人は隠れ家を出るとぶらぶら歩いた。毒河豚の長治の賭場の近くまで来たとき、左母二郎は見覚えのある酒屋を見つけた。居酒もさせるし、ちょっとしたアテも出すのだ。たしか、フグの煮ものが名物だとか言っていた。

「邪魔するぜ」

三人が店に入ると、鉢巻をした主が、

「あっ……あんた！　だいぶまえに飲み逃げした浪人や。あのとき飲んでたひとが友達やていうさかいあとで代金くれ、て言うたら、あんたのことなんか知らんていうとったで。三十文払《はろ》てもらいまひょか！」

並四郎が、

「左母やん、せこいことするなあ……。三十文ぐらい払うたれ」

「俺ぁさもしいのがとりえなんだよ。かもめが払っといてくれ」

「しゃあないなあ。あとで返してや」

並四郎は三十文を支払うと主に、

「とりあえず酒一升ばかり持ってきて。そのフグの煮ものとこんにゃくの炒《い》り煮と豆のうま煮と……あと湯豆腐ももらおか」

船虫がすかさず、

「かぼちゃの煮たのもね！」

床几に座った三人が運ばれてきた燗酒《かんざけ》を飲んでいると、

「たわけめ！　なにも知らぬくせに勝手を申すな！」

がらがら声が聞こえてきた。左母二郎が見ると、総髪の浪人である。

（あいつ……まえにここで見た野郎だぜ……）

浪人はふたりの町人に向かって、

「堀部安兵衛のどこがえらいのだ！　あのようなものは人間の屑《くず》、武士の風上に置けぬ輩《やから》だ」

　また同じようにべろんべろんに酔っぱらって安兵衛の悪口を吐き散らしている。よほど安兵衛が嫌いなのか、と思って左母二郎たちが聞いていると、

「けど、めちゃくちゃ強いやおまへんか。新発田でも母親の仇を斬り殺したあと、悪い家老一味十数人をやっつけた、て聞いてまっせ。高田馬場でも伯父さんの仇討ちに十八人……凄い腕まえだすがな。すんまへんけどご浪人さん、あんたでは足もとにも及ばんのやないですか？」

「なに？　わしが安兵衛より弱いと申すか。たしかにやつは強い。だが、わしも強いぞ」

「へへん、どうもそうは見えんなあ」

「なにを申す。安兵衛は馬庭念流の免許の腕だが、わしも馬庭念流薙刀術皆伝なのだ」

「ははは……薙刀ゆうたらお城の腰元が使うもんだっせ。大の男が……ちょ、ちょ、ちょっとなにしますのや」

　総髪の侍は片方の腕で町人のひとりの胸ぐらを摑み、ぐいと持ち上げた。町人の足は地面から浮いた。

「くくく苦しい……堪忍しとくなはれ！」

　左母二郎が歩み寄って、

「やめてやんなよ。おめえさんが強いのはこいつもよーくわかっただろ」

「わかりましたわかりました」

侍が町人の胸から手を離すと、町人はどーん！　と落下して目を回した。

「なんだ、貴様は。貴様も安兵衛贔屓か」

「とんでもねえ。俺ぁだいたい赤穂の浪人ってのは大嫌えでね、頭目の大石ってえ野郎からして虫が好かねえんだ。あんたが安兵衛嫌えなら一杯《いっぺえ》おごるぜ」

侍は、にっと笑い、

「話せるではないか。よし、おごってくれ」

そう言って左母二郎の横に腰を下ろした。

「あんた、どうしてそんなに安兵衛が嫌なんだい？　たいていのやつはすげえすげえってもてはやすぜ。新発田での母親の仇討ち、家中のワルの大掃除、高田馬場での伯父の仇討ち、十八人斬り……そして今度ぁ浅野の殿さんの仇討ちにかかろうてえんだ」

「あれはすべて嘘だ」

「――へ？」

「なにもかも虚言。あの男が仕組んだことなのだ。わしもつい、やつの口車に乗せられて、かかる目に遭《お》うておる次第だ」

「おいおい、そのあたりのところ、もうちっと詳しく聞かせてくれ。酒ならいくらでも飲んでもらっていいぜ」

並四郎と船虫も近づいて聴き耳を立てている。

「やつのこれまでの人生は嘘と悪事で固めたものだ。生まれつきそういう才に長《た》けておるのだな。たしかに剣術の腕はたいしたものだが、それだけでは今の太平の時代に世渡りはできぬ。越後新発田の貧乏浪人と駆け落ちした芸者のあいだに生まれた安兵衛は、なんとかして名を挙げ、出世しようと考えた。旅先で父母が死ぬと、父の実家である中《なか》山《やま》家に入り込んで養子となった。しかし、酒と博打と放蕩《ほうとう》で身を持ち崩し、方々に大きな借金を拵《こしら》えたうえ、義父の中山安左衛門《やすざえもん》がお蔵奉行だったのをよいことに、仕えていた溝口《みぞぐち》家の金を使い込み、大きな穴を開けていたらしい。それを黒田郷八《くろだごうはち》という家臣や家老の川上主膳《かわかみしゅぜん》などに指摘されたので、黒田が義母に懸想していた、とか、川上主膳一味はお家に仇なす極悪人などとでたらめな話をでっち上げて、黒田や家老たちを斬って捨てた。それを咎めた義母までも殺して、越後を逐電した」

「うひゃあ……めちゃくちゃやな。仇討ちでもなんでもないがな。ほんまかいなあ……」

並四郎が唸った。

「わしは安兵衛から直に聞いたのだから間違いはない。それに、高田馬場での仇討ちもひどいものだぞ。江戸に出た安兵衛は貧乏長屋に住み、越後での活躍を知った大名家からの仕官話を待ったが、一件も来ない。金がないので酒も飲めぬ。博打もできぬ。どこでもよいから仕官がしたい。しびれを切らした安兵衛は一計を案じ、伯父菅野六郎左衛門とともに松平左京太夫《さきょうたゆう》に仕えていた武芸指南役の村上兄弟に話を持ちかけたのだ」

　船虫が、

「えーっ！　安兵衛と村上兄弟はグルかい？」

「そういうことだ」

　総髪の浪人によると、安兵衛は村上兄弟に近づいて、菅野六郎左衛門が殿さまのまえでふたりに勝ったことを自慢げに吹聴している、などとでたらめを吹き込み、菅野に果たし合いを申し込むよう知恵をつけた。真に受けた村上兄弟は大勢の助っ人を集め、必勝の支度万端を整えたうえで果たし状を送り付け、高田馬場で待ち構えた。一方の菅野六郎左衛門は腕の立つ甥《おい》の安兵衛に助太刀を頼んだのでひと安心して決闘の場に向かったが、なぜか安兵衛は来ておらず、そのまま斬り殺されてしまった。

「お、おい、まさか……」

　左母二郎が言うと、男はうなずいて、

「安兵衛は、果たし合いについての手紙を読んだにもかかわらず、わざと飯を食って、刻限に間に合わぬようにしたのだ」

「ひでえ野郎だな」

「まだまだひどいことがあるぞ。村上兄弟たちは、安兵衛がやってきたので、果たし合いは大勝利に終わった、まあ、飲め、と酒盛りに誘ったのだが、安兵衛は彼らにいきなり斬りかかったのだ。安兵衛のことを味方と思って油断していた村上兄弟一味は驚いて抗戦しようとしたが酒のせいで身体の自由が利かず、あっさり殺されてしまった。安兵衛が裏切ることを知っていたのは、このわしだけだ。十八人斬りなどと申すが、まことに安兵衛が斬ったのは十人ほど。あとは、わしが後ろから薙刀で斬り殺したのだ」

「あんたはいったいだれでえ」

「わしか。わしは中津川祐範と申す」

並四郎が、

「ふえーっ、あの薙刀の名人の……」

「さよう。馬庭念流の道場で安兵衛と知り合い、ふたりで組んで悪事ばかり働いておった。高田馬場の一件も、仕官の口がかかるように世間をあっと驚かせたい、それには仇討ちだ、と申すゆえ、金を十両ばかりもろうて手を貸したのだ。しかし、そこから明暗が分かれた。望み通り世間での評判がどっとあがった安兵衛は、浅野家からの仕官話をほくほく顔で承知したが、わしは『村上兄弟に加勢した卑劣漢』として非難囂々《ごうごう》。師範代の仕事もなくなり、長屋も追い出され、子どもに石を投げられる始末。とうとう江戸におれぬようになり、こうして浪花の地に逼塞しておる次第だ」

船虫が、

「ほんとに悪いのは安兵衛だって言ってやればいいじゃないか」

「ははは……だれが信じるものか。世間というのは瓦版に書いてあることや酒の席での噂話をまことのことと思うものだ。わしもなんども打ち消そうとしたが、無理であったわい」

そう言うと中津川祐範は丼のような湯呑みで酒をぐーっと飲み干した。左母二郎が、

「お、おい、ちょっと待てよ。じゃあ、あいつが三度目の仇討ちとか言ってる吉良邸への討ち入りは……」

中津川祐範は顔を左母二郎に近づけて、

「そういうことだ」

「そういうことじゃわかんねえよ。どういうこったい」

「せっかく浅野家に仕官した安兵衛だが、主君内匠頭の刃傷によってすべてはご破算になった。つぎの仕官先を探さねばならぬ。それがどこだかわかるか？」

「わからねえ」

泥酔に近くなってきた中津川祐範は、

「ふふふ……あははは……わーはっはっはっ。わしもここまでしゃべったのだ。教えてやろう。――上杉家だ」

「なんだと？」

「高田馬場での仇討ちのあと、いくつかの大名家が安兵衛に近づき、仕官を勧めた。そのなかに上杉家もあり、そのころから上杉家、そして吉良家とのつながりができていたのだろう。上野介は討ち入りを恐れておる。もし、まことに浪人どもが討ち入ろうとしているならば、その戦力を削《そ》ぎたいと考えている。そこで、上杉家への仕官をちらつかせて、安兵衛に同志のなかでも腕の立つものたちを直前に暗殺するよう命じたのだ。たとえば五十人の同志が討ち入ろうとしているとき、十人でも十五人でも減ったならば、吉良側がかなり有利になる。安兵衛に与えられた役目は獅子身中《しししんちゅう》の虫というやつだな」

「じゃあ、あの野郎は仲間を殺すつもりなのか」

「わしが安兵衛から聞いた話では、討ち入り当日、一同が集合したところでできるだけ多くの同志を殺し、自分は吉良側に回って、そのまま上杉家に仕官する……というような計略だそうだ」

「そうか……そういうことか。やっとわかったぜ」

左母二郎がひとり合点をしているので並四郎が、

「なにがわかったんや」

「安兵衛の野郎が、討ち入りにあれだけこだわったわけがよ。上杉家に仕官するためにゃあ、討ち入りは行われなきゃあダメなんだ。討ち入り自体がなくなったら、仕官の話もなくなっちまう……」

左母二郎は店のなかから空を見やった。そこには糸ほどに細い月がかかっていた。

「左母やん、どないするねん。安兵衛は右衛門七も殺してしまうかもしらんのやで」

「………………」

「どうするんだよ、左母二郎！」

「わかんねえよ！」

左母二郎は甲高い声で叫んだ。

「もう間に合わねえかもしれねえ。俺ぁ仇討ちだのなんだのは大嫌えだ。ひとのことは知ったこっちゃねえ。吉良も浅野もどうでもいい。一番鬱陶しいのは仁義礼智忠信孝悌とかいうやつだ。――けどよ……」

ふと見ると、中津川祐範は身体を折り畳むようにしてがーがーと大いびきをかいていた。左母二郎は中津川を蹴飛ばすと、

「おい……安兵衛の江戸での住まいはどこだ」

並四郎と船虫は顔を見合わせて、にこっと笑った。

四

吉良邸の隠居所に集められたのは、筆頭家老斎藤《さいとう》宮内《くない》をはじめ、同じく家老小林《こばやし》平《へい》

八郎《はちろう》と左右田孫兵衛《そうだまごべえ》、剛勇をもって知られる清水一学《しみずいちがく》、山吉新八郎《やまよししんぱちろう》、鳥井理右衛門《とりいりえもん》、須藤与一右衛門《すどうよいちえもん》、和久半太夫《わくはんだゆう》、そして、大須賀治部右衛門……といった主だった家臣たちである。

「なんのための集まりであろう。斎藤氏はなにか聞いておられるか」

鳥井がたずねたが斎藤宮内は、

「聞いてはおらぬが……おそらく巷で噂になっている赤穂の浪人どもの討ち入りのことではあるまいか」

「油断せず、今以上に警戒を強めよ、というお話でござろうか」

などと言い合っているところに、上野介と当主左兵衛義周が入ってきたので、皆は頭を下げた。だれも口には出さないが、近頃、上野介をまえにすると、なぜか熱があるときのように悪寒がし、心臓の鼓動が速まるのだ。射すくめるような目で上野介は一同を見渡すと、

「集まり大儀である。そのほうたちを呼び集めたのはほかでもない。かねてから案を練っていたわしの米沢行き名残りの茶会だが、来《きた》る極月《ごくげつ》（十二月）十四日に催すことにした」

斎藤宮内が、

「かしこまりました。お越しになるのはいつものお顔触れでございますか」

「此度は特別な客がある」

「ほう……どなたさまで？」

「上さまだ」

一同は驚愕《きようがく》した。

「驚くのも無理はないが、名残りの茶会ということで上さまがこの年寄りのわがままを聞いてくださったのだ。先日来、側用人の柳沢出羽殿とずっと日どり合わせをしておったが、やっと返事が参った。十四日ならば上さまの多忙なご公務の間隙であり、煤払《すすばら》いも前日に終わっているところから江戸の町も静かであろう、というわけだ」

斎藤宮内が、

「御成でござるか……。今からではとても支度が間に合いませぬ。大工を入れて造作をし、調度を新調し、畳を入れ替え……」

「上さまは忍びで来られる。目立たぬよう、供連れも少ない。上さまとは名乗らず、変名にて茶会に参加なさる。それゆえ普段どおりの支度でよい。――わしにとって生涯の名誉ではあるが、万が一にも粗相があってはあいならぬ。上さまと柳沢出羽殿などお付きのものたちのお世話はわしと左兵衛と定斎、あとは女子《おなご》どもで万事を行うゆえ、そのほうたち武辺一辺倒のものの出る幕はない。その日は剣術や馬術の稽古など武張ったことは一切禁ずるゆえ、そのほうたちは長屋のおのれの部屋に静かに籠っておれ」

「かしこまりました」

「上さまには夕食のまえにお帰りいただくつもりだが、お泊まりいただかねばならぬことになったときのため、上さまの分の夜具だけはふさわしいものを至急購《あがの》うておけ。残りのものの夜具は屋敷にあるもので間に合うだろう」

「お泊まりいただくかもしれぬのですか」

上野介はにやりとして、

「浅野内匠頭を即日切腹させたにもかかわらず、今頃になってわしを本所のこの屋敷に追いやったりする気まぐれな上さまゆえ、念のためだ。ほれ、急に大雪が降って帰路がおぼつかなくなるかもしれぬだろう」

「そのことでございますが……世上では赤穂の浪人どもの討ち入りがあるのでは、などと申すものがいまだに絶えませぬ。そのような折に上さまをお招きするというのは……」

「そのほう、わしに意見するつもりか」

上野介の目がぎらりと紫色に光ったように見え、斎藤宮内は視線を逸《そ》らせた。

「そうではございませぬが……」

「此度の御成はわしにとって一世一代の晴れがましい舞台だ。もし、討ち入りがあるかもしれぬ、などということが上さまの耳に達したら、御成がなくなってしまうではないか。そのほうたちは討ち入りのことは考えずともよい。今は御成にのみ集中せよ」

「ははっ」

「それに、赤穂の馬鹿どもについてはわしもわしなりに手は打ってある。討ち入りなどないにこしたことはないが、いつそれがあろうと、腕の立つ主要なものはそこにはおらぬはず」

「それはなにゆえ……」

「ふふふふ……それは申せぬが、獅子身中の虫を放ってあるのだ」

一同は意味がわからず、顔を見合わせた。上野介は締めくくるように、

「茶会の日どりや上さま御成のことなど、けっして口外してはならぬぞ。漏らしたものはわしが手ずから成敗いたす。——よいな」

一同は固まって頭を下げ、上野介は満足気にうなずいた。

「これでこの上野介の宿願……果たすことができるというもの。上さまをお招きし、そして……ふふふ……ふふふふふ……」

皆は顔を伏せていたので、上野介の顔が一瞬、べつの老人のものに変貌したことには気づかなかった。

◇

とんでもない強行軍だった。大坂から江戸までは普通、徒歩で十二日から十六日ほど

かかる。それをむりやり八日でこなしたのだ。ときには昼夜兼行で歩き詰めに歩いた。普段、酒を飲んでごろごろしている三人にはかなりきつかった。夜になると足がぱんぱんに腫れあがり、宿に着いたら水で冷やす……そんな毎日だった。翌日の旅に差し障るから、と言って左母二郎は酒も飲まないのだ。

「酒飲まんやなんて……こんな左母やん、はじめて見たわ」

「仕方ねえだろ！　江戸に着いたら暴れ飲みしてやらあ。それまでの辛抱だ」

「辛抱……ゆう言葉も左母やんの口からはじめて聞いたで」

「俺も生まれてはじめて言ったかもしれねえ」

船虫はずっとぶーぶー言っていた。無理もないが、左母二郎は容赦なく船虫を急《せ》き立てた。

「あたしゃ、一応足弱《あしよわ》だよ！　もっと気遣ってほしいもんだね！」

「そうしてやりてえが、向こうに着いたときにゃ討ち入りは終わってた、てえことになったらおしめえだ。とにかく急げ急げ急ぐんだ」

旅籠《はたご》に泊まったときは江戸から来た旅人が同宿していたら、

「江戸で赤穂の浪人が討ち入った、てえ話は聞いてねえか」

とたずねるのだが、今のところ、そんな噂は流れていなかった。

旅費は、馬加大記《ばかだいき》と蟇六が工面してくれたのだ。馬加大記は、手持ちの医学書や薬、

器具などをすべて売り払って金を作り、蟇六は、

「さんざん世話になった右衛門七の一大事や。助《す》けさせてもらうで」

と言って、かなりの額を融通してくれた。

「すまねえ、すまねえ。かならず返すからな。——たぶん」

左母二郎はそれらの金を押しいただいた。

関所では、偽造した手形を使った。ダメもとで近松門左衛門《ちかまつもんざえもん》に頼んだら、

「造作ないこっちゃ。そのかわり、討ち入りがあったらそのこと真っ先にわてに教えてや。芝居にするさかい……」

と言って、さらさらと三人分の通行手形を作ってくれた。左母二郎はもし露見したら関所の役人をぶった斬るつもりで臨んだのだが、手形は新居でも箱根でも立派に通用した。

「さすがに嘘っぱちばかり書いてやがるやつはこういうことに長けてらあ」

左母二郎は感嘆した。

こうしてへろへろの三人はなんとか江戸へと到着した。十二月十四日の昼過ぎのことである。三人ともげっそりと痩せていた。

◇

話は少しさかのぼる。

その後も浪士の脱盟は続いた。大石は腰抜けだ、殿の恨みを晴らすには討ち入りしかない、と息巻いていた急進派のなかにも、いざ討ち入りが決まると怖気《おじけ》づいて姿をくらますものもいた。死ぬのが怖くなったもの、家族に説得されたもの、芸者と心中したもの、極貧生活が耐えられなくなったもの、まだお家再興に望みを託しているもの、酒色で身を滅ぼしたもの……脱盟の理由はそれぞれである。毛利小平太《もうりこへいた》が十二月十一日に「私儀、にわかによんどころなき存じ寄りこれあり候《そうろう》につき……」という書状を残して逐電し、残ったものは四十七人となった。

深川八幡宮《はちまんぐう》門前の茶店に頼母子講《たのもしこう》の集まりを装って集結した浪士たちに、大石内蔵助は「人々心覚《ひとびとこころのおぼえ》」という文書を示した。そこには、日どりが決まったら、当日はまず堀部安兵衛宅、杉野十平次《すぎのじゅうへいじ》宅、前原伊助宅の三カ所に集まること、そのあと堀部安兵衛宅に集合すること、上野介と左兵衛の首を挙げたら合図の呼子《よびこ》を吹くこと、引き揚げは裏門から行うこと、追っ手がかかったらその場で勝負すること……など討ち入りに当たっての心得ごとが十六条の細目に渡って記されていたが、それを読み上げたあと大石は嘆息し、

「これ以上減ったら討ち入りができぬ。わしは吉良方は百二十名ほどだと見ておる。あまりに人数差がつくと、上野介の首を取るどころか、我らが皆殺しにされかねぬ」

堀部安兵衛は鼻で笑い、

「一騎当千という言葉をご存じないのか。拙者ならひとりで十人は相手にできる。数が足らぬなら気合いで補えばよいだけの話だ。臆病風に吹かれたものはどんどん去るがいい」

義父の堀部弥兵衛老人が、

「これ、安兵衛。討ち入りはそなたひとりでやるものではないぞ。たしかにそなたは豪傑かもしれぬが、同志のなかには若年ものもおればわしのような老人もおる。番方もおれば役方もおる。義挙を成功させるには、ひとりひとりの気合いだけでなく、良き武器、良き剣技、良き大将の指揮のもとに皆が一丸となってことに当たらねばならぬ。同志の結束を乱すような言葉はつつしめ」

「お父上も歳のせいか弱腰になられましたな。たったひとりで十八人の敵を斬り伏せた拙者の剛勇ぶりをお忘れか。なんならばお義父上も脱盟してくださっても結構でございまするぞ」

「な、なにを申すか！　この親不孝ものめ！」

「ならばぐずぐず言わずに討ち入りの支度に専念されよ」

「わかっておるわ！」

原惣右衛門が、

「まあまあ、親子喧嘩は仲のよい証拠とは申せ、我らには迷惑だ。大事をまえにした今はお控えくだされ」

そのとき、ばたばたという足音がした。一同は刀を引き寄せた。障子が開いて、入ってきたのは大高源吾だった。

「ご家老……吉良邸での茶会の日どりがわかりましたぞ！」

「なに……？」

大高は障子を閉めると、

「十四日でござる。それがし、上方の呉服屋番頭脇屋新兵衛《わきやしんべえ》と名乗りを変えて茶の宗匠山田宗徧殿に弟子入りし、近々上方に戻るのでそのまえに奥義伝授をお願いしたい、と申し上げたるところ、十四日は吉良さまで茶会があるゆえ十五日以降にいたしましょう、との返事でござった」

大石は膝を打ち、

「でかしたぞ、大高！　では、十四日の深夜をもって討ち入り決行といたす。各々方、それでよろしいな」

皆がうなずき合うなかで、安兵衛だけはにやにや笑いながら、

「俳諧や茶が役立つこともあるのだな。あとは我ら剣豪に任せ、おぬしら茶人は見物しておれ」

大石が、

「言葉が過ぎよう。我ら四十七名、心をひとつにしての討ち入りだ。屋敷のなかに突入し、斬り合いをするものがえらいわけではない。上野介の首を取ったものも、見張りの任についていたものも、皆、功は同じ。当日、どのような役目を与えられても不服を申してはならぬ。よいな」

安兵衛はにやにや笑うだけでうなずこうとはしなかった。

◇

十三日から大雪が降り、大江戸八百八町は白一色に変じていたが、その雪も十四日の朝には上がっていた。昼下がり、綱吉は柳沢保明に言った。

「支度はできておるか」

「はい……ですが、まだ時刻には早うございます」

「ふふふ……うふふふふ……それは存じておるが、余は伏と会うのが楽しみで楽しみでならぬのだ。雪もやんだ。これは天が今日の余と伏の邂逅《かいこう》を祝《いお》うてくれておるにちがいない」

「そのことでございますが……上さま、本日の御成、日延べはなりませぬか」

「なに？　日延べとな？」

綱吉は一転不機嫌を露《あら》わにして、

「なにゆえそう申す」

「この雪でございます。今は小やみになっておりまするが、また降り出しましたならば、ご帰城に差し障りがあるかもしれませぬ」

「ならば、上野のところに泊まればよかろう」

「上さま……将軍が城を留守になさるというのは政のうえでよろしからず……」

「わかっておる！　とにかく日延べはならぬ」

綱吉がそう言って立ち上がったとき、八房がけたたましく吠えた。

「八房、今日はおまえの飼い主に会うて参るぞ。そのうちおまえにも会わせてやる。楽しみに待っておれよ」

しかし、八房は吠えるのをやめず、綱吉の着物の裾に嚙みつくと後ろに引きずろうとした。

「これ！　八房、なにをする。放せ……放さぬか。着物がちぎれる！」

それでも八房は嚙みついたままなので、とうとう綱吉は八房を叩こうとした。柳沢保明が、

「上さま、生類憐みの……」

「あ、あははは……そうであった」

綱吉は手を下ろし、

「今日は遊んでやる暇はないのだ。あっちに行ってなさい」

八房は悲しそうに鳴いた。柳沢保明はいつもとちがう八房の様子になにやら不吉な予感を覚えた。

◇

とにかくまずはじめに確かめねばならないことがある。左母二郎たちは、旅装のまま、目に付いた「楠屋久兵衛《くすやきゅうべえ》」という一軒の蕎麦《そば》屋に飛び込むと、

「おう、三杯だ」

「もりかい、かけかい？」

四十歳ぐらいの亭主が言った。

「馬鹿野郎。だれが蕎麦みてえなまずいもん食うけえ。酒三杯だ！」

仏頂面の亭主が運んできた酒を左母二郎はひと息で飲み干すと、

「赤穂の浪人はもう討ち入ったんじゃねえだろうな？」

「あはは……冗談だろ？　もしそんなことがあったら江戸中大騒ぎになってらあね」

「冗談だあ？　こちとら上方から着いたばっかりでなんにも知らねえからきいてるんだよ、この芋っぽり野郎！」

「そんなに怒んなくてもようがしょ。今のところはなにも聞いちゃいないねえ。穏やか

なもんですよ」

「そうけえ……それならいいんだ」

左母二郎はほっとした。並四郎が、

「間に合《お》うたみたいやな。急ぎ旅した甲斐《かい》があったで」

金を払う段になって悶着《もんちゃく》があった。

「高《たけ》えじゃねえか。負けろよ」

「お客さん、蕎麦屋なんてものは利の薄い商売なんでさあ。いちいち客の言うとおりに負けてたら日干しになっちまう」

「なんだと?」

左母二郎は刀に手をかけた。

「負けます負けます」

蕎麦屋がそう言ったので、三人はすぐに蕎麦屋を出た。中津川祐範から聞いた安兵衛の住まいを訪ねたが、引っ越したらしくその長屋にはいなかった。大家にきいても、転居先はわからなかった。やむなく左母二郎たちは南八丁堀湊町に向かった。そこの裏店で、片岡源五右衛門、貝賀弥左衛門、大高源吾、田中貞四郎らと同居している、と右衛門七からの手紙に書いてあったのである。しかし、ようよう訪ね当ててみたが、家は空っぽだった。しかも、貸家札が貼ってある。左母二郎は通りがかったその長屋の住人ら

しい男をつかまえると、

「おい、ここに住んでた連中はどこ行ったんだ」

「知らねえよ。今朝、急に引き払ったって大家が言ってたけどさ……」

「なにい？」

左母二郎は並四郎と船虫を振り返り、

「しまった……」

並四郎が、

「今朝かあ……一歩遅かったな」

船虫が、

「いや、まだ間に合うよ。討ち入りはたぶん今日の夜中だろ？　それまでとにかく探すんだよ」

左母二郎が、

「探すってどうやって……」

「あたしだってわかんないけどさ……」

三人はそれからあちこちを訪ね歩いたが、江戸は広い。成果はまったく上がらなかった。疲労困憊《こんぱい》した左母二郎が両国橋《りょうごくばし》の欄干にもたれていると、

「おい、左母二郎ではないか！」

そう声がかかった。見ると、手に錫杖《しゃくじょう》を持ち、墨染《すみぞめ》の衣を着た僧侶……、丶大《ちゅだい》法師が立っていた。

「並四郎と船虫もおるのか。江戸に出てきたのなら、前もって知らせてくれればよいのに……。だが、そうかそうか、うれしいぞ。わしの手紙を読んで、遊びにきてくれたのだな。まだ泊まる場所を決めておらぬなら、ぜひわしのところへ……」

「馬鹿野郎、そんなんじゃねえんだよ！」

橋上のひとたちが振り向くほどの大声が出た。

「えらいことになっちまったんだ。――助けてくれねえか」

「なに？」

丶大法師は眉間に皺を寄せた。

「おまえがそんなことを言うとはただごとではないな。わかった……まずはわしの家に来い。そこで話を聞こう」

「すまねえ……」

左母二郎が頭を下げたので、丶大法師は目を丸くした。

◇

綱吉の乗った乗りものが吉良の屋敷に到着した。今日は忍びなので、いつもの「溜塗《ためぬ》り惣網代《そうあじろ》」ではなく、屋根も棒も腰も黒い「御忍び駕籠」を使っている。駕籠のまま門をくぐり、玄関まえにつける。当主の左兵衛義周と筆頭家老斎藤宮内が出迎えた。先に到着して支度万端の検分を終えた柳沢出羽守もその後ろに控えている。左兵衛が平伏して挨拶の口上を述べたが、聞き流していた綱吉は途中でさえぎり、勝手に上がり込んでしまった。あわてて左兵衛は綱吉のまえに回り、

「まずは小座敷にお入りいただき、しばしご休息いただいたあと、上野介がご機嫌伺いに参上し、茶室にご案内いたします」

「いや、このまま茶室に向かうゆえ、案内せよ」

茶会などとっとと終わらせたいのだ。うろたえた左兵衛が保明の顔を見た。保明は小声で、

「上さまのお言葉のとおりになさいませ」

「は、はい……」

左兵衛は中庭に一行を連れていった。露地の奥に茶室があった。

「ほかのお客さまは先に入っておられます」

普通の茶事だと、待合で全員が揃ってから露地に向かい、亭主役の迎付《むかえつけ》を待つのだが、今日は異例である。綱吉が蹲踞《つくばい》で手を洗っているあいだに左兵衛は茶室のまえで、

「上さま、ご到着でございます」

なかに聞こえるように声をかけてから、貴人口《きにんぐち》の障子を開けた。一同が頭を下げるなか、綱吉は、

「苦しゅうない。忍びじゃ」

と言うと、当然のように床の間の正客席に着いた。柳沢保明はその隣に座る。保明の横には吉良上野介が座し、大友近江守《おおともおうみのかみ》、六角越前守《ろっかくえちぜんのかみ》、品川豊後守《しながわぶんごのかみ》、山田宗徧……と続く。手前座にいる老人が、

「大須賀定斎と申します。本日は亭主役を務めさせていただきます」

綱吉は相好を崩し、

「おお……そのほうが大須賀か。聞いておる。よろしゅう頼むぞ！」

「ありがたき幸せ」

そして茶事がはじまった。客たちは皆、将軍と同席という緊張で茶を楽しむ余裕はなさそうだが、当の綱吉は心ここにあらずといった顔で茶碗を手にしている。

「この茶碗は……？」

柳沢保明が定斎にたずねると、定斎に代わって上野介が、

「油滴天目《ゆてきてんもく》茶碗でございます。わが吉良家に代々伝わる名器にて、命より大事な家宝の茶碗。吉良家の先祖が関東管領上杉定正より賜ったもので、今の値打ちにするとおそらく五千両ほどかと……」

五千両と聞いて、出席者たちは顔を見合わせた。

（割らないでよかった……）

という顔つきである。そして、一同が茶を喫し終わると、綱吉は柳沢保明に目顔でうながした。仕方なく保明は上野介に、

「上野介殿、先日、こちらでそれがしが見かけた娘のことでござるが……たしかお伏、とかいう……」

「名前までよう覚えておられますな。これなる大須賀定斎が引き取って養育しておるものでござる。お伏がどうかいたしましたかな？」

「じつは御台所さま付きの御小姓がひとり辞めてしまい、後任を探していたのです。あの娘は、母親も御台所さま付きの奥女中だったとのことで、ふさわしいように思い、上さまに申し上げたところ、見てみたい、とおっしゃられましてな。ちらりとでよろしいのですが……」

「さようでございますか。たしか先ほど庭先で遊んでいたように思いましたが……」

そう言いながら上野介は窓の障子を開けた。庭園が見える。まるで図ったように、そこを横切ってひとりの少女が走っていく。顔はよく見えないが、水晶の玉を連ねた数珠を首にかけていることはわかった。綱吉は身を乗り出して少女の姿を目で追った。やがて、視界から消えてしまうと、虚脱したように座り直し、

「間違いない……」

そうつぶやくと、

「大須賀定斎、あの娘……今しばらくそのほうに預けておく。大事に庇護《ひご》せよ。そのほうも上野介と米沢に参るのか」

「そのつもりでございます」

綱吉は上野介に向き直り、

「上野、出立はいつじゃ」

「年明け早々にも、と思うております」

「ならば、その折、大奥に奉公に上げるよういたせ」

「かしこまりました」

綱吉は柳沢保明に小声で、

「あれは伏じゃ。ひと目で余にはわかった」

「…………」

それから別室に場所を移して酒宴となった。綱吉は終始上機嫌で盃を重ねている。上野介も念願だった御成が実現した喜びからか、にこにこと笑顔を絶やさぬ。しかし、柳沢保明はひとりではらはらと気をもんでいた。

（なにかおかしい……）

そんな感覚が消えなかった。
（八犬士を連れてくるのだった……）
保明は悔やんだ。そのとき、どこからともなく、
ひー、ひひひひ……
ひょー、ひょー……
という鵺《ぬえ》の声が聞こえてきた。

五

ゝ大法師《ちゆだい》と八犬士の住まいは、柳沢保明の常盤橋《ときわばし》上屋敷の敷地内にあった。座敷に入ると、そこには八犬士が勢ぞろいしており、車座になって酒を飲んでいた。

「うおお、これは久しぶりじゃのう！　ここへ入れ。駆けつけ三杯じゃ」

犬田小文吾《いぬたこぶんご》がうれしそうに手招きした。左母二郎たち三人とゝ大法師は車座に加わった。犬飼現八が湯呑みを出してきて、彼らのまえに置いた。左母二郎たちは手酌で徳利から酒を注いだ。ゝ大法師が、

「それではおまえたちが江戸に出てきたわけというのを聞こうかな」

左母二郎は、矢頭右衛門七のこと、大石内蔵助のこと、そして堀部安兵衛のことなどを話しはじめた。足らないところは並四郎と船虫が補った。八犬士たちは興味深そうに聞いていたが、丶大法師の顔は次第に険しいものになっていった。左母二郎が、

「てえことで、あわてて来てみたんだが、右衛門七の長屋は空っぽ、ほかの連中はどこに住んでるのかもわからねえ。たぶん、討ち入りは今夜だと思う。それまでに安兵衛を見つけ出さねえとえれえことになるんだ。けど、俺たち三人じゃどうにもならねえ。すまねえが手を貸してくれ」

犬山道節《いぬやまどうせつ》が、

「おかしいではないか。金でしか動かぬはずのおまえたちが、なにゆえ赤穂の浪人たちに手を貸そうとしておるのだ。そんなことをしても一文の得にもなるまいに。彼らの志に賛同しておるのか？」

「馬鹿言っちゃいけねえ。仇討ちみてえにくだらねえものは世のなかにねえよ。俺ぁそんなことの手助けなんざ死んでもやりたかねえ」

「では、どうして？」

左母二郎は首をひねり、

「俺も自分で、どうして俺ぁこんなことを必死になってやってるのかわかんねえんだ。

安兵衛ってのが大悪党で、仲間を何人も殺そうとしてやがる。それをやめさせてえのはたしかだ。けど……それだけじゃあねえな。知り合いの右衛門七が関わってなきゃ、俺も気にもとめなかったろうぜ。人間なんて勝手なもんだなあ」

犬田小文吾が笑いながら、

「左母二郎どんはいつも正直じゃのう。わっしはおまえさんのそういうところが好きじゃ」

犬江親兵衛《いぬえしんべえ》が、

「堀部安兵衛の高田馬場での仇討ちについては我輩も聞いたことがあるが、そのような悪人だったとは……」

犬飼現八が、

「『信』の糸でつながれた同志を裏切り、惨殺して、それを手土産代わりに仕官するなど、武士の、いや、ひとの風上にも置けぬ」

犬川額蔵《いぬかわがくぞう》が、

「矢頭右衛門七殿は私にとっても他人ではありません。『突き』を伝授したことがありますから」

犬坂毛野《いぬさかけの》が、

「ご浪士の方々は一旦どこかに集まり、吉良の屋敷に向かうのでしょうが、私たちは吉良邸で待っていては遅い。安兵衛はそのまえに仲間を殺すつもりでしょうから」

犬村角太郎《いぬむらかくたろう》が、

「安兵衛捕縛のためには町奉行所に知らせるべきかもしれぬが、その場合、赤穂の浪人たちの討ち入りが今夜だということも言わねばならぬ。彼らのこの日のために重ねてきた苦労を思うと、それはできぬ」

犬塚信乃《いぬづかしの》が、

「まさに我らの出番ではありますまいか、法師殿」

、大法師は腕組みをして目をつむっている。左母二郎が、

「わかってらあな。八犬士は将軍直々の家来だから、将軍のための役目しか請け負っちゃならねえってんだろ？　けど、そこをなんとか……」

「手伝おう」

「ダメか……。そう言われることは覚悟してたんだ。けどよ……」

「手を貸す、と言うておるのだ」

「えっ？　お、おい……俺の耳がおかしくなったのか？」

「左母二郎よ、おまえたちはなんだかんだと申しても我らの伏姫さま探しをずっと手助けしてくれたではないか。しかも、伏姫さまが江戸市中におられるとわかったので、わしらは今のところお役御免になっておる。わしはこれを機会に暇をちょうだいするつも

りであったし、つぎのお役目をいただくまでは八犬士も無聊《ぶりょう》をかこっておる。正直に申すと、暇で暇で暇で暇で仕方がないのだ」

「しめた！　じゃあ、とっととはじめようじゃねえか」

「まあ、待て。暇ではあるが、勝手に動くわけにはいかぬ。一応、形だけでも柳沢さまに申し上げ、許しを請うてくる」

「早くしてくれよ」

「柳沢さまは母屋におられるはず。すぐに戻る」

そう言うと、大法師は出ていった。しかし、すぐに戻ってきて、

「お留守であった。まあよかろう。とにかく出かけよう。もうじき暮れ六つ（午後六時頃）だ。今から皆で手分けして安兵衛を探し、一刻（約二時間）ごとにここに戻って、調べたことを報告しあう、というのはどうだ」

皆はうなずいた。こうして左母二郎、並四郎、船虫と、大法師、八犬士の十二人による安兵衛探しがはじまった。堀部安兵衛は江戸では有名人ゆえ見知りも多く、住まいを知るものもいるだろう、という当ては見事に外れた。内匠頭の刃傷によって浪人して以降は安兵衛も義父の弥兵衛も居場所を転々と変えていたようだ。

（この広い江戸のどこかに、安兵衛も大石も右衛門七もいるんだろうが……）

それを探し出すのは容易ではなかった。おそらくは本所の吉良屋敷近くに隠れ家があ

るのだろう、と見当はつくのだが、まるで面識のない相手をつかまえては、

「堀部安兵衛の居所を知らないか」

ときいてまわっても成果はあがらない。戌《いぬ》の刻（午後八時頃）に、ゝ大法師たちの家に戻ったものの、なにがしかの手がかりを摑んだものはひとりもいなかった。

「あきらめてはならぬ」

ゝ大法師が言った。

「おそらく浪士たちの討ち入りは真夜中……丑《うし》の刻（午前二時頃）か寅《とら》の刻（午前四時頃）だろう。まだ、余裕はある。安兵衛を探すのだ」

並四郎が、

「せやけどな、これからはもうみんな寝てしまうさかい、よけいに探しにくうなるで」

「それでも探すのさ！　ここでこうしている時間が惜しいよ」

船虫が言った。ゝ大法師が、

「わしは今いちど柳沢さまに探索の件、許しを受けに参るゆえ、そのほうたちは疾《と》く探索に戻れ。ふたたび一刻後にここで会おう」

そう言うとゝ大法師は出ていった。左母二郎はため息をつき、

「もうダメかもしれねえな……」

とつぶやいた。犬山道節が、

「最後まであきらめてはならぬ」

　そう言って左母二郎の背中を軽く叩いた。

◇

　浪士たちは、堀部安兵衛宅、杉野十平次宅、前原伊助宅の三カ所に集まったあと、深夜九つ（午前零時頃）に堀部安兵衛宅で全員集合することになっていた。

「九つまではまだ間があるな。どうだ、腹が減っては戦ができぬと言うぞ。吉良邸で大いに働くために、なにか軽く食うておかぬか」

　堀部安兵衛は、自分の家に集まった八人の同志に向かってそう言った。

「それはよいが、このあたりに手ごろな食いもの屋があるか？　入れ込みで、ひと目につくような店はまずいぞ」

　神崎与五郎が言うと、

「両国に拙者がたまに行く楠屋久兵衛という蕎麦屋がある。二階もあるから、そこを借りよう」

　こうして九人は安兵衛を先頭に蕎麦屋に入った。

「おや、堀部の旦那……」

「親爺、二階は空《あ》いているか」

「へえ、どうぞお使いください。ご注文はなににいたしましょう」

安兵衛は一同を見渡して、

「みんな、かけでよかろう。下戸《げこ》はおらぬな。親爺、かけを九杯と酒だ」

そう言うと、二階に上がり、座敷に入った。襖《ふすま》を閉めると、横川勘平が言った。

「いよいよだな」

富森助右衛門が、

「拙者は武者震いがとまらぬ」

潮田又之丞が、

「ははは……酒を飲めば止まるだろう」

そこへ親爺が蕎麦と酒を持ってきた。

「おお、待ちかねたぞ」

一同は蕎麦を食い、酒を飲んだ。かなりの量を飲んだというのに、だれも酔わなかった。安兵衛は相変わらず一升酒で、水のようにがぶがぶと飲むので、大高源吾が、

「堀部氏《うじ》、あまり飲むと酔うて働けぬぞ。ほどほどにしておかれよ」

「なんだと?」

安兵衛は凶眼を大高に向けた。安兵衛の酒癖を知っているものたちは、すわ喧嘩か……と身構えたが、安兵衛はふっ……と笑い、

「なるほど、大高氏の言うとおりだ。向こうでの働きができぬと困る」

皆が、さすがの安兵衛も今宵《こよい》ばかりはまともだわい、と安堵したとき、

「では、そろそろはじめるかな」

茅野和助《かやのわすけ》が、

「なにをはじめるのだ。そろそろ戻らぬと、ほかの同志が来てしまうぞ」

「残念だが、おぬしたちは戻れぬ。拙者も戻るつもりはない」

武林唯七が、

「なにを申しておるのだ。我ら一同で脱盟でもするというのか。今から殿の仇討ちをするというに、悪い冗談はよせ」

「冗談ではない。おぬしたちにはここで死んでもらう」

そう言うと安兵衛は刀を抜いた。皆は蕎麦の丼を置くと、

「なにをする、安兵衛！　気でも狂うたか！」

「いたって正気だ。浅野家が断絶したあと、上杉家から内々に話をちょうだいした。討ち入りが決したとき、その人数を十人ほど削いでくれれば、上杉家に仕官させてやる、というのだ。もちろんありがたく引き受けさせていただいた。もう支度金ももろうておる」

「裏切者め！」

「なんとでも言え。拙者は貧乏な浪人暮らしはまっぴらなのだ」

抜刀した八人の浪士をまえに、安兵衛はにやりと笑った。

◇

茶会後の酒宴も終わり、上機嫌の綱吉に柳沢保明が、

「上さま、そろそろお戻りになられませぬと……」

「そうじゃな。では、帰り支度をいたせ」

「かしこまりました」

保明は従者のひとりを呼び、付き添いの侍たちと駕籠のものに声をかけるよううながした。

同じころ、庭の中央に立った吉良上野介は月を見上げていた。ほぼ満月といっていい。

上野介は月に向かって両手を差し伸べると、空間を掻きまわすような奇怪な仕草をしはじめた。その動きが次第に速くなっていく。上野介の背中から黒い煙のようなものが立ち上っている。それはゆらゆらと陽炎《かげろう》のようにゆらめきながら上昇していく。いつのまにか黒雲のようになり、天を覆った。月も星も見えなくなった。

「雪よ……舞え」

その言葉通り、ほつ……ほつ……と雪が舞いだしたかと思うと、たちまち猛吹雪《もうふぶき》にな

った。空から降りてくるのと同時に地上からも吹きあがり、視界がまるできかぬ。上野介は満足気にその様子を見つめていたが、

「そろそろ例の薬が効いてくるころだのう……」

　そうつぶやくと、座敷へと戻った。柳沢保明が、

「上野殿、それではおいとまさせていただきます」

「いや……それは無理でござろう」

「なにゆえに？」

「外はたいへんな猛吹雪。とても帰れませぬ」

「そんな馬鹿な。さきほどまで晴れておりましたぞ」

「ご自分の目でお確かめを……」

　保明が障子を開けると、竜巻のように雪が大きな渦を巻いていた。

「いかがでござる。お帰りの道中で上さまの身になにかあったら天下の一大事。今宵は泊まっていかれたほうがよろしいのでは？」

　保明は綱吉に、

「雪はやみそうにありませぬ。いかがいたしましょう」

「そうじゃな……」

　と言いかけた綱吉は大きな欠伸《あくび》をして、

「どういうわけか眠とうてたまらぬ。泊めていただくか」

「さようでございますな。それがしも……眠とうて……眠とうて……」

そこにさっきの従者が戻ってきて、

「お支度、整いました」

柳沢保明はかぶりを振り、

「事情が変わった。上さまはお泊まりだ。おまえたちも泊めていただけ」

そう言って欠伸をした。そのとき江戸市中で雪が降っているのは吉良邸の周辺だけだった。

◇

もう九つが近い。分厚く積もった雪が月光で輝いている。開いている店もほとんどなく、ひとどおりもまばらである。左母二郎の顔には焦りの色が濃かった。

「ちっ……たずねる相手がいねえんじゃどうにもならねえや！」

左母二郎は野良犬を蹴飛ばそうとした。犬はきゃんきゃんと鳴いて逃げていった。そちらの方角に顔を向けたとき、行灯《あんどん》が灯《とも》っていることに左母二郎は気が付いた。そこには「手打ち蕎麦楠屋久兵衛」と書かれていた。

（ここはたしか……今日江戸に着いたときにはじめて入った店だ……）

左母二郎はふらりとなかに入り、

「おう、親爺。俺を覚えてるか？」

「あったりまえだい。あんた、今日の昼間に酒代むりやり値切っていった……」

「へへへ……覚えてくれてりゃ好都合だ」

「なにしに来なさった。気が変わって、残りの酒代払いに来たのかね」

「そうじゃねえよ。おめえ、堀部安兵衛って野郎を知ってるか？　ほれ、高田馬場で仇討ちをした……」

「知ってるよ。昔からたまに顔を出してくれらあね。酒癖は悪いけど、金払いは悪くねえ」

「なに……？」

左母二郎の頭に犬山道節の「あきらめてはならぬ」という言葉が浮かんだ。とうとうやつの尻尾を摑んだぜ……。

「じゃあ、あいつのねぐらはどこだか知ってるか」

「ねぐらもなにも……今、来てるよ」

「なんだと！」

左母二郎は大声を出しかけて、あわてて口をつぐんだ。

「どこにいる」

「二階に……お仲間らしいお侍何人かと一緒だよ」

「いけねえ……！」

左母二郎は土足のまま階段を駆け上がった。襖を開けると、そこには凄惨な光景が広がっていた。座敷は血まみれだった。血刀を引っさげた安兵衛が部屋の左手に立っている。右手には、八人の侍が倒れている。いずれもあちこちを斬られているらしく、うめき声をあげている。左母二郎はすばやく、そのなかに右衛門七がいないか探したが、すぐにそんな自分を恥じた。安兵衛は入ってきた左母二郎に顔を向け、

「なんだ、貴様は……。たしか大坂で会うたな」

「俺は、さもしい浪人網乾左母二郎。てめえが仲間を裏切ってる、てえのを中津川祐範から聞いてな、駆け付けたって寸法よ」

「だとしたら手遅れだったな。こやつら、もう刀は握れまい。今からとどめを刺そうと思っていたところだ」

「てめえみてえに汚《きたね》え野郎はいねえ」

「拙者もそう思う。こういう生き方しかできぬのだ」

「やるか」

「貴様は拙者には勝てぬ」

「やってみようじゃねえか」

左母二郎は刀を抜いた。ふたりは狭い座敷のなかで対峙《たいじ》した。たがいに相手の隙をうかがいながら、間合いをはかる。やがて、しびれを切らした左母二郎が、

「いやあーっ！」

凄《すさ》まじい気合いとともに脚を踏んごみ、安兵衛の脳天目掛けて打ちかかると、安兵衛は刀を真横にしてそれを受けた。ガッ……という音がして刃こぼれとともに火花が散った。左母二郎は押すと見せかけてすぐに飛びしさり、刀を横薙《よこな》ぎに払った。安兵衛は蕎麦の丼を蹴飛ばしながらその一撃をかわし、

「おいおい……やるではないか。じつは拙者は貴様とここでこうして遊んでるわけにはいかぬのだ」

「なんだと……？」

「吉良邸に駆けつけて、あちらに加勢せねばならぬ。拙者、浅野家の同志を斬ることは請け負ったが、貴様のような痩せ浪人を斬っても一文にもならぬ。悪いがこれで失敬する」

「うるせえ、逃がすか！」

左母二郎が刀を振りかぶったとき、安兵衛はいきなり座敷の窓目掛けて体当たりした。窓の桟が折れ、安兵衛は屋根の庇《ひさし》に出ると、地面に飛び降りた。

「あっ……待ちやがれ！」

左母二郎は自分も窓から出ようとしたが、思い直した。安兵衛が吉良邸に行ったことは間違いないのだ。それよりも怪我人の手当てをしなければならない。左母二郎は刀を鞘に収めた。

「おい、おめえらしっかりしろ！」

左母二郎が声をかけると、ひとりが脇腹を押さえながら、

「どこのお方か存じ上げぬが……かたじけない……。我らは浅野家の旧臣にて……今から吉良の屋敷に討ち入るところであった……。あの男は堀部安兵衛と申して……」

「わかってらあね。あいつぁただじゃおかねえ」

そう言いながら左母二郎は八人の手当てをした。手当てといっても血止めだけである。さいわい八人とも息はあったが、傷は重く、ほとんどのものが脚を斬られていて歩けない。腕の筋を斬られているものもおり、刀も持てない。

（あの野郎……たしかに腕は立つな……）

相手の急所を狙って的確に攻撃しているのだ。

「ひえええっ……！」

部屋の外で声がしたので見ると、蕎麦屋の主が蒼白《そうはく》な顔で座敷をのぞき込んでいた。

「ごらんのとおりだ。安兵衛の野郎がやったのさ」

「酒のうえでの揉《も》めごとかね……」

「そうじゃねえ。はじめっからこうするつもりでここに来たんだろうぜ。自分っ家《ち》でやるとまわりに気づかれるからな」

「お、お、お奉行所に知らせないと……」

するど、浪士のひとりが苦しそうにあえぎながら、

「ご亭主……我らは浅野内匠頭の旧臣にて……亡き殿の恨みを晴らさんとして……今から吉良邸に……討ち入るところであった。堀部の思わぬ裏切りで……かようなことになったが……ほかの同志たちの妨げになる。どうか……どうか……町奉行所への届け出は……こらえてもらいたい……後生だ……」

「おまえさんたち……赤穂のご浪人さんかね。わかった、ようがしょう。わしも江戸っ子だ。あんたの言うとおりにしやしょう。ただ……医者を呼んでくるのはかまわねえでしょう？」

「よろしく頼む……」

左母二郎が、

「おう、亭主。ついでに行ってもらいてえところがあるんだ。それほど遠くはねえ」

「どこです？」

「柳沢出羽守の屋敷だ」

「ひえーっ、そんなところ、とても行けません」

「いいから行くんだよ！」

刀の柄に手をかけた左母二郎に、

「行きます行きます」

「そこに、大法師って坊主たちがいるから、すぐにここに来いって言ってきてもらいてえ」

亭主は階段を降りていった。べつの浪士が顔を上げ、

「そこもとにたっての願いがござる」

「聞けることなら聞いてやるぜ」

「我らを除く同志たちは……堀部安兵衛の長屋に集結して待機しておるはず……。そこに赴いて……大石殿はじめとする同志たちに……このことをお伝えいただけまいか……。でないと……いつまでも待っておられよう。また……戦力が四十七人から三十八人になってしまったことも……知らせねばならぬ……」

「わかったけどよ……三十八人で討ち入りってのは無理じゃねえか？　向こうは百人以上いるんだろ？」

「たしかに……そのとおり……。しかも、堀部安兵衛、武林唯七、富森助右衛門、横川勘平、潮田又之丞、不破数右衛門、神崎与五郎、茅野和助、大高源吾……我ら一党のなかでもことに腕の立つ九人が脱落したとあっては……もはや仇討ち本懐は……むずかし

ゆうござる……。やつはわざと腕達者ばかりを選んで蕎麦に誘うたのだ……ううう……ううう……」

「医者が来るまでの辛抱だ。我慢しろい」

しばらくして並四郎、船虫、丶大法師と八犬士の面々がやってきた。丶大法師の顔は蒼白だった。

「左母二郎、今宵、吉良邸に討ち入りがある、というのはまことなのだな」

「そうらしいぜ」

「柳沢さまのご用人に聞いた。今夜、上さまは吉良の屋敷に御成をしておられて、吹雪のせいでお泊まりになっておられる、とのことだ」

「なんだと……？」

「伏姫さまは吉良邸においでになるらしい。どういうことかよくわからぬが……」

丶大法師も混乱しているようだった。

「しかも、先ほど隆光法師が突然柳沢邸にお越しになり、このにわかの猛吹雪はなにやらおぞましい呪法の結果ではないか、とお感じになり、護摩を焚いて占われたところ、吉良屋敷に徳川光圀公の怨霊の気配あり、だという」

「うっ……そりゃやべえな……」

「上さまの身に危険が迫っている。我らも吉良邸に駆けつけねばならぬ」

左母二郎は腕組みをしてしばらく考え込んでいたが、

「わかった。こうしようじゃねえか……」

◇

「遅い……」

大石内蔵助たちは堀部安兵衛の住まいで安兵衛たちを待っていた。室内は暗く、一本の蠟燭《ろうそく》しか灯していない。町廻りなどに怪しまれるのをさけるためである。約束の九つをとうに過ぎている。揃いの装束に着替えねばならないし、討ち入りの手はずの再確認もする必要があった。

「まさか、吉良方に露見して捕まった、とか……」

原惣右衛門が心配そうに言った。赤垣源蔵《あかがきげんぞう》が、

「この期に及んで脱盟ではあるまいな」

安兵衛の義父堀部弥兵衛が血相を変えて、

「ほかのものは知らず、安兵衛にかぎってそのようなことはない！」

大石も、

「わしもそう思う。堀部氏ははじめからずっと討ち入りを声高に叫んでいた」

「ならば、なにゆえ……」

そのとき障子戸が開き、堀部安兵衛を先頭に九人の浪士が入ってきた。

「すまねえ。蕎麦屋で飲んでたらつい深酒になっちまってよ……」

弥兵衛が、

「討ち入り当日にまで大酒《たいしゅ》するとはけしからん！　皆さんに謝れ」

「まあ、いいじゃねえか。ちゃんとこうして来たんだから。とっととおっぱじめようぜ」

弥兵衛は眉根を寄せ、

「安兵衛、貴様、いつからそのような伝法《でんぽう》な口調になったのだ」

「あ、いや……遅れてすまなかったでござる。着替えさせていただきたく存ずる」

九人は、定紋の入った黒い小袖に股引《ももひき》と脚絆《きゃはん》を身に着けた。それを見ていた原惣右衛門が、

「これ、武林。そのほうの右の襟を見よ。『富森助右衛門』とあるではないか。それは富森氏のものだぞ」

大石が、

「あいかわらず粗忽《そこつ》だのう」

そう言うと皆が笑った。武林唯七は、

「そうか。わっしは武林唯七であったわい」

大石が、

「これで勢ぞろいできた。それでは各々方、参ろうか」

一同はおのれの武器などを手に取り、安兵衛の長屋を出ると、本所松坂町《まつざかちょう》に向けて歩き始めた。堀部安兵衛がちらりと矢頭右衛門七のほうを見ると、右衛門七は首をかしげている。安兵衛はそっと右衛門七に近づき、耳打ちした。

「右衛門七、俺だよ」

右衛門七は呆然とした。

「まさか……まさか……」

「そういうこった」

「お顔は堀部氏に似ていますが、声で網乾氏だとわかります！　信じられない……」

「へへ……来ちまったよ」

「どういうことですか。網乾氏と一緒に来たひとたちも、顔は同志そっくりですが、体つきや声は別人です。ほかのみんなはあたりが暗いし、討ち入りのことで頭が一杯だから気づいてないようですが……」

「安兵衛の野郎が裏切りやがったんだ。てえか、あいつぁはじめっからそのつもりだったんだよ。おめえらの仲間を十人ほど削りゃあ上杉家に仕官できるそうだ。俺ぁ中津川祐範からそのことを聞いて今日江戸まで出てきたんだが、間に合わなかった。安兵衛はおめえらの仲間に大怪我させて、吉良屋敷に行きやがった……」

右衛門七は蒼白になり、がたがた震え出した。

「そんなことって……許せません！」

「残りの八人は実ぁ八犬士が化けてる。みんな、かもめのやつが七方出《しちほうで》で顔をいじってくれたのさ。怪我人の顔をその場で見ながらちょいちょい……とな。安兵衛の顔は大坂で見てるから覚えてたらしい。つまり、俺が安兵衛役ってわけだ。気に入らねえ……」

そう言うと、左母二郎はうしろを見るよう右衛門七にうながした。右衛門七が言われたようにするとかなり後方から見え隠れについてくるゝ大法師、並四郎、船虫の姿が見えた。

「これからどうするのです？　皆さんは私たちの同志になりすましたまま吉良邸に討ち入ってくださるのですか？」

「いや、吉良邸には入るが、そのあとはおめえらの邪魔はしねえよ。ちっとやることがある。人間をふたりばかり救い出さなきゃならねえのさ」

「どなたをです」

「そいつは聞かねえほうがいい」

一行が吉良邸に近づくにつれて、急に雪が降り始めた。雪はあっという間に吹雪となり、皆の足を重くした。

「この一帯にだけ雪が降っているとは……」

原惣右衛門が振り返って、自分たちが歩いてきた方角を見た。そこは晴れているのだ。

「大石殿、これはおかしゅうござる」

大石が、

「雪ごときでひるむな！　目指す屋敷はまもなくぞ」

大石内蔵助は表門のまえに立つと、

「では、かねてのだんどり通り、二手に分かれよう。表門組はわしが指揮を執る。裏門組は吉田忠左衛門《よしだちゆうざえもん》殿の指図に従うこと」

左母二郎が右衛門七に、

「俺ぁ表かい、裏かい？」

「網乾氏は裏門組、私は表門組です」

「そうけえ。じゃあ、なかで会おうぜ」

浪士たちのうち裏門組はその場を離れたが、潮田又之丞、不破数右衛門、茅野和助、富森助右衛門の四人がまごまごしているので、大石が、

「なにをしておる。おまえたちは裏門だ。とっとと行かぬか！」

「ほう、我輩たちは裏か」

ずいぶんと背の低い茅野和助が言った。左母二郎は、

「あいつらのことを忘れてたぜ……」

とつぶやきながら裏門へと向かった。

◇

徳川綱吉は、ふと目を覚ました。一瞬、自分が今どこにいるのかわからなかった。行灯が枕もとにあり、か細い光を放っていた。目を凝らすと部屋の様子が見て取れた。

「お目覚めですか、父上……」

そんな声がした。上体を起こし、そちらを向くと、少女が座っていた。

（そうか……吉良邸に御成しておったのだ……）

綱吉は目をこすった。頭がぼんやりする……。

「父上、こちらへどうぞ」

水晶の数珠を持った少女は微笑《ほほえ》みながら綱吉を先導し、つぎの間に向かった。綱吉は娘のあとについてよろよろと歩いた。しかし、娘は隣室との境の襖のまえで動かなくなった。

「どうしたのだ……？」

綱吉が少女に顔を近づけようとすると、少女は振り向いてにやりと笑った……ように見えた。つぎの瞬間、少女の身体は畳のうえに崩れ落ちた。数珠も糸が切れて、玉はあちこちに散らばった。

「人形……」

少女は人形だったのだ。どうして今までこんな稚拙な人形が生きているように思えていたのだろう……。水晶玉も、いびつなガラス玉の偽ものだった。綱吉の背中を凄まじい悪寒が立ち上った。綱吉は恐るおそる襖を開けた。闇のなかにぼんやりと影がある。吉良上野介だ。ここは上野介の寝所らしい。

「綱吉殿……よう参られた」

「無礼であろう、上野介。将軍に向かって名を呼びかけるとは……」

言いかけて、綱吉は気づいた。上野介は白目を剝いているのだ。

「綱吉殿……綱吉殿……」

「言うな！　上さまと呼べ！」

「ふふふ……ふふ……わしの顔を見忘れたか」

「なに……？」

吉良上野介の身体の輪郭があいまいになったかと思うと、顔面が上下左右にガバッと開き、そのしたからもうひとつの顔が現れた。

「水戸の老人……！」

「我こそは徳川光圀が怨霊……」

光圀の霊は上野介の身体から抜け出すと、天井いっぱいに広がり、綱吉に覆いかぶさろうとした。

「たれかある！　たれかある！　出羽……！」

綱吉は叫んだが、なんの反応もない。光圀の亡霊は大坂に出現したときに比べても大きく変形しており、顔以外の部分は半透明の水飴のようで、そこから細い触手のようなものが無数に垂れ下がっていた。

「水戸家が帝を奉じて大坂城をわがものとし、天下に号令をかける、という企ては潰えた……淀《よど》殿の霊との戦いのせいでずいぶんとわが呪力も衰えたが……せめて、貴様への恨みだけは晴らしとうてな……吉良上野介に乗り移り、娘を餌にして御成をするよう仕向けたのじゃ。まんまと罠《わな》にかかったのう……」

「では……伏は……」

「そのような娘はこの世にはおらぬ。これはただの幻術じゃ」

「大須賀の爺は……？」

「大須賀定斎とその息はたまたま当家に奉公しておったものだが、今はわしの呪力によって動いておる傀儡《かいらい》じゃ。この屋敷にはそういうものが幾人《いくたり》もおる。——これを見よ」

光圀は毛皮のようなものを綱吉目掛けて投げつけた。それは八匹の犬の毛皮を使った呪具であった。光圀は生前、綱吉に同じものを送り付けたことがあった。

「むごいことを……」

綱吉は目に涙を浮かべた。

「大坂全土に霊力を伸ばしていたころに比べると、今ではこの屋敷を保つのが精いっぱい。それも、この呪具の力を借りねばならぬとは情けないが……それでも貴様ひとりぐらいに祟《たた》ることはできようぞ。今宵、この屋敷が貴様の墓となる」

「出羽はどこじゃ……出羽！」

「柳沢出羽守は、それ、そこにおる」

隣室との境の襖がするすると開き、保明が死んだように眠っているのが見えた。綱吉は這《は》うようにしてそちらに向かおうとした。しかし、襖が開いているのに見えない壁のようなものがあって、隣室には入れないのだ。

「逃げようとしても無駄じゃ。この呪具の力は今、屋敷全体を包んでおる。いわば我らは呪いの結界のなかにいる。外から破られでもせぬかぎり、ここからは抜け出せぬ。さあ……あとは貴様とともに奈落に落ちるまでのこと……」

綱吉は刀掛けから愛刀を取り、抜き放った。そして、闇雲に光圀に斬りかかった。

「たわけ……怨霊が刀で斬れるか」

突然、綱吉の全身がしびれた。そして、刀を摑んだ手がみずからの意志に反して動く。その先端は綱吉の腹部に向けられた。綱吉は脂汗を流しながら必死でその動きを止めようとするのだが、切っ先はついに腹の皮にまで達した。

「綱吉殿……腹を召されよ」

「うぐ……くく……」

そのとき、突然、廊下を走る荒い足音が聞こえ、

「ご隠居さま、一大事でございます！」

光圀の怨霊は瞬時にして消え失せ、もとの上野介に戻った。綱吉の手も動くようになった。

「いかがいたした」

上野介がそう言うと、

「裏の門が打ち破られました。おそらく赤穂浪人の討ち入りかと存じます！」

それを聞くや、上野介は身を翻し、足早に部屋から出ていった。

六

大石内蔵助は軍配を手に、

「かかれ！」

と号令した。表門には梯子《はしご》がかけられ、皆はそれを上って塀を乗り越えて侵入した。

この討ち入りの主旨を述べた口上書きを竹で挟んで玄関まえに突き刺すと、あとは抜刀

し、大声を上げて邸内に突入した。左母二郎も加わった裏門組は、大槌《おおづち》で門をぶち壊して雪崩《なだ》れ込んだ。その途端、あれほど渦を巻いていた吹雪がぴたりとやみ、月が現れた。

「おお、天の助けだ！」

大石はおもむろに陣太鼓を取り出すと、それを打ち鳴らしはじめた。どーん、どーん、という低い音が本所の夜に響き渡った。

吉良方の家臣たちは塀と一体になった長屋で寝ていたが、物音を聞きつけてひとり、またひとりと起き出してきて、寝ぼけ顔で、

「なにごとだ……？　うわっ、討ち入りではないか。言わぬことではない」

あわてて寝巻きを着替えようとするもの、暗闇で刀を探すもの、ひとと衝突して目を回すものなど大騒ぎになった。筆頭家老の斎藤宮内は、

「たいへんだ。すぐにお館《やかた》さま（左兵衛）とご隠居さまに知らせるのだ」

小姓にそう命じると、自分は布団をかぶった。

邸内のあちこちで刀を斬り結ぶ音や、

「山！」

「川！」

と合言葉を言い交わす声が聞こえてくる。浪士たちは上野介の寝所に向かったが、布団は敷いてあるものの当人の姿はない。

「布団があるということは今までここにいたのだろう。遠くへは行くまい。探せ！」

浪士たちは八方に散った。

一方、浪士に扮《ふん》した左母二郎と八犬士たちは綱吉を探して屋敷のなかを走り回っていた。

「俺たちゃ討ち入りにかかわっちゃならねえ。あれはあいつらと吉良の勝負だ。俺たちは将軍を探すんだ」

吉良方の侍が現れ、左母二郎たちを見つけて斬りかかってきても無視して通り過ぎる。吉良方の侍は、

（あれっ……？）

という表情になり、

「おい……よいのか？」

「俺たちゃべつの用事があるんだよ」

たくさんある部屋をひとつひとつ開けていく。そして、とうとう真っ青になって震えている綱吉と柳沢保明を見つけ出した。八犬士は綱吉のもとにひざまずき、

「上さま……！」

「よくぞ、ご無事で……」

「お、おまえたちはなにものだ」

「面体《めんてい》が変わっているのでおわかりになりますまいが、八犬士でございます」

「おお……よう参った！」

犬塚信乃が、

「これなる網乾左母二郎の注進によって、今宵、吉良邸に討ち入りがあり、上さまが御成の最中と知って、お助けに参ったのでございます。——左母二郎、上さまの御前である。座って頭を下げぬか」

網吉は立ったままの左母二郎に、

「そのほうが聞き及ぶ網乾左母二郎か。礼を申すぞ」

「礼なんざ聞きたかねえな。俺ぁてめえを助けるために来たんじゃねえ。俺の用事があっただけ……そのついでさ」

犬川額蔵が、

「これ、網乾氏！　上さまに向かっててめえとは無礼であろう」

網吉は、

「よい。咎めるでない。——それよりも、吉良上野介には徳川光圀の怨霊がとり憑いておるぞ！」

一同は顔を見合わせた。左母二郎が、

「なるほど、そういうことか」

柳沢保明が、

「左母二郎、おまえも関わり合いだ。八犬士とともに上野介を探し出し、退治してくれ。首尾よくやり遂げたら、旗本に取り立ててやるぞ」

左母二郎は唾を吐いた。

「なにをする！」

「俺ぁそういうのが大っっっ嫌えなんだ。吐き気がするぜ。俺は俺のやり方でやらせてもらう。——あばよ」

そう言うと左母二郎は部屋を出ていった。犬村角太郎が、

「いちばん左母二郎に言うてはいかんことをおっしゃいましたな」

ため息とともに言った。驚く綱吉と保明を尻目に、八犬士たちはその場を去った。

◇

上野介の居場所を探す浪士たちだが、まるで消息がわからない。なかには、

「すでに屋敷を出て、上杉家に向かったのではないか」

と言い出すものもいて、皆に焦りの色が現れはじめた。もうすぐ夜明けである。騒ぎを知った役人たちがやってくるまでになんとか上野介の首を取らねばならない。山鹿《やまが》流の陣太鼓をずっと打ち続けていた大石は、

「手がくたびれてこれ以上は打てぬ。早う上野介を見つけ出すのだ」

しかし、合図の笛の音は一向に聞こえてこない。

左母二郎たちは別の意図をもって上野介を探していた。納戸や厠《かわや》などもこまめに見てまわったがどこにもいない。討ち入りは赤穂の浪人たちに任せて、自分たちは手を出さない、と決めていた左母二郎たちであったが、向こうから斬りかかってくるものは防がねばならぬ。なかでも小林平八郎、鳥井理右衛門、清水一学、和久半太夫……といった吉良家六勇士と相対すると、どうしても斬り合いになってしまう。

犬飼現八が今しも台所に入ろうとすると、なかからいきなり斬りつけてきた侍がいた。その顔を見た犬飼現八が、

「あなたは以前、この近くの草原で犬を斬ろうとしていた御仁ですな」

「ほほう、あのときのおせっかい男か。浅野の浪人だったとはな」

「そうではない。とにかくここであなたと斬り合う気持ちはないのだ」

「そちらになくとも、こちらにはある。刀を抜け」

やむなく現八は抜刀した。侍は現八の構えを見ただけで、

「なかなかの腕のようだな。名前を聞いておこうか」

「えーと……たしか神崎与五郎だったと思う。あなたは？」

「吉良家六人衆のひとり、大須賀治部右衛門だ」

そう言うと、大須賀は「八」の字を描くように刀を振るい、現八を斬って斬って斬りたてた。現八ははじめ防戦一方だったが、壁に追い詰められ、

（このまま受け流しているわけにはいかぬ。仕方がない……）

思い直して、刀を真っ向から振り下ろした。大須賀は素早く受け止めたが、その首筋から濛々《もうもう》と黒煙が立ち上りはじめた。大須賀は白目を剝き、

「そうか……貴様……八犬士のひとり……犬飼現八だな……」

現八は、大須賀が徳川光圀の怨霊に支配されていることにようやく気づいた。

（ならば、容赦することはない……）

現八は大須賀の剣を剛力で押し破り、相手が腰砕けになったところを横薙ぎに胴を払った。

「うぎゃあっ……！」

大須賀は絶叫した。現八は、

「大須賀、上野介はどこだ」

大須賀治部右衛門はにやりと笑い、そのまま絶命した。

◇

矢頭右衛門七は庭の泉水のまえにいた。まだ若年だったうえに貧窮な暮らしが長かっ

たせいもあり、赤穂にいたころも、大坂に出てきてからも、まともな武術の稽古はしたことがなかった。犬川額蔵に「突き」の手ほどきを受けたのが唯一なのだ。だから、今日、右衛門七は気合いのみで敵と戦っていた。たった今、吉良方の中小姓と思《おぼ》しき侍と斬り結び、危うく斬られかけたが、相手が雪で足を滑らせたせいで、なんとか一撃を与えることができたところだ。相手はそのまま逃げてしまった。右衛門七が肩を大きく上下させながら、荒い息を吐いていると、すぐ後ろにあった石灯籠の陰から、

「右衛門七……」

という声がした。振り向くと、堀部安兵衛が立っていた。

「あ……網乾氏……」

顔を輝かせて近寄ろうとしたとき、右衛門七は気づいた。

「あなたは本ものの堀部氏ですね」

安兵衛は笑って、

「なにを寝言を申しておる。右衛門七、こちらへ来い」

右衛門七はいやいやをして、

「あなたがしたことを私が知らないとでも？　裏切者め！」

そう言うと刀を正眼《せいがん》に構えた。

「ふっふふふ……おまえの腕で拙者に勝てるとでも思うておるのか」

安兵衛は笑いながら右衛門七に切っ先を向けた。

「えいっ……！」

右衛門七は真っ向から斬りつけたが、あっさりと打ち払われ、

「なんだなんだ、そんなへっぴり腰では蛙《かえる》も斬れぬぞ」

「くそっ……！」

右衛門七は何度も安兵衛に斬りかかったが、そのたびに軽々とかわされた。面倒くさくなった安兵衛が、

「さあ、これで終わりだ」

そう言うと、右衛門七の頭蓋を叩き割らんと刀を振り下ろした。右衛門七は必死によけたが、その場に倒れ込んでしまった。髻《もとどり》が切れて、髪がざんばらになる。

「今度こそあの世へ行け」

安兵衛が刀を上段に振りかざしたとき、

「待ちな」

池に架かった石橋のうえから声がかかった。安兵衛はぎょっとした。そこに立っていたのは自分……堀部安兵衛だったのだ。

「どういうことだ……！」

立ち上がった右衛門七が、

「網乾氏《うじ》……！」

安兵衛は、

「貴様……左母二郎なのか」

「ああ、ちと訳ありで、おめえの顔を借りてるのさ。——俺が相手だ。来やがれ！」

左母二郎は安兵衛に刀を向けた。安兵衛は、

「よかろう。蕎麦屋での決着をつけようではないか」

左母二郎は石橋を渡って庭に出た。ふたりは石灯籠を挟んで対峙した。右衛門七にはどちらが安兵衛でどちらが左母二郎かわからなくなった。安兵衛は足をハの字に開き、刀を水平に構えてぶらぶらさせはじめた。馬庭念流の「無構え」である。左母二郎に向かって前進、後退を繰り返しながら間合いを計っている。左母二郎は一旦刀を鞘に収め、ぐっと腰を落とした。居合い抜きの構えである。ふたりのあいだの緊張感が膨れ上がり、見ていた右衛門七がそれに押しつぶされそうになった瞬間、どう隙を見出《みいだ》したのか、安兵衛が、

「いやああっとう……！」

猛烈な勢いで打ち込んできた。凄まじい太刀風が起こった。右衛門七は目を閉じた。

「う……があっ」

獣が呻《うめ》くような声が聞こえ、右衛門七がこわごわ目を開けると、片方の安兵衛が倒れ

ていた。立っているほうの安兵衛は、居合いを抜き終えた構えをしている。ほっとした右衛門七だが、そちらの安兵衛の右肩から血が噴き出していることに気づいた。

「網乾氏……！」

駆け寄ると、

「間違えるな。この屋敷じゃ俺ぁ安兵衛だ」

右衛門七は倒れた安兵衛を見やり、

「死んだのですか」

「いや……両脚の腱をぶち切っただけだ。でも、もう当分歩けめえ」

左母二郎は安兵衛の身体を石灯籠の陰まで引きずっていき、そこに隠した。そのとき、冷え冷えとした空気を切り裂くように呼子が響き渡った。

「行こうぜ」

左母二郎は右衛門七にそう言うと、音のしたほうへと駆けつけた。そこは炭小屋で、吉田忠左衛門と間十次郎たちが戸のまえに立っている。戸は壊されており、ふたりの吉良方の付き人が朱に染まって倒れている。右衛門七が吉田忠左衛門に、

「このなかでございますか」

「うむ。奥にまだひとがおるようだ。おそらくは……」

ほかの浪士たちもつぎつぎと駆けつけてきた。そのなかには八犬士の顔もあった。間

十次郎らが小屋に入ろうとすると、見えない力に弾《はじ》きとばされたようになり、ふたりの身体は弧を描いて吹っ飛んだ。雪のうえに倒れてしまったふたりに大石内蔵助が、

「いかがいたした！」

「わ、わかりませせぬ……。大男に殴られたような……」

大石は、

「各々方、油断召さるるな。相手は妖術を使うぞ」

その言葉が終わらぬうちに、白小袖を着た老人が小屋から現れた。手には毛皮を縫い合わせたような妙なものを持っている。痩せこけたひ弱そうな見かけだが、その全身から邪気のようなものが放散されていて、身体は何倍にも見える。

「出たぞ」

「上野介だ！」

老人はにやりとして、

「いかにも吉良上野介。老いたりといえど貴様らごとき木っ端侍どもの手にかかるようなものではない。疾く去れ！」

数人の浪士がせせら笑い、

「老いぼれがなにを抜かす」

そう言って詰め寄ろうとした。大石が、

「待て。様子がおかしいぞ」

　止めようとしたが、浪士たちは老人に斬りかかった。しかし、彼らの刃は上野介に触れることはなく、空を斬った。上野介は微動だにせず、口を大きく開けた。口中から青い粘液のようなものが大量に吐き出されたかと思うと、巨大な人間の顔になって四十七士の頭上に広がった。それは、上野介とはべつの老人の顔であった。

「我こそは……徳川光圀が怨霊……綱吉を殺すこともかなわず……もはやこれが最後の力……恨み骨髄の左母二郎と八犬士……ついでに浅野家の浪人どもも道連れじゃ……死ね！」

「ご家老……これは……」

「上野介になにかの悪霊がとり憑いておるに相違ない。かまわぬ、斬りつけよ！」

　大石たちは必死になって上野介に斬りかかるが、そのたびに呪力で強くはねのけられ、地面に倒れた。なかには骨を折ったり、気を失ったり、瀕死《ひんし》の重傷を負うものもいた。

左母二郎は、

「えーい、じれってえな。そうじゃねえんだ。——おい、八犬士」

「おうっ！」

　八犬士たちが声を揃えた。

「みんなで一斉に突進だ」

「上野介にか？」

「いや……あいつが横に置いているあの毛皮みてえなもんだ。あれをぶち壊さねえと光圀の怨霊の力は消えねえ」

「よし、わかった」

九人は刀を構え、上野介に向かうと見せかけて、そのかたわらにある呪具に斬りつけた。

「な、なにをする……」

空を覆う光圀の顔は絶叫した。かまわず九人は刀を振るいまくる。やがて安兵衛の一刀が見事に決まり、呪具は斜めに裂けた。それを機に九人は日頃鍛えた技を呪具に集中させる。そのたびに光圀は苦悶し、その顔に刀傷のようなものができていく。よくわからぬまま、ほかの浪士たちもそれに加わった。光圀の顔は、

「やめろ……奈落へ……奈落へ……ああ……ううう……」

と叫んでいたが、やがて、「ぷしゅっ」という音とともに虚空から消え失せた。全身傷だらけになっていた上野介は、どう、とその場に倒れた。間十次郎がその死骸に十文字槍《やり》を突き入れた。えい、えい、おう……えい、えい、おう……という勝ちどきの声が白々と明けつつある本所の空にこだました。

◇

点呼がなされ、卯《う》の刻（午前六時頃）吉良邸からの引き揚げがはじまった。上杉家からの追っ手が来るのではないか、と身構えていたが、それは結局来なかった（上野介の長男で上杉家の当主綱憲《つなのり》は父の仇を討とうとしたが家老に押しとどめられた）。

一同は内匠頭の眠る泉岳寺《せんがくじ》へと向かった。並四郎と船虫がひそかに大八車で運んできた九人の浪士もそのなかに混じっていた。堀部安兵衛も気を失ったまま運ばれていった。左母二郎と八犬士は化粧を落としてもとの顔に戻り、入れ替わって彼らを見送った。並四郎が、

「これでほんまに徳川光圀の怨霊は消えたんやろか」

「わからねえ……わからねえが、たぶんもう悪さをするような力は残ってねえだろうよ」

「それやったらええけどな」

船虫が、

「右衛門七っちゃん、かっこよかっただろうねえ。あたしも右衛門七っちゃんの活躍、見たかったよ」

「ちっ……」

左母二郎は舌打ちをした。右衛門七とは別れの挨拶もなにもしていないのだ。それでいい、と左母二郎は思っていた。しかし、このあと右衛門七を……いや、ほかの浪士たちをも待っている運命を考えると平静ではいられない左母二郎であった。

◇

こうして赤穂浪士の討ち入りは終わった。吉良方は十三人の死者を出したが、浪士側は大怪我のものはいたが死んだものはひとりもいなかった。綱吉と柳沢保明も無事に江戸城に戻った。綱吉は、とりあえず浪士たちを細川《ほそかわ》家、松平家、毛利家、水野《みずの》家の四大名に預けるよう命じ、その処分については後日決することとした。

事件はたいへんな評判となり、江戸市民は四十七士を讃《たた》えた。しかし、その真実を知るものは多くはなかった。

「市兵衛ではないか」

柳沢保明は自身の屋敷がある常盤橋のまえで、魚問屋「鯉屋」の主、杉山杉風を見かけた。

「これはこれは柳沢さま……」

杉風は少女を連れていた。

「こちらはえらいお殿さまだよ。おまえもお辞儀をしなさい」

杉風に言われて、少女は頭を下げた。

「それにしても、赤穂のご浪人がたはたいへんなことをなさりましたなあ。我々も寄ると触るとその話で……」

その場に居合わせた、とも言えず保明が苦笑いをしていると、

「ことに其角は、親しかった大高子葉さま、富森春帆さま、神崎竹平さまが義挙に加わっていたと知ってたいへんな興奮ぶりでございました。あの方々は罰を受けるのでございましょうか」

「それは……言えぬ」

「失礼しました。政のことを軽々しくおたずねしたのはあさはかでございました」

まだ、なにも決まっていないから言えないだけなのだが、保明は話題を変えた。

「そのものはおまえの孫か？」

「いえ、商いのうえで昔たいへん世話になったお方のお孫さんでございます。身分の高い侍が父親だ、とか聞いておりますが、どこのだれかは母親が口を閉ざしておりましたので、祖父母も私も存じませぬ。母親はお城で御台所さまにお仕えしておりましたが、勤めを辞めて家に戻ったあと、この子を産んだとか。そのうちに祖父母も母親も流行《はや》り病で亡くなり、ほかに身よりがございませんので、私が引き取って育てておるのです」

どこかで聞いたような話だな、と保明は思った。

「母親が亡くなったとき、この子が自分からうちに参りましてな……たぶん、ほかに頼っていく当てがなかったのだと思います。私はときどき魚などを差し入れておりましたので、以前から『お魚の爺』などと呼ばれてなつかれておりましたゆえ、つい情が湧いて……今は採茶庵に女中をひとりつけて住まわせております」

そう言って杉風は少女の頭を撫でた。

「おさかなのじい、だと？」

柳沢保明が大声を出したので、

「どうかなさいましたか？」

杉風は怪訝そうに言った。

(「おおさかのじい」は、もしかしたら、「おさかなのじい」と書こうとしたのかもしれぬ……)

そう思った保明は、

「まさか、この娘、伏という名ではあるまいな」

「ようご存じで。この子は伏で、母親の名は……」

「待て。申すでない。わしが言おう。珠、ではないか？」

「またまた当たった！」

「もしや、水晶玉をつないだ数珠を持ってはおらぬか」

「はい、母親の形見でございますので、大事に持っております。母親がかつて父親からもろうたもの、と聞いております」

保明はへなへなとその場に崩れ落ちた。

「どうなさいました、柳沢さま！」

驚いた杉風が声をかけたが、保明は呆然として、

（そうか……そうだったのか……伏姫さまはずっと我らの近くにいたのだ……！）

こうして伏姫は見つかったのである。

◇

「これだ……！」

徳川綱吉は、保明が伏姫から預かってきた数珠を手に取り、小躍りして喜んだ。

「間違いない。役行者から授かった、関八州を守護する霊力を持つ数珠じゃ。それにしても本所の草庵にいたとは……」

「八犬士に日本中を探索させておりましたが、なんの意味もございませんでしたな」

「そうではない。おまえや八犬士が真剣に探し続けてくれたおかげで神仏が伏を余に返してくれたのじゃ」

「このあとどう取り計らいましょう。すぐにでもこちらに呼び寄せてご対面なさりたい

とは思いますが……」

「いや……待て」

吉良邸でのことがあったからか、綱吉は慎重だった。

「余が魚屋に行くわけにもいかぬ。しばらくは保明、おまえが手もとに引き取って、養育せよ。たしかに伏であるということが確かめられたら、おまえの屋敷にて対面いたす。そののち機を見て大奥に住まわせる。それならばよかろう」

「かしこまりました」

保明はさっそく伏姫の居を自分の上屋敷に移した。環境も扱いも変わってはじめはとまどっていた伏姫だったが、次第に慣れていったので保明は胸を撫で下ろした。綱吉の配慮で、水晶玉の数珠とともに八房を伏姫のもとに届けることになった。飼い犬と久々に会えて伏姫もうれしそうだし、八房も大喜びしているのが保明にもわかった。

保明は八犬士に命じて伏姫が住んでいた長屋での暮らしぶりを徹底的に再吟味した。また、その長屋の大家や近所のものたちを屋敷に招き、伏姫に対面させて、彼らと会話させた。それを聞くことで、伏姫が本ものかどうか確かめようとしたのだ。また、奥女中のひとりに命じて、伏の母親のことを覚えているものを大奥内で探させ、話を聞きとる、などもした。

こうして吟味に吟味を重ねて、柳沢保明が出した結論は、「伏姫は本もの」というものだった。

「そうか……よう調べた」

綱吉は納得した様子だった。

「これで安心して親子の対面ができる。おまえの屋敷ならば勝手もようわかっておる」

「こうしてはいかがでしょう。ようやく伏姫さまが見つかったわけでございますから、これまで伏姫さま探索に関わったものたちを集めて、対面の儀に臨席させるというのは……」

「関わったものたち、というと？」

「ゝ大《ちゆだい》法師、八犬士、それがしと隆光大僧正も数に入れていただきとうございます」

「おお、それはよい。すぐに手配をいたせ。――いや、待て。どうせならば、網乾左母二郎、鴎尻の並四郎、船虫の三名、そして、育ての親の鯉屋市兵衛も加えてもらいたい」

「お恐れながら、鯉屋市兵衛はお城に出入りの商人なれば身もとも定かでございますが、左母二郎、並四郎、船虫の三人は無頼の徒と聞き及んでおります。たとえお忍びの席であっても、上さまと同席というのはいかがなものかと……」

「これ、なにを申す。先日、吉良邸において左母二郎とはすでに対面をすませておる。余とそのほうの救出にも大功のあったものではないか。あの折の礼も言わねばならぬ。また、大坂での水戸家の企てを阻止するにもひとかたならぬ尽力があったと聞いておる。

かならずその三名も招くよういたせ」

「かしこまりました。——伏姫さまの件はこれでよろしゅうございますが、上さま、もうひとつ早急に決せねばならぬ案件がございます」

「なんじゃ」

「赤穂の浪人たちの処分でございます。世上では、あっぱれ武士の鑑《かがみ》としてほめたたえ、赦免して一命を救うべし、と申すものも多いようでございます」

「たしかにあのものどもはものの役に立つ侍じゃ。——学者たちはなんと申しておる」

「主君の仇を家来どもが苦心して討つ、というのは儒教的な『義』にかなう、と申すものと、将軍家膝もとで徒党を組んで押し込みを働いたのは看過しがたい罪である、と申すものに分かれております」

綱吉は考え込んだ。おのれの目で見たわけではないが、同じ場にいて、剣戟《けんげき》の響きや掛け声などを生々しく耳にした事件のことゆえ、軽々しく断じたくないのだ。

「わかった……今しばらく熟慮させてくれい」

綱吉はそう言った。

◇

「伏姫と将軍の対面の儀式に俺たちが出る、だと?」

　左母二郎は素っ頓狂な声を上げた。左母二郎、並四郎、船虫の三人はあれ以来江戸に居ついてしまい、柳沢屋敷のなかにある、大法師の住まいでごろごろしていた。、大法師はうなずき、

「上さまをこの屋敷にお招きし、そこで親子の対面の儀が執り行われるのだが、おまえたちにも出席してもらいたい、と柳沢さまが仰せなのだ」

　船虫が、

「もしかしたら公方さまの子って、近頃毎日そこの庭で八房と遊んでる、あの……」

「そのとおりだ。杉山杉風という俳諧師の家にいたのを柳沢さまが引き取られたのだ」

　並四郎が、

「あの子やったらわてもよう遊んでるで。おもろい子や。あの子と将軍さんのご対面やったら参加してもかまへんで。わてらみたいな町人風情が将軍さんと会えるやなんて一生に一度かもわからん。――なあ、船虫」

「そうだねえ、いっぺん顔を拝んでみたいよ」

　左母二郎は、

「けっ……！　だれがそんなもんに出るかよ」

　吐き出すように言った。並四郎が笑って、

「そう言うと思たわ。将軍さんなんて、わてらみたいな盗人とか素浪人とか莫連女《ばくれんおんな》と

席を同じゅうしたらあかんのやないやろか」

「そうともよ。だいたい俺ぁ将軍なんて野郎は……」

吩呵を切りかけた左母二郎だったが、ふと言葉を飲み込み、

「いや……行ってもいい」

「どないしたんや。左母やんらしゅうないやないか」

「うるせえ、急に気が変わったんだ！　おめえらも出席しろい！」

並四郎は肩をすくめた。丶大法師は安堵の表情で、

「よう決心してくれた。左母二郎の説得がもっとも難しいと思うていたゆえ、これで肩の荷が下りたわい」

左母二郎は、

「ただし、衣冠束帯だの長袴だのって恰好はお断りだぜ」

丶大法師は、

「はっはっは……おまえの長袴姿も見たかったが、それも上さまから事前にお許しをもろうておる。着の身着のままでよい、とのことだ」

「手が回ってやがらあ」

左母二郎は舌打ちをした。

◇

老中たちや大奥にも一切秘密のまま、綱吉と伏姫の対面の儀が柳沢邸の御成御殿にてひっそりと開催されていた。綱吉が上段の間に座り、そのかたわらに保明と隆光が控えている。下段の間には、大法師と八犬士が左右に並び、末席に左母二郎、並四郎、船虫が顔を伏せて座っていた。ヽ大法師に、

「お許しがあるまで顔を上げてはならん」

と言われていたからなのだが、

「おい……いつまでこんなことしてなきゃなんねえんだよ」

「わてに言われても知らんがな」

しばらくすると、保明が言った。

「それではただいまより対面の儀を執り行う。伏姫さま、お入りくだされ」

襖が左右に開き、杉風に手を引かれた伏姫が入ってきた。手には八房を抱き、首には水晶玉の数珠をかけている。さすがに緊張した面持ちだが、それでも物怖《ものお》じせずに中央に進むと、そこに座し、頭を下げた。杉風はガチガチになっているらしく、伏姫の斜め後ろにすとん……と座り、平伏した。保明が、

「上さま、伏姫さまでございます」

「うむ、伏。苦しゅうない、顔を上げよ」

少女は素直に言われたとおりにした。

「近《ちこ》う寄れ」

しかし、伏姫は動かない。そうせよ、と言われていたのだろう。保明が、

「上さまのお許しが出た。もっとお近くまでお進みなされ」

そこではじめて伏姫は進み出て、

「伏にございます」

「余がそなたの父、綱吉じゃ。そなたの母には苦労をかけた。そなたにもまたつらい思いをさせてすまなかった。今しばらくこの屋敷にて過ごせ。折を見て、余が引き取る」

「ありがとうござ……」

まで言ったとき、八房がいきなり駆け出して、綱吉の膝にちょこんと乗り、その手の甲をぺろぺろ舐《な》めだした。綱吉はだらしない笑みを浮かべると、

「おお、八房……可愛《かわい》いのう！　ぶひゃひゃひゃひゃひゃひゃひゃ……」

そう言うと、八房の頭をかりかりと掻いた。伏姫はくすくす笑い出し、ゝ大法師や八犬士たちも笑い出してしまった。保明はもうこれでよいと思ったのか、

「これにて対面の儀はつつがなく終了したものとする。上さま、あとは伏姫さまとご自由にお語らいくだされ」

そのとき、左母二郎が顔を伏せたまま、

「おいおいおい、俺たちゃあどうなるんだよ。いつまで頭ぁさげてりゃいいんだ」

「おお、忘れておった。おまえたちも顔を上げてよいぞ。あとは無礼講だ。上さまから酒《ささ》を下さるゆえ飲んでいけ」

「ちょい待ち。そのまえに将軍さんに話があるんだよ」

　保明は血相を変えて、

「いくら無礼講とは申せ、将軍さんとはなんたる口の利き方だ！」

　綱吉は、

「よい。――網乾左母二郎、先日はいかく世話になった。また、大坂でも丶大法師や八犬士がそなたたちにずいぶん助けられたと聞いておる。礼を申すぞ。話とはなんじゃ」

「それがその……赤穂の浪人たちのことなんだ。あいつらについちゃ巷でいろいろ意見があるのは知ってるが……その……なんとか命を助けてくれねえかな」

　並四郎と船虫は、この対面の儀への参加を左母二郎が承知したわけがやっとわかった。右衛門七を助けたいのだ。保明が、

「たわけ！　政についておまえのような浪人が上さまに意見するなどしてはあいならぬ。下がっておれ！」

　綱吉はじろりと保明を見ると、

「保明、黙っておれ。——左母二郎、たとえ将軍といえど、余一人《いちにん》にてかかる重大事を決することはできぬ。ただ、おまえの意見、余はしかと聞いたぞ。四十七人の命にかかわること、十分に議論を尽くしたうえで決めたいと思うておる」

「ありがてえ。よろしくたのまあ……」

左母二郎がそう言ったとき、綱吉がふとかたわらの床の間に顔を向け、そこに置かれていた茶碗に目をとめた。綱吉は不審気に、

「保明、あの茶碗はなんじゃ」

保明が、

「それがし、茶碗を床の間に置くよう指図した覚えはございませぬが……」

そう言うと、保明は立ち上がり、その茶碗を手に取ろうとした。そのとき、隆光が、

「お待ちあれ、その茶碗に触れてはならぬ！」

時すでに遅かった。保明が茶碗を持ち上げ、

「こ、これは吉良邸にあった油滴天目茶碗……！　なにゆえこれがここにあるのだ！」

茶碗をのぞきこむと、そこに老人の顔があった。保明は茶碗を投げ捨てた。茶碗はふたつに割れ、なかから黒煙とともに徳川光圀の怨霊が出現した。もはや顔の一部以外は原形をとどめておらず、どろどろした流動体に見える。もう姿を保っておく力がないのだろう。左母二郎は立ち上がって刀を抜くと、

「てめえ、まだいたのか。しつっけえんだよ！」

「綱吉憎さに地獄から舞い戻ったのじゃ。あれからずっと貴様たちが集まるのを待っていたが、今日はおあつらえ向きに顔ぶれが揃うておる。憎さも憎し、綱吉、柳沢、八犬士、それに左母二郎……！　今日という今日は恨み晴らさん」

「そりゃあこっちの台詞《せりふ》だぜ。今日という今日は消えてもらう」

保明が、

「隆光……おまえの法力でなんとかしてくれ！」

隆光は数珠を取り出して光圀に向け、真言《しんごん》を唱えようとしたが、それより早く光圀の口から瘴気《しょうき》のようなものが吹きつけられた。隆光は吹っ飛んだ。八犬士たちは刀を抜いて、光圀の怨霊に対峙したが、瘴気を浴びてつぎつぎと倒れていく。左母二郎はすでに巨大なクラゲのようになった光圀の身体に飛び込んで、めちゃくちゃに刀を振り回したが、手応えがない。光圀は綱吉を探して座敷中を移動している。

「綱吉殿……どこじゃ……どこにおる……」

全身から粘液のようなものを滴らせながら光圀の怨霊は畳のうえや天井を這いずっている。床に倒れた隆光が、

「左母二郎……これを……」

そう言うと水晶玉の数珠を左母二郎に投げた。

「その数珠をあの怨霊の首にかけるのだ」

「そうすりゃどうなるんだ」

「わからぬ。しかし、役行者から賜った、関八州を守護するほどの霊力のある呪具だ。効はあるはずだ」

「わかったよ。けど……どこが首なんだ！」

「顔の後ろが首だ。早うせよ！」

左母二郎は数珠を手にすると、

「おう、間抜けジジイ。天下に号令するとかなんとか威勢のいいことを言ってたが、結局なにひとつ上手くいかなかったな。おまけに淀殿の怨霊には負けちまうし、上野介も首を取られちまった。ほんとに阿呆《あほう》な怨霊だぜ」

「なにを申す！」

光圀は目を剝き、口から大量の瘴気を吐きながら左母二郎に襲い掛かった。左母二郎は全身にその瘴気を浴びながらも必死で踏みとどまり、十分に光圀を引き寄せた。光圀が口を開いて左母二郎の喉に嚙みつこうとしたとき、数珠をその首にかけた。隆光が、

「ノウマク・サラバタタギャテイビャク・サラバボッケイビャク・サラバタタラタ・センダマカロシャダ・ケンギャキギャキ・サラバビギナン・ウンタラタ・カンマン……」

不動明王の「火界呪《かかいじゅ》」を唱え始めた。同時に八個の玉が光り始めた。最初はぼんやり

とした光だったが、次第に輝きを増していき、ついにその光は室内に満ちた。

「ううう……苦しい……苦しい……」

数珠は光圀の首を絞めつけているらしい。

「ケンギャキギャキ・サラバビギナン・ウンタラタ・カンマン……」

光圀の口から瘴気が出なくなった。水晶玉はどんどん明るくなり、部屋のなかは真っ白になっていた。光圀はその白い光輝に飲み込まれ、

「ううう……ううう……うがあああ……」

ついには消滅した。しかし、八つの玉の光は減衰するどころかますます強くなり、まるで部屋のなかに太陽があるように思えるほどだった。

（いってえ……こりゃあ……どうなっちまうんだ……）

さすがの左母二郎も不安になってきた。すでに隆光の呪も聞こえていない。真っ白な視界の四隅が溶け始めた。そこにはもう部屋はなかった。上下左右もなかった。左母二郎の身体は高速で回転した。白い世界が崩壊していくのがわかった。左母二郎はどこまでも落下していった……。

◇

「なにがどうなったのじゃ！」

綱吉が叫んだ。柳沢保明は、
「わかりませぬ……」
座敷だった場所には大きな穴が開いていた。のぞき込んでみても、暗くて……という
より、光をすべて吸い取られたようで、なにも見えなかった。残っているのは、綱吉、
保明、隆光、そして杉風の四人だけだった。左母二郎、並四郎、船虫、、大法師、八犬
士、そして、伏姫と八房の姿はどこにもなかった。綱吉が、
「隆光……光圀の怨霊は……？」
「今度こそ成仏なさいました。しかし、水晶玉の力が強すぎました。時空が曲がってし
まったのでございます」
「なんとしたことじゃ。あのものたちはどこに行った。死んだのか」
「いえ……おそらくは二度と帰れぬ場所に行ったかと……」
隆光はそう言って、穴をのぞき込んだ。

◇

「痛《いて》え……」
高いところから墜落したらしく、左母二郎はしたたか頭を打っていた。立ち上がって
泥を払ったが怪我はないようだ。あたりを見渡すと、並四郎と船虫が倒れている。、大

法師や八犬士たちの姿はない。

「おい、しっかりしろい」

ふたりを揺り動かすと、

「ああん……なにがなんだかさっぱりわからないよ」

「さっきまで座敷におったのに、なんで今、道端におるんや。一面田んぼばっかりやないか」

「水晶玉と隆光の祈禱《きとう》のせいでなにかが起きたんだろうぜ」

横を見ると、ひとりの農民が腰を抜かしてこちらを見ている。

「お、おめえたち、空から降ってくるとは……天狗《てんぐ》さまか……？」

「そんなんじゃねえや。おう、ちょいと聞きてえんだが……ここはなんてえところだ？」

「ここは安房の国じゃ」

「あ、安房の国だあ？　俺たちゃ江戸にいたんだぜ」

「とんでもなく遠くまで飛ばされたもんやなあ」

左母二郎が、

「てことは、酒井《さかい》家か屋代《やしろ》家の領地だな？」

「はあ？　そんな殿さまはいねえ。今、このあたりは結城《ゆうき》の合戦で落ち延びた里見さまの領分じゃ」

「結城合戦だと？　馬鹿言うねえ。そんなもの二百五十年ぐれえ前《めえ》のこったぜ。おい……四十七士はどうなったか知らねえか？　ご赦免になった、とか、切腹の沙汰があった、とか……」

「なんじゃ、その四十七士ちゅうのは」

「知らねえのか。赤穂の浪人だよ。討ち入りをして吉良の首を取ったってのを知ってるだろ？」

「吉良の首？　おまえさんの言うとることはさっぱりわからんわい」

「だから、将軍がなにか裁きを下したかどうかきいてるんだ」

「将軍ちゅうと足利《あしかが》さまかね？」

「なに言ってやがる。将軍は徳川だろ」

「徳川なんて聞いたこともねえ。将軍といえば足利じゃ」

左母二郎は次第に蒼《あお》ざめていった。農民は、

「やっぱりおめえら怪しいな。陣屋へ来い」

普段なら逃げるところだが、まるで様子が知れないので左母二郎たちはおとなしく農民のあとについて陣屋に行き、役人の吟味を受けた。やがて、ふらふらになってそこを出た左母二郎は言った。

「どうやら俺たちは場所だけじゃなく、『時』まで遠くに吹っ飛ばされちまったみてえ

だな」

船虫が、

「どうするんだい。あたしたち、もとの世界に戻れるのかね？」

「わからねえ。――けどよ、来ちまったもんは仕方ねえ。俺ぁ、今までどおりこの世界でも気ままに好き放題やっていくさ。なあに、酒さえありゃあどこでもおんなじだ」

「そやなあ。くよくよしててもどないもならん。この世界でも盗人が盗むもんはあるやろ。面白おかしく暮らしていこか」

「そうだね。あんたたちみたいな能天気と一緒でよかったよ。ひとりだったらきっと、どうしたらいいんだろってうじうじしてたと思う」

「まあ、そのうちゝ大法師や八犬士にも会えるかもしれねえ。気楽に行こうぜ」

そう言うと左母二郎は歩き出した。そこにさっきの農民が通りかかった。

「おめえたち、お解き放ちになったのか。よかったじゃねえか」

左母二郎はずらっと刀を抜いて、その農民に突き付けた。

「こっちでの初仕事だ。――おい、銭、持ってるなら全部出しなよ」

農民はのけぞり、

「だれだね、おめえは！」

左母二郎はにやりと笑い、

「さもしい浪人、網乾左母二郎」

そう言った。

〈完〉

（注1）安房国を平定した里見家初代の里見義実が、強大な力を持つ関東管領上杉定正と対立し、覇権をめぐって戦になった。そのとき、里見家に仕える八人の「犬」の字を苗字に持った豪傑が大いに活躍した……という伝承をもとに、後年、奔放な発想で創作されたものが滝沢馬琴《たきざわばきん》の「南総里見八犬伝」であるという。なお、吉良上野介は上杉定正の子孫である。

（注2）公儀は儒者荻生徂徠《おぎゅうそらい》の意見を是として、討ち入りからひと月半ののち、四十七士に切腹の沙汰を下した。矢頭右衛門七の辞世の句は「出《いず》る日のひかりも消《きえ》て夕ぐれにいはなんことはかなしかりける」だった。

（注3）四十七士の切腹から九カ月あまり後、房総沖を震源とする大地震が起きた。いわゆる「元禄《げんろく》地震」である。ことに千葉では被害が大きく、地形が変わるほどの被害が

あった、という。死者はその後の火事の犠牲者と合わせて二十万人を超える。これは柳沢邸での「時空の激震」が影響している可能性がある。

（注4）赤穂浪士の討ち入りを題材にした作品では討ち入りから四十六年後に上演された「仮名手本忠臣蔵《かなでほんちゅうしんぐら》」が有名だが、近松門左衛門は討ち入りの一カ月後の元禄十六年一月に初演された「傾城《けいせい》三《みつ》の車《くるま》」で義士の苦心や討ち入りの様子を描いた。これは討ち入りを扱った作品としては「傾城阿佐間曽我《けいせいあさまそが》」（作者不詳）とともにもっとも早い例であり、公儀によって上演禁止となった。近松は討ち入りの四年後には「碁盤太平記《ごばんたいへいき》」を発表し、これにはすでに、高師直《こうのもろなお》（吉良義央《よしなか》）、塩冶判官《えんやはんがん》（浅野内匠頭）、大星由良之《おおぼしゆらの》助《すけ》（大石内蔵助）、寺岡平右衛門《てらおかへいえもん》（寺坂吉右衛門《てらさかきちえもん》）といった、実在の人物を置き換える手法（のちに竹田出雲《たけだいずも》らが「仮名手本忠臣蔵」でも使った）が使われている。

左記の資料を参考にさせていただきました。著者・編者・出版元に御礼申し上げます。

『大阪の橋』松村博著（松籟社）
『大阪の町名―大阪三郷から東西南北四区へ―』大阪町名研究会編（清文堂出版）
『歴史読本 昭和五十一年七月号　特集　江戸大坂捕り物百科』（新人物往来社）
『近世風俗志（守貞謾稿）（一）』喜田川守貞著　宇佐美英機校訂（岩波書店）
『完全　東海道五十三次ガイド』東海道ネットワークの会（講談社）
『NHK文化セミナー・江戸文芸をよむ　八犬伝の世界』徳田武著（日本放送出版協会）
『近世畿内近国支配論』村上路人著（塙書房）
『歴史群像・名城シリーズ①大坂城』太丸伸章編（学習研究社）
『中公新書2079　武士の町　大坂』藪田貫著（中央公論新社）
『大坂城を極める』中井均著（サンライズ出版）
『大坂城ふしぎ発見ウォーク』北川央著（フォーラム・A）
『大坂見聞録』渡邉忠司（東方出版）
『大石内蔵助　立川文庫傑作選』雪花山人著（角川書店）

『定本講談名作全集　第七巻』寶井馬琴・一龍齋貞鳳・木村毅・池田弥三郎監修（講談社）
『赤穂義士事典』赤穂義士事典刊行会編（赤穂義士事典刊行会）
『赤穂浪士　物語と史蹟をたずねて』船戸安之（成美堂出版）
『忠臣蔵銘々伝　物語と史蹟をたずねて』尾崎秀樹監修（成美堂出版）
『将軍綱吉の阿部邸御成り』大橋毅顕著（埼玉県立文書館　文書館紀要第二十九号収録）
『数寄屋御成の展開と衰退』池ノ谷匡祐著（早稲田大学史学会　史観第一七三冊収録）
『大坂蔵屋敷の住居史的研究』谷直樹・中嶋節子・植松清志著（住総研　研究年報№28収録）

解説

旭堂南海

二〇一一年の東日本大震災の後、講談師であるなら一度はやってみたいと秘《ひそ》かに思っていた曲亭馬琴《きよくていばきん》の『南総里見八犬伝《なんそうさとみはつけんでん》』の続き読みに思い切って挑戦した。月に一度、約七十分程度。五回目くらいまでは演者の調子もお客様の入りもまぁ良かった。

ところが、七回目辺りから目に見えてお客様が減っていった。常連に伺うと「複雑に絡み合った人間関係が、耳で聞くだけでは理解出来んようになった」とのこと。さもありなん。演者も口演しながらゴチャゴチャになったりした。そこで会の最初に、大きな画用紙に系図や相関図、或《ある》いは地図を書き、これまでの粗筋を説明してから本題に入るようにした。

が、十回を超えた頃には、画用紙が十枚ほどにもなり、説明も三十分近くになり、お客様は更に減った。遂に第十四回目の口演で「次回、お客様がツ離《ばな》れ（十人以上のこと）せぬようなら、その回で打ち切りと致します」と宣言した。すると、第十五回目のお客様は九人。聞けば、常連が示し合わせて欠席したということだった。情けなくもありまたホッとしたのも事実であった。

かくして十五回で頓挫したのだが、馬琴の『八犬伝』で言うと、第八輯《しゅう》巻の六（第八十六回）までということになる。全体の半分も進んでいない。しかし、一応は八犬士の来歴を述べたことにはなる（犬江親兵衛《いぬえしんべえ》は行方知れずになったままだが）。

そもそも『八犬伝』は、馬琴が存命中から講談師が勝手に講談にして高座で読んでいた。それは馬琴の日記にも、孫の太郎が小遣いをせびるので何に使うのかと問うと、四谷《よつや》荒木町《あらきちょう》の講釈場で八犬伝が掛かっているから聴きに行くと言われ、苦い顔をしたとある。今も昔も講談師は金になると思えば勝手にやったようだ。しかし、どの程度、馬琴の『八犬伝』を口一つで伝えることが出来たのか。

明治三十六年（一九〇三）に、大阪の講談師・西尾魯山《にしおろざん》が十冊本として『八犬伝』の講談速記本を出している。まず『里見伏姫《ふせひめ》』、以降八犬士の八冊が続き、最後は『八犬士勢揃《せいぞろい》』で大団円となる。十冊目で、『八犬伝』の後半全部を詰め込んで終わりとしたのだ。私が挫折した辺りまでで九冊だ。何が言いたいかというと、私は講談師としての伝統に則《のっと》っていたということだ……。故に、白状するが、私は馬琴の『八犬伝』をキチンと最後まで読んではいないのである。

昨年、お亡くなりになった濱田啓介《はまだけいすけ》先生（新潮日本古典集成別巻『南総里見八犬伝』全十二巻を校訂された近世文学研究の大家）には、ズッとお世話になってきたのだが、

七、八年ほど前に、酒席にて『八犬伝』の話題になり、講談化していたが中途で諦めた件をお話しした。だから後半は流し読み程度なのですと申し上げた。すると、濱田先生は「私は三度読みました」とお答えになったのだ。新潮社から校訂を新たにお出しになった大先生ですら三度だけ？　一瞬、そう思ったのだが、すぐにその考えは消えて、『八犬伝』を一度でも読むというのはどういうことなのか。また、本当に『八犬伝』を理解して読むということは、あの濱田先生をして三度であったということなのかっ！　恥ずかしさで消え入りたくなった……。けれど、先生は優しいお方で「講談にするのはとても大変だったでしょう？」と、慰めの言葉を下さった。私は、御酒《ごしゅ》が入っていたこともあり、止《よ》せばいいのに調子に乗って、

「そうなんですよ。真田《さなだ》十勇士にしろ尼子《あまご》十勇士にしろ、家臣が集まって行く過程が面白いのでして、皆が集まってしまうと無敵になるか、玉砕するかという結末が待っているだけですからね。一応、八犬士の来歴全てを口演することが出来た辺りで中止となったのは、まぁある意味正しかったかも知れませんよねぇ。だって、この後は、八犬士がスーパーマンのように活躍して里見家に勝利をもたらすということが長々と記されているだけでしょうからねぇ」

先生は今度は何もお言葉を下さらなかった。代わりに少し悲しそうなお顔をされたのだった。私は何と情けないことをのうのうと口にしたのだろう。今もその時のことを思

い出すのがとても苦しい……噫《ああ》……これ以上書くと傷口に自分で塩を擦り込むことになるので、もう止《や》めよう。

サテ、前置きが長くなったが、啓文氏の『元禄《げんろく》八犬伝』も、この第五巻を以《もつ》て大団円となった。先に書いたように『八犬伝』には苦い思い出がある私なので、啓文氏が一体どのようにして、あの超々大部の大作を我がものとし、それを元禄の世に展開させるのか、非常に興味深く毎冊拝読していた。そして、結局を迎えたのだが、極言すれば「網《あ》乾左母二郎《ぼしさもじろう》は啓文氏自身なのではないか？」

世の時流に乗るのを良しとせず、斜め横から浮わついた社会をひねくれた目で眺め、それでいてオモシロイことを絶えず考えている。そのオモシロイこととは、世の人が当たり前として意識もしないでいる価値観をゴロッとひっくり返すことである。左母二郎は世間から外れているように見えるが、実は世間がオカシイのであるという啓文氏の隠された作為によってこの連載は始められ、そして貫かれた。

馬琴の『八犬伝』では、八犬士が主役であり、彼らを束ねる、大法師《ちゆだいほうし》もそれに準じ、要所要所でのキーパーソンとなる。また、全員弱小の里見家に忠義を尽くす聖者として描かれるのだが、啓文氏の『元禄八犬伝』では大きく異なる。

まず、本のタイトルに「八犬伝」とまで銘打っているにも拘《かかわ》らず主役ではない。明らかに脇役である。どころか、最終回ではスケ（音楽業界ではトラ）に甘んじている。また、大法師も大会社の管理職のような立ち居振る舞いをし続ける。そして、何よりも彼らが仕えるのが弱小大名などではなく、徳川《とくがわ》将軍家なのだ。八犬士は権力の犬と言っても過言ではない。五代将軍徳川綱吉《つなよし》は、「生類憐みの令《しょうるいあわれみのれい》」を出した犬公方《いぬくぼう》で、最悪な為政者と学校で習った。その懐刀として権力を 恣《ほしいまま》 にした大老格の柳沢保明《やなぎさわやすあきら》（吉保《よしやす》）も悪人としての印象がある。また、柳沢に気に入られた隆光《りゅうこう》が祈禱《きとう》の結果、将軍綱吉に「生類憐みの令」を薦めたなどとも言われてきた。

彼ら三人が登場する江戸時代中期の実録（本当のように書いているが中身は大半がウソという小説）が『日光邯鄲 枕《にっこうかんたんのまくら》』だ。それが増補され『護国女太平記《ごこくおんなたいへいき》』となり、幕末頃には講談の『柳沢騒動』或いは『柳沢昇進録』という外題《げだい》となり、評判を取った。いずれの筋も、軽輩の出である柳沢保明が五代将軍綱吉に取り入り、果ては自分の妻が将軍綱吉と通じて男子を産んだが、その子を次代の将軍にせんと、今一人の若君を亡き者にするため、隆光に「逆祈り（病 恢復《やまいかいふく》と見せかけ、その実呪い殺す祈り）」をさせるという、柳沢と隆光の極悪物語となっている。

この物語中には、水戸光圀《みとみつくに》が綱吉を改心させるために敢《あ》えて犬の毛皮を献上する件り《くだり》や、淀屋《よどや》が没落する件りがあるから、啓文氏はこの実録を取りあげ、百八十度転換させたのであろう。従来、悪者とされてきた綱吉、柳沢保明、隆光の三人が誠実な人物として描かれ、「生類憐みの令」でさえ良策となっている。また、光圀がこの上もなくしつこいワル（怨霊）として登場し続ける。これこそ啓文氏の描きたかったモノかも知れない。名君として未《いま》だに人々の心に君臨する水戸光圀クソ喰《く》らえである。

　水戸学思想の都合の良い箇所を切り取り、声高に叫ぶ政《まつりごと》の恐ろしさは、幕末・明治維新を経て、今また台頭してきそうな臭いがする……だからこそ何度も何度も黄門の怨霊を登場させては、左母二郎に叩《たた》かせたのではなかろうか。

　そして、一番の逆さま事は赤穂《あこう》義士の所謂《いわゆる》「吉良《きら》邸討ち入り」である。左母二郎に「馬鹿な殿さまの尻ぬぐいのために、親兄弟や嫁、こどもにもつらい思いをさせて死んでいくことを美談にしようってのが気にいらねえんだ」（231ページ）と吐かせる。また、「吉良も浅野《あさの》もどうでもいい。一番鬱陶しいのは仁義礼《じんぎれい》智忠信孝悌《ちちゅうしんこうてい》とかいうやつだ」（329ページ）とも言わせ、タイトルにある「八犬伝」の八犬士をも否定させている。

　四十七士の中で一番有名なのは大石内蔵助《おおいしくらのすけ》だが、それに匹敵する人気を誇ったのが堀《ほり》部安兵衛《べやすべえ》。映画やテレビの義士モノでは、必ず売れっ子が務める。また、第四巻に登場する天野屋利兵衛《あまのやりへえ》も、命を賭けて義士達に武器を調達する義商として名高く、いかなる拷問にも耐える男の中の男として、講談でもその場面は聞かせ所だ。しかし啓文氏の筆（左母二郎の考え）にかかれば、二人は世間の評価とは全く異なる顔を持つことになるのだ。

　けれど、啓文氏が講談を毛嫌いしているかというと、それも真逆だと言わねばならないだろう。だって、この作品に登場する堀部安兵衛は、一般に知られる高田馬場《たかだのばば》十八人斬りの仇討《あだう》ちに、その前の故郷での仇討ちを加えて二度の仇討ちをしたとしている。これは、講談の筋にしかないのである。

また、少年義士・矢頭右衛門七《やとうえもしち》が大坂で苦労をしていたという話も講談にのみ詳しい。啓文氏は、講談を大いに楽しみ（？）それを自由な発想で改変していくのである。更に付け足せば、淀殿が怨霊として登場するが、左母二郎に「秀頼《ひでより》がもし城を抜け出ていたとしても、とうにどこかの墓の下さ」（102ページ）と言わせ、「抜け穴／生存説」をサラリと出しているが、これも講談の筋である。

「美談」「忠孝」とされてきた物語や人物は、さもしい浪人網乾左母二郎から見ると、すべて真逆になる。この筋の通し方は天晴《あっぱ》れという他ない。しかし、講談と同じで小説も様々に広げてきた話を締めくくらねばならない。そう、大団円である。どうするのだろうか？　興味津々であった。そして……ホーゥそう来たか……イヤ、そうなるかぁ……ウーム……暫《しば》くは唸《うな》ったままだった。が、ハタと気が付いた。

続編を書く気だな。『シン・八犬伝』とでも銘打って、室町時代の『南総里見八犬伝』の世界へと突入し、更なる銭儲《ぜにもう》けを企《たくら》むつもりだな。実際、幕末には二世為永《ためなが》春水《しゅんすい》が『南総里見八犬伝後日譚《ごじつたん》』を出している。そういうことだな。

仁義礼智忠信孝悌より金銀財宝集中肯定。美談より商談と見たっ！


（きょくどう・なんかい　講談師）

本書は「ｗｅｂ集英社文庫」二〇二二年二月〜五月に配信された
「調伏大怨霊」と、書き下ろしの「討ち入り奇想天外」で編んだ
オリジナル文庫です。

集英社文庫

討《う》ち入《い》り奇想天外《きそうてんがい》 元禄八犬伝《げんろくはっけんでん》 五

2022年 5月25日 第1刷　定価はカバーに表示してあります。

著　者　田中啓文《たなかひろふみ》

発行者　徳永　真

発行所　株式会社 集英社
東京都千代田区一ツ橋2-5-10　〒101-8050
電話　【編集部】03-3230-6095
【読者係】03-3230-6080
【販売部】03-3230-6393(書店専用)

印　刷　図書印刷株式会社

製　本　図書印刷株式会社

フォーマットデザイン　アリヤマデザインストア　マークデザイン　居山浩二

ISBN978-4-08-744392-9 C0193